文學新象 246

北京女子圖鑑

張佳◎劇本原著
余珊珊◎小說改編

高寶書版集團

目錄
CONTENTS

目錄
CONTENTS

第一章
我有一點不甘心

我叫陳可，八五後，出生於四川攀枝花，成長於單親家庭。但在那件事發生之前，我原本叫陳可依，依靠的「依」，小鳥依人的「依」，我很不想喜歡這個字。

這件事還得從我去北京說起。

我和所有北漂人一樣，去北京，是追求夢寐以求的一切，而且身為一個華人，骨子裡「用學歷改變命運」的觀念根深蒂固。

何況我媽媽原本是土生土長的北京人，因為時代的變遷，她留在攀枝花，認識了我爸爸，生下了我，從此再也沒回過北京。

這件事便成了促使我「回到」北京的催化劑。

說起我媽，她也和大多數華人家長一樣，雖然自己這輩子輸了，卻希望孩子能贏，希望我能「回」北京，這一點和全國人民的希望不謀而合：希望能在北京土生土長，有北京戶口，有祖上留下的房產庇蔭，還有中產階級的生活水準。

記得高三那年，我高考失利，我媽說，要是我能有個北京戶口，以我的分數要上北京的大學是沒問題的，可惜我是外地戶口，要比北京孩子多努力二百分。這番話一直敲打著我，直到我挑戰考研究所再度失利，我便知道自己只剩下一個選擇——北漂。

做一名北漂人，就意味著要吃別人吃不了的苦，受別人不想受的罪，丟別人丟不起的臉。我有個長輩說，要是連這份苦都能吃，高考怎麼會考不好？但畢竟奔波生計耗費的是心血，讀書耗損的只是腦細胞。

我沒有反駁那位長輩，儘管我心裡覺得他沒有一個字說到重點。他自己早就認命了，還希望別人跟他一樣庸庸碌碌。

「變成最好的女人，擁有大房子、好男人，還有個贏在起跑點的小孩」，這是很多人眼裡的海市蜃樓，也是打敗無數北漂人的重擊。但它也是一個美好的願望，是夢想。在夢想被打破之前，它是那麼吸引人，就像罌粟花。

我想，即便終有一天我被它打敗了，也不會後悔。因為我起碼擁有過，並為之奮鬥過。何況，全國的年輕女人都渴望擁有，那些嘴上說不想、不屑、不掛念的人都是口是心非，而要驗證這一點並不難——假如從天而降一億元，只能用來買房，而且不限制購買數量，呵，你看她們會在哪裡買房？

好吧，事實上我媽也是眾多口是心非的女人之一，但她和那位長輩略有不同，那位長輩是徹底認了，我媽還徘徊在臨界點上。

而這個臨界點，取決於我。

今天，是我們要去見趙局長的日子，要為我的工作攀關係。直到出門前，我還在網路上投遞履歷，徵人單位都在北京。

我媽在臥室裡走來走去，她嘴裡叨唸著「別讓趙局長等」，手裡也沒停過。女人在出門之前要整理的太多了，她這一生都是這麼勞碌過來的。

我心不在焉地闔上筆記本，我媽已經走到房門口，問我：「還掛念著要去北京嗎？」

我隨口應了一句：「不然呢？」

是啊，不然呢？我媽這半輩子都在我耳邊叨唸著北京的好，說在北京落地生根才能改變命運，但我現在這樣全都怪她，她原本也是個金鳳凰，怎麼落在攀枝花了？而整間房子裡唯一能證明這一點的，只有放在客廳書櫃上的一張合照，照片裡是我媽、外公和外婆，那時候他們還在北京，一家三口在天安門前合影留念。

等我打開衣櫃有些意興闌珊地找衣服時，剛好聽到我媽這樣說：「什麼都沒有去了要喝西北風啊？」

這是她叨唸無數遍的一句話，但她說的很多話都得反過來聽。

比如，假如什麼都有呢？

我媽整理完屋子，開始整理自己，她穿著體面的套裝，還特地戴上一支考究的手錶，仔細梳整頭髮，但這並不妨礙她嘴上的功夫。

她正叨唸著，說留在家裡有什麼不好，起碼還有她幫點忙，這份稅務局的工作有多少人擠破腦袋，只有我偏不識好歹。

這番話也不知道是在替我洗腦，還是替她自己。

你信不信，假如我真的識這份好歹，她又要不甘心了。

我別的沒說，只問她：「一個月薪水多少？」

我媽：「起碼兩千人民幣，逢年過節還有獎金。」

兩千？我讀了四年大學，為了考研拚死拚活，為的只是一個月兩千？

我隨口回她，等我去了北京一個月寄一萬給她，第二年就翻倍。

在北京，就算當服務生都能省出這個錢，我就不信我的學歷只能當裝飾。

結果，我媽看到我身上的衣服，又開始叨唸：「要見上司，你好歹穿得正式點啊！」

她依然在擔心這份工作，生怕如果我去不成北京，連這條退路也沒了。

直到我們到了約好的餐廳包廂，見到梳著油頭的趙局長和一個梳著同款髮型的年輕男子趙勝賓，我媽就熱絡地開始張羅。

趙局長和趙勝賓都說著本地話，寒暄時，話裡話外說的都是前程，比如趙勝賓才花了兩年就當上主任，而我則將這些時間浪費在考研上。

我媽接話接得有些勉強，只有我聽得出來她的懊悔，早知我不是那塊料，還不如早點讓我認命。

這分明是一場鴻門宴，找工作和找丈夫一起解決，經濟實惠有效率。

接下來，在和趙勝賓的交談中，我得知他和我一樣都是鐵路中學畢業的，我們班主任是他小阿姨。你看，小地方就是這樣，低頭抬頭都能攀上關係。

趙勝賓說著還抽起煙，說昨天晚上打了通宵的麻將，還問我會不會，下次一起。

我輕輕笑著：「我不會。」

趙勝賓終於聽出不對：「你平常都說普通話啊？」

我說：「我媽祖籍是北京的。」

我媽剛好起身幫大家續茶，這時插了一句：「我十多歲時跟著父母過來支援建設，就再也沒回去過。」

字正腔圓，足以媲美女主播。

趙勝賓很不以為意：「我前兩個月去過一趟，人太多了，還是這裡好。」

是啊，人是多，可是除此以外他恐怕也找不出另一個「不好」了。如果不好，大家為什麼還要往那裡擠呢？

從這以後，我沒再和趙勝賓說過一個字，我當然也知道他心裡會怎麼想：「呿，北京來的又怎麼樣，現在還不是在求人辦事？」

而我，卻只在他身上看到了自己慘澹無光的未來——如果留下，我將會有一個像他一樣的丈夫，說不定就是他，聞著煙味，陪著打通宵麻將，在所謂的工作崗位上喝茶看報紙，一眼就望到了幾十年後生命的盡頭，不會有大波折，當然也不會有驚喜。出門應酬時，人家再問起我的「普通話」，我還會夫唱婦隨地說一句：「唉，還是這裡好。」

飯局過後，我和我媽坐晚班的公車回家，車裡稀稀落落坐著幾名乘客，一個個無精打采。

我們坐在最後排，我看著窗外，窗戶上透出灰暗、落後的街道，沒有電視裡那種五光十色的夜景，更沒有車水馬龍、人來人往的熱鬧，只有我媽歪著頭打瞌睡的倒影。

我回過頭來看著她，原本整齊梳著的頭髮已經有些散亂，一縷髮梢垂下來在額前晃盪，外表光鮮的套裝裡是一件紅色的針織衫，外人當然看不到，但我知道，那件衣服早就脫線破洞了，穿了太多年，我媽也捨不得換。

這全是因為，貧窮。

等我快到和李曉芸約好的婚紗店時，我早一步下了車，下車前還小聲跟售票員說了一聲，等到了北門橋記得叫醒我媽。要不然，她會一直睡到總站。

李曉芸是我的好閨蜜，她要結婚了，今天我要陪她挑婚紗。

但其實也沒什麼好挑的，這家婚紗店簡陋土氣，婚紗都隨隨便便掛在架子上，有的泛黃，有的脫線，有的還積了灰塵。恐怕打從生產出來的那天起，這些婚紗就沒有洗過，也不知道沾過多少陌生女人的體味。

但李曉芸試穿得很開心，她也說著一口本地話：「你媽還真行，明知道你都有楊大赫了，還要幫你介紹男朋友。」

和她在一起，我通常是不說普通話的：「她就是想方設法地要把我按在這裡，三天兩頭地介紹。」

然後，我們又提到了北京，李曉芸還說：「待會王佳佳也會過來。」

王佳佳高中時比我大一屆，讀書的成績不如我們，卻在北京一所私立大學唸書，而後留下。關於她的故事都是「聽說」，比如她如何大方、有門路、仗義，卻在工作上毫無建樹等等。

李曉芸說，王佳佳從北京幫她帶了項鍊和耳環，不像這裡的款式太老氣，她還說如果我想去北京，王佳佳是一塊不錯的敲門磚。

但我卻覺得，王佳佳唸書時就不努力，去了北京恐怕也是底層。

我們正說著，門外傳來兩個中年婦女的吵鬧聲，家長裡短。

李曉芸有些感慨，說她老公田子家裡沒錢買新房，她爸媽想把禮金都拿出來，再補貼一點，爭取讓她和田子搬出去住，可田子媽卻老大不樂意。李曉芸卻不管這些，認定只要生了孩子，怎麼樣都是都是她和田子作主了。

說真的，我都替她覺得累。

直到這時從門口傳來一個女人清脆的聲音：「曉芸！」沉重的話題才被打岔。

是王佳佳，她穿著高領的大毛衣、皮短裙和一雙流蘇卡其色長靴，隨手拎著一個大背包，說巧不巧正是我前陣子從雜誌上剪下來的 LV 的 neverfull，更不要說她耳朵上那對長耳環、手上的戒指、上面的碎鑽在昏暗的小房間裡彷彿能發光。

王佳佳也說著一口流利的普通話，和我們打過招呼後就開始展示她幫李曉芸帶回來的首飾。

她們的話我其實沒怎麼聽清楚，全部注意力都在那些亮晶晶的東西上，彷彿李曉芸穿的那件陳舊婚紗，也被那些首飾襯托得煥然一新。

但事實上，我的目光更多時候是落在王佳佳身上，腦海中只浮現出兩個字——洋氣。

再看向彷彿很久沒有擦拭過的鏡子，上面沾著汙漬，汙漬下映出三個女人：一眼就能望到人生盡頭的李曉芸，全身都在發光的王佳佳，以及前途未卜、正站在岔路口上的我。

毫無疑問，只要我稍稍向李曉芸邁進一步，我將會有一個和她差不多的婚禮，住進差不多的房子，過著差不多的人生，將來老了還會和她一起站在某個簡陋的婚紗店門口嘰嘰喳喳叨唸家裡的瑣事。

而走向王佳佳……則意味著「不可預測」，無論是好的、不好的，將得到的、將失去的，一切皆有可能。

連王佳佳都能做到光鮮亮麗，一進門就彷彿為整間屋子照進陽光，難道我還不如她嗎？

那些平日裡被我小心隱藏在角落裡的不甘心和嫉妒，似乎在這一刻一口氣地跑了出來，規模之大，很快就填滿了我的大腦，容不得我忽視。

我知道，我要的、我所追求的生活，我的將來、我的喜怒哀樂，一定、必須是在北京，絕不能是這裡。

只要去了北京，那些五光十色的生活便不再只是想像。

清晨，我會穿著洋氣時尚的套裝，踩著高跟鞋，走在光可鑑人的大理石地面上，出入辦公大樓。

傍晚，我會拎著大大小小的購物袋，穿梭在豪華的商場裡。

夜晚，華燈初上，我還會約幾個和我差不多的女生，一起坐在高級餐廳裡，談笑風生地聊著準備入手下一季的新款，而不是偷偷摸摸地把它們從雜誌上剪下來。

還有每個月，我會寄兩千塊錢回家，哪怕我媽再像今天這樣勞累，起碼還可以叫個計程車，起碼可以換一件新的針織衫，不用再將舊的躲躲藏藏地穿在套裝下。

起碼，逢年過節從北京回來時，所有大學和高中同學都會圍著我轉，羨慕且嫉妒地看著我。

起碼，再遇到像趙勝賓那樣的男人時，他不會再用那樣輕描淡寫的語氣說「還是這裡好」。

起碼，等我將來人到中年，不會跑到人家婚紗店的門口家長裡短碎碎唸……生存和生活，說到底還是有天壤之別的。

＊＊＊

王佳佳無疑成為了我北漂的催化劑，或者說成為了壓死駱駝的最後一根稻草。

自從那天見到王佳佳，我一回到家裡就開始收拾雜物。我媽看見，問我是不是發神經，還是那天在飯局上受什麼刺激了，如果實在不喜歡趙局長介紹的那個趙勝賓也沒關係，沒有人要求我一定要和他交往，只是在攀枝花這樣的小地方，女人們都早婚早育，她只是怕我落後了。

我聽著我媽那些叨唸，沒有反駁她一個字，只是在收拾到一半的時候，向她保證，我對自己的前途絕對認真負責，我更不是個輕易受別人刺激影響的人，就算真的刺激到了，那也是因為那種難以壓抑的渴望早就存在了。

那天之後，我媽又和我聊了很久，她也終於明白了我的決心，或者說我的企圖心，眼看著自家閨女就要遠行，當媽的哪有不擔心的？

我媽叮嚀了我很多，又試圖挽留，直到我終於踏上北上的火車，火車內外轟轟鬧鬧，我媽在車窗外扯著嗓子對我說，不要等春節再回來，只要有點假期都要記得回來看看，平常要多打電話回家。

直到那一刻，我心裡突然湧上抑制不住的興奮和難過。興奮的是，我終於離開這個小地方了，第一次去那麼遠的首都；難過的是，這次不是為了上大學住校，而是為了生計而奔波。以前從學校回到家裡，從沒想過吃穿的問題，現在這卻成了我的未來。

是不是人長大了，煩惱就會變多？為什麼越是想求什麼，越是求之不得？人這一輩子到底應該怎麼折騰才精彩？無數個問題，伴隨著火車的轟鳴聲，陪著我一路北上。

我閒得無聊，翻開手機滑微博，剛好看到這樣一句話：「**千萬別在最好的年齡裡，吃得最胖，用得最差，活得最便宜。**」

這句話就像一根插進指尖的小刺，讓我不上不下愣了好一會兒。

這樣的人生恐怕任何一個女孩子都不願意擁有，可是當我抬眼一看四周，又低頭看了看自己，才發現除了第一條有待商榷外，整節車廂裡有多少人不是這樣？

我不禁在心裡打了個冷顫，突然腦補出一幅畫面：自己已逾中年，一輩子庸庸碌碌，連一個想要達成的願望都沒有滿足過，到了那個時候，我突然看到了這樣一句話，會是什麼樣的感受？

恐怕這便是萬箭穿心吧。

就這樣，我帶著忐忑又興奮的心情，一路北上，車窗外的景色漸漸從綠色變成白色、灰色，時間似乎發生了逆轉，從春天過渡到了冬天。

火車開到一半的時候，我打了通電話給遠在東北的男朋友楊大赫，電話裡的他語氣輕鬆，有著濃濃的東北鄉音，透著忠厚老實。

楊大赫是我在大學校園裡認識的男孩，他長得人高馬大，一臉憨厚，在他面前我總是可以肆無忌憚地撒嬌耍賴。

我告訴楊大赫我已經坐上火車，第二天下午就要到北京。這一天，楊大赫的媽媽正在老家的醫院動手術。

楊大赫問我去了北京要住哪裡。

我說：「住我一個老同學家。頂多住一個禮拜，找到工作我就在公司附近租一個房子。」

這樣的安排聽起來再合理不過，但前提是我要盡快找到工作。

楊大赫很快說：「好，我知道了，我爭取下週去北京，我們一起找房子。你要好好的哦，我馬上匯一千塊錢給你，不夠你就跟我說。」

我一聽，心裡就有點著急：「你不用匯錢給我啊，你家裡正是用錢的時候！對了，你媽媽手術怎麼樣了？」

楊大赫說：「還在手術中，我正在手術室外等著呢。」

接著，我們又聊了兩句，我祝他順順利利，我會在北京等他，楊大赫則依然用在大學時那種哄我的語氣，要我乖乖的，有事一定要打電話給他。

初到北京，我對一切都處於懵懂的狀態。

似乎在下火車的那一刻，我就已經化身為劉姥姥，誤入了大觀園，但我一點都體會不到劉姥姥那種喜悅的心情，我只覺得彷徨無措。

北京真的很大，北京西站的人真多，人來人往，川流不息，每一分鐘都有幾十個人從我身邊經過，奔向前程。

我穿著白色的羽絨衣和嶄新的白球鞋走出西站，腳已經不知被人踩了多少下，身上的羽絨衣也被四周各式各樣的深色羽絨衣磨髒了。抬頭一看，天高地闊，這就是北京。

我好不容易叫到一輛計程車，沒有和大多數人一樣去擠地鐵。北京的計程車也比我們老家的乾淨許多，車內空間也大，連計價錶也顯得很忙碌。

我望著車窗外出了神，沿途的景色很快從繁華的西二環漸漸過渡到有些光禿禿的北五環清河，到了北五環，沿街還能看到捆著好幾公尺高紙箱的板車和賣蘋果的小商販卡車，以及懶洋洋等著客人上門的人力三輪車……

等我回過神來，又看了一次計價錶，心裡一驚——八十七元。

我連忙問司機：「師傅，請問還有多遠啊？」

司機說著一口流利的北京土話，說：「不塞的話，還有十幾分鐘。」

我又問：「那請問，從我現在要去的清河，離世貿天階遠嗎？」

司機琢磨了一下，輕描淡寫地說，也就越過大半個北京城吧。

我越聽越糊塗，想不到第一次感受到北京的寸土寸金，是在距離和計程車的收費上。

等計程車抵達了目的地，我有些心疼地付了車費，下了車就在社區門口見到等候許久的王濤。

王濤是我國中和高中時期的同桌，我們有同窗情誼，小時候做過的糗事彼此都知道，還知道對方偷偷暗戀過哪個同學，而且因為他名列學校前茅的學習成績，我連帶也多考了幾十分。

那時候，王濤不負眾望地考上了清華大學，全校老師都以他為榮。他大學畢業後就留在教育科學學院，光明正大地留在北京，如今住在清河某社區。但是這些年，王濤在攀枝花的父母和我們家一直保持著友好互動，可以說，王濤是除了我媽和閨蜜李曉芸之外，我最親密的人。

我剛來北京，第一個想到的自然是他。

一見面，王濤就迎上來，接走我的行李，滿嘴都是道歉：「唉呀太對不起你了，還讓你自己來找我，下午這個會議實在請不了假，要不然就去火車站接你了！」

我一邊說著「沒關係，沒耽誤你吧？」一邊打量他，隨口笑道：「你怎麼胖了？」

王濤只說：「沒耽誤，對了，晚上想吃什麼？」

我朝他一笑：「都行！」

這時王濤眉毛一挑，掃了一眼我的裝扮：「你這一身白色，我跟你說，過沒幾天就會全是灰，北京的灰塵特別大！」

我轉而又想到在火車站看到四周都是深色的羽絨服，很多上面都沾著灰：「唉沒事，洗一洗就白回來了！」

王濤又問：「楊大赫呢，不是說要一起過來住嗎？」

我簡單交代了一下：「本來是要一起來的，但是他家裡突然有點事，所以他要等一段時間再來。」

我們倆邊說邊往社區裡走，一路經過錯落有致的民宅，只聽他問：「工作找得怎麼樣了？」

我笑嘻嘻的，滿滿都是信心：「來之前投了很多履歷，也接到了很多面試的電話，到時候挑挑看哪個比較適合。」

王濤隨口應道：「那就好，好好挑一挑。」

不知怎地，他的語氣似乎並不樂觀。

當然，這時候的我還不明白投遞履歷和面試的那一套規則。人事部負責招聘的人，急著用人的時候每天都要打上百通電話，他們也不會仔仔細細看每一份履歷，只要是根據條件篩選出來的，就會打通電話給對方。他們還要核算接到電話的人裡有多少比例是來不了的，有多少是找到工作的，有多少是不符合要求的，都是廣撒網捕魚，專門捕我這種廣撒網投遞履歷的魚。

而我，恰好接到了這樣的一批電話，就以為自己是個炙手可熱的人才。

王濤住的是八〇年代落成的老城區，到處都是磚紅色的老樓房，每棟六層，沒有電梯。

我們倆一前一後地上樓，剛上一層，迎面就走下來一個理工科氣質的男生。

王濤和對方打招呼：「出去吃飯啊？」

那男生語氣很輕快：「噢，導師請我們小組吃飯。」

然後，他斜著眼用鼻孔看了我一眼，趾高氣揚地問王濤：「從老家來的親戚？」

我一下子就皺起眉，僅僅因為他那個眼神和那句話，感覺心裡有個地方被人重重戳了一下。

王濤平和地對他解釋：「不是，這是可依，我們是國高中的同班同學，是熟人！」

我這才禮貌地回了個微笑，卻沒說話。

那男生很快走了，我和王濤接著往樓上走，王濤邊走邊介紹說，這一片原本是科研所的家屬宿舍，後來蓋了有電梯的新大樓，大家都搬過去了，就把這片老樓房留給剛畢業分配過來的學生住。

我應了一聲，又聽他說：「這棟樓裡現在住的，都是當年各地的高考狀元。」

我這才想起來，王濤也是我們那裡的狀元，一下子對這棟樓肅然起敬，忍不住抬頭又觀望了一下，剛好見到一個長髮飄飄的女生從樓上走下來。

那女生穿著和我一樣的白色長款羽絨服，脖子上圍著一條大紅色的毛線圍巾，五官標緻秀麗，下樓時腳步很輕，有種翩然而至的美感。

嗯，想必這位仙女也是狀元。

王濤和那女生搭話：「文卿，你要的資料我放在所裡了，明天給你吧？」

連名字聽起來也是狀元會取的。

被稱作文卿的仙女說：「好，這位是？」

她用眼神示意我。

王濤笑著回：「我朋友，來我這看看。」

文卿笑容溫柔地朝我招招手：「你好，再見啊。」

那仙女一走遠，王濤就如數家珍地介紹：「這位，山東的高考狀元，上高中就發明了專利，劍橋要她，人家沒去。」

聽起來可真強。

但女人看女人，看的都是長相，誰管你學歷呢。

我說：「她長得像個演員。」

也不知道為什麼王濤開始老王賣瓜：「學校論壇上投票選出來的校花！她還考了鋼琴檢定十級呢。」

我忍不住笑王濤：「那你怎麼不追她呀！」

我就不信王濤沒意思。

王濤立刻自慚形穢地曝露了短處：「我？人家男朋友是哈佛的！我連號碼牌都領不到！」

我「哦」了一聲，不再接話，只覺得自己進入了一個新世界，而幫我打開新世界大門的人赫然就是我的青梅竹馬王濤，用這樣一種讓人猝不及防的方式，使我清晰地認知到自己是隻井底之蛙。

在攀枝花，我還能驕傲一下，到了北京，我算什麼？連這棟不起眼的舊樓裡都是人才濟濟。

我邊想著邊抬頭看，看向在前面吃力抬著箱子的王濤，不知為什麼，心裡受到了一點震動。

王濤那踉蹌的背影，也在我心裡留下一抹影子。

＊＊＊

面試對我來說，是一項全新的體驗，也是一條自我衡量的水準線。

在來北京之前，我的自我感覺始終不錯，畢竟有那麼多家大公司打電話給我，請我去面試。

可是當我真的來到一個又一個面試官面前，才真真切切地意識到自己的無能與無知。

第一份面試的徵人單位坐落在北京商務中心區，最繁華的商業區，樓層很高。坐在走廊上等待面試官叫我之前，我一直從旁邊的窗戶往下看，看北京的上班高峰期，看那些在老家見都沒見過的車水馬龍。

只要微微一抬眼皮，似乎就能將整個北京盡收眼底。

居高臨下的感覺，真的很奇妙。

直到面試官叫了一聲「陳可依」，我緩緩吸了口氣，整理一下顏色鮮豔的套裝，掛上笑容，推門而入。

屋裡有兩位面試官，一個比較嚴肅，一個比較和善。

我一坐下，就聽嚴肅的面試官不苟言笑地問：「專業是市場行銷，你有相關的工作經驗嗎？」

我飛快地回答：「我今年剛畢業，這是我找的第一份工作，不過我之前在火鍋店實習的時候，幫他們設計過促銷的海報。」

也不知道是因為我說了「剛畢業」還是「火鍋店」，嚴肅的面試官很快皺起眉，抬眼瞅了我一眼。

這時，和善的面試官問：「你大學也沒在北京唸，家也離得遠，為什麼考慮來北京發展呢？」

我非常坦白地說：「嗯……為了夢想吧。」

和善的面試官差點笑出聲，我一時沒明白，難道我說了什麼好笑的事？

那面試官連忙說：「沒事沒事，很好。說說你對薪資的想法。」

我不假思索道：「月薪六千。」

這回，兩位面試官都沉默了。

直到幾秒鐘後，嚴肅的面試官站起來，和我握了一下手：「回去等通知吧。」

我雖然一時搞不清楚自己犯了什麼錯，但是看他們兩人的面部表情和「送客」的肢體語言，多少能明白，這次面試失敗了。

我不是他們要找的人……

畢竟天真單純的畢業生有的是，一口價月薪三四千地搶著來，當然這件事我也是到後來才明白的。

至於「夢想」的話題，幾年後我剛好看了一部美國的愛情喜劇電影《麻辣女強人》，裡面的女主角在二十八歲這一年失業了，當她和媽媽提到了夢想時，媽媽對她說：「你有夢想，這是好事啊！當你八歲時有夢想，大家會覺得你很可愛；十八歲時，還算鼓舞人心；二十八歲時談夢想，丟不丟臉啊？」

事實上，我第一次面試的時候，是二十三歲，剛好卡在十八歲和二十八歲之間，我不知道那算不算鼓舞人心，但大約可以認定為，我正在朝「丟臉」的路上前進。

而那兩位面試官，八成已經很久沒見過這麼天真的畢業生了吧？

直到回到王濤家裡，我心裡仍是出奇地悶，一悶就想做點事，總比躺著裝死強，於是就走到廁所裡，隨手撿起洗衣籃裡的襯衫洗起來。

王濤很快被流水聲吸引過來，一看到就驚了：「你怎麼幫我洗衣服啊？我自己來就好。」

我頭也沒抬：「順手就洗啦，你洗得肯定沒我乾淨。」

王濤半晌沒說話，我歪了下頭，剛好對上他的笑。

奇怪，笑什麼？

我隨口問：「對了，你這邊房租多少啊？我跟你分一下。」

王濤又一次驚訝：「不是吧你，跟我這麼見外？」

我嘿嘿一笑：「總要跟你假裝客氣一下。」

由於我站的角度剛好可以看到大門口的動靜，這時就看見一張水電繳費單從門縫下塞了進來。

我放下襯衫，擦了兩下手，越過王濤撿起單子。

王濤反應過來：「水費單吧，給我。」

我沒理他，直接塞進自己的口袋裡：「好了啦，我順手就繳啦！」

王濤果然不再堅持。

而我，也沒有對他提起面試受打擊的事。

王濤來得比我早，像今天這種小打擊，他恐怕早就見怪不怪了，我要是連這點事都拿出來談，未免顯得矯情。

可是後來我轉念又一想，以王濤的學歷，這種打擊恐怕會對他繞道而行吧？如果是他開口要六千的月薪，徵人單位豈不是高興死了？

很快地，我又去了第二次面試，更糟糕。

我不再像第一次那麼有自信，也不再像第一次那麼莽撞、不食人間煙火。

面試官的問題也和第一次遇到的一樣：「你是四川人，又在成都唸大學，為什麼不留在成都要來北京？」

我猶豫了一下，才將自己的真實想法說出來：「因為……北京的大公司多，機會也多，我相信自己有希望在這裡闖出一片天地。」

主要是因為如果不這樣說，我也想不出更好的說法，「夢想」二字更是不會再提。

面試官很快就問到關鍵問題：「待遇你有什麼想法嗎？」

我想了一下，卻不是很肯定：「……五千？」

可是那面試官似乎對我的「自動降價」並不感冒，他一聲不吭地低頭又翻了翻我的履歷，臉上只掛著四個字——「乏善可陳」。

值得慶幸的是，第二次打擊遠沒有第一次來得那麼強烈，當我的期望值降低了，似乎心裡也有些麻木。

我沒耽擱，很快朝下一個面試地點奔去。

但是即便手裡拿著北京地圖，我還是迷了路，而腳上那雙高跟鞋，更在此時發出抗議，湊熱鬧地將我的後腳跟磨得火辣辣地疼。

北京的冬天真的很冷，風刮在臉上像是刀割，而我居然穿著高跟鞋走在大街上，也真的很有病。

我頂著風，再一次提醒自己，這裡不是攀枝花，來這裡追求的不是安全感，而是往上爬的機會。

人活著，就要居安思危。

然後，我眼急手快地攔下一個路人：「您好，我想去當代moma，請問要怎麼走啊？遠嗎？」

那位路人顯然是北京人，一口流利的北京腔，指路都是用東南西北：「moma啊，不遠！從這裡往西南，到了橋上看見樓梯下去，往南走一站就到了。」

我跟對方道了謝，剛抬起腳，在原地轉了一圈，又回過頭來問：「請問，哪邊是西南？」

那路人哪裡還有影子。

當我趕到 moma 後，前腳剛坐下，就見面試官從辦公室裡走出來。

他抬眼一掃，喊道：「下一個，陳……」

我心裡一驚，下意識站起身，這時就見旁邊快步走來一個女人，像是這裡的員工，她在面試官耳邊嘀咕了幾句，順手塞了一張紙條給他。

那面試官低頭只看了一眼，就轉身進房。

再看女員工，她已經將坐在我身邊的女孩帶進了辦公室。

我看得一愣一愣的，那女孩我剛開始也瞄過一眼，她一直都很淡定，坐在椅子上等候時還拿出手機玩了一會遊戲，似乎面試這種事對她來說駕輕就熟。

呵，如今再一想，那哪裡是駕輕就熟呢，分明是胸有成竹。

那一刻，我突然想起來北京之前和趙局長的那頓飯。

也許，這個女孩也曾在家長的陪伴下和這家公司的某位主管吃過飯，關係疏通了，人情說開了，缺的只是走個過場。

在攀枝花都是如此，何況是在就業人擠人的北京？

試想一下，如果我當初接受了趙局長的職位安排，恐怕今天被塞紙條帶進去的女孩就是我。

呵……

可我知道，我沒有太多時間自怨自艾，那是晚上蓋上棉被睡覺前的事，眼下我必須盡快趕到下一家面試公司。

這一回，我問路問得更有技巧，還順便把手機上的指南針app打開，很快就來到第四家。

再也沒有顏色鮮豔的套裝，有的只是簡單乾淨的白襯衫，素面朝天，一點點口紅。

第四家公司的面試官似乎人還不錯，他照例問了我一個問題：「說說你為什麼想來北京呢？」

我這次回答得更加誠實：「嗯……因為我是單親家庭，我媽其實是北京人，年輕時跟我爸結婚又離婚，從小我就跟我媽相依為命，我希望透過自己的努力，改變自己和家人的生活。」

事實上，我也突然有點明白這個問題存在的必要性了，北京的外地人口流動量大，我們拿的又不是北京居民身份證，如果錄用外地戶口的人，用人單位勢必要承擔這個人突然消失不見還要急忙找人接手的風險。

面試官又問：「你希望的月薪是多少呢？」

我頓了一秒，這樣回答：「就按你們的標準吧。」

這回，面試官再沒有像前面那幾個一樣低頭看履歷，挑三揀四，他沉默著，似乎正在考慮我的可用性。

我見有點眉目，忍不住問：「請問……什麼時候能給我消息呢？」

面試官說：「有結果會用 e-mail 和你聯絡的。」

我又追問：「今天可以知道嗎？」

面試官說：「你也不是只投了我們一家嘛，可以再等等。」

我吸了口氣，決定來個痛快的：「長官，您可以直接告訴我嗎？還有沒有希望？」

面試官突然笑了：「小女孩不要急，這份履歷還是不錯的！花了錢吧？」

我老實回答：「花了三十六。」

這兩天光是遞出去的履歷，就夠我從北京西站到清河的那次計程車費了。

面試官點了下頭：「不便宜，拿回去吧，下次還能用。」

下次……

我微微一愣，卻還是說：「謝謝您。」

面試官站起身，雙手拿著那份彩色列印履歷遞給我。

這一次，我接受得分外平靜，起碼這次沒有損失那三十六元。

這就是我放棄攀枝花的一切，執意要來北京所必須承受的代價。

這天晚上，我趕著下班高峰坐地鐵回王濤家，四周都是人，隨著車廂的晃動而搖擺，別說摔倒，連動一下手臂都很困難。

但我早已累得晃了神，額頭上全是汗，看著車窗裡自己的倒影，什麼想法都沒了。累，只有累，身心俱疲。

晚餐王濤叫了外送，他吃得熱火朝天，我卻有點食欲不振。

王濤又一次問我：「真的不吃啊？」

我有氣無力地搖了下頭：「不吃，減肥！唉，你說，在北京找個工作怎麼這麼難啊？」

王濤卻顧左右而言他：「你一個女孩子，幹嘛非要來奮鬥呢，我覺得老家也挺好的，你這學歷，在北京不太夠，但在老家，足夠啦。」

我笑了一下，賭氣似地說：「我不回去，就算死，我也要死在北京！」回去，固然平穩，但那個臉，我丟不起，我媽更丟不起！

王濤覺得很奇怪，問我為什麼。

我腦海中頓時跳出王佳佳的模樣：「我又不是最差的，就這麼回去了，我不甘心。」

恐怕當初王佳佳來的時候，比我遭受過更多更大的打擊，她都能挺過來，都能笑嘻嘻地站在我們面前，我為什麼不行？

就這樣，時間一分一秒地過去了。

光陰似箭，度日如年。

我每天翻看著履歷，換一身面試需要的衣服，箱子裡的服裝早就穿遍了，已經開始換花樣混搭了。

而每天早上出現在鏡子裡那個女孩的臉，似乎也日漸憔悴，皮膚耐不住寒冬，眼裡只有麻木、疲倦。

包裡的小本子上，都是我在來之前記錄的徵人單位的名字、地址和聯絡電話，字體秀麗，是我一筆一畫認認真真寫上去的。

如今，被我一一潦草地劃掉。

我想，我永遠不會忘記二〇〇八年的冬天，這是我承受打擊最大的一年，就像北京喜怒無常的天氣。

當然，我也忘不了那一天。

天早就黑了，北京的夜景美麗絢爛。

我站在一條不知名的馬路上，仰著頭，看向對面的「全北京向上看」的大螢幕，鑽進鼻子裡的除了冷空氣，還有陣陣的煎餅香。

我抵禦不了那樣的香氣，很快買了個加蛋的大煎餅，一邊吃一邊又看向那座大樓，燈火通明，似乎每一家公司都在加班。

而我面試的第一家公司也在那上面，窗戶裡的光又耀眼、又溫暖、又遙不可及。

我消化完一整個大煎餅，慢吞吞地坐地鐵回王濤家。

高跟鞋「咚咚咚」地響在社區的石磚路上，老城區的路不平，我第一次走的時候差點扭到腳，現在卻摸著黑都能駕馭了。

只是很奇怪，今天的社區似乎格外地安靜，格外地黑。

我抬頭向四周一看，似乎停電了。

我有點迷糊，只能摸著黑走進王濤住的公寓大門，一手摸上牆，正準備往樓上走。

誰知就在這時，一隻熱呼呼的手一把抓住了我。

我頓時一驚，叫出聲。

下一秒，手電筒刺眼的燈光照了過來。

我避著光一看，原來是王濤，他一定是在等我。

王濤一見面就數落道：「你還知道要回來，打電話怎麼不接啊？」

我一愣，這才想起來：「哦，面試關靜音了，忘記調回來了。」

王濤嘆了口氣，拉起我的手：「走吧。」

從一層到五層，我們一路都沒有鬆開手，好幾次我都差點摔在樓梯上，幸好有他拉著我。

王濤在前面問：「今天面試得怎麼樣啊？」

我笑嘻嘻的：「稱讚我履歷做得好……」

故意頓了一秒，又說：「然後也沒要我，呵呵。」

那「呵呵」兩字，我故意咬得重一點。

王濤也是一笑，突然說：「那我跟你說件事，你別太感動了以身相許哦！」

我問：「什麼？」

王濤一股腦地交代了：「诶，我找人幫你安排了一個工作，這週末你好好休息，最近也太辛苦了，下週一就可以去上班啦，一個創業公司的櫃檯，我朋友的公司，很靠得住！」

我腳下突然一停，彷彿被一個巨大的餡餅砸中了：「啊？那你怎麼不早說啊！」

早說了，我就不用這麼奔波了！

王濤卻道：「早說了還能叫驚喜嗎？」

嗯，真是有夠驚喜！

看來找工作這種事，還是得有自己人！

後來的一路上，我都在想，也許下一次等著人家塞紙條給面試官，然後氣定神閒地被「自己人」引進辦公室的女孩，就是我了。

＊＊＊

就這樣，我和王濤一起摸黑進了家門，進屋的瞬間，我就感覺到一室的熱騰騰，也不知道是因為突如其來的驚喜，還是王濤在寒冬的夜晚到樓下等我，總之，今天這間屋子格外地溫暖。

我心裡正在雀躍，同時還在想，明天天亮了，我應該怎麼報答王濤，要不要去附近的菜市場買點菜，親自下廚做頓好吃的慰勞他？

哦對了，王濤都喜歡吃什麼來著？我得好好想想。

只是我這些想法還沒逐一成型，就在我下意識要鬆開王濤的手的同時，卻感覺到手上一緊，他握著我的力道似乎越來越緊了。

而且他的手心，非常熱。

我不禁一愣，笑道：「好了好了，都到家了，摔不死。」

我邊說邊又要抽手，卻沒成功，下一秒，我就感覺到一個混合著寒氣和熱氣的懷抱迎了上來，將我牢牢地罩住。

我頓時傻了，努力睜大眼，眼前卻是漆黑一片，耳邊傳來的羽絨衣摩擦聲和男人的喘息聲，十分清晰。

但過了一秒，我就飛快地反應過來，用力推開王濤，卻又遲疑了。

畢竟我和王濤是國中就認識的好同學，他也是我最好的朋友，如今又收留了我……

正是礙於這層關係，我才放低了音量：「你幹嘛啊！」

我只希望，王濤能回答我一句「不好意思，腳沒站穩，差點摔倒」，別的無需多說，我就都能當作沒有事情發生過。
但王濤只是在反應過來後，鬆開了手，一個字沒吭。
我吸了口氣，接著找臺階下：「我們是老同學，是兄弟啊。」
王濤終於開了口，黑暗中誰也看不清誰，便越顯他那理所當然的口吻，十分刺耳：「誰要跟你當兄弟？我覺得你好，你覺得我好，為什麼不能試試呢？」
試？試什麼？怎麼試？
天昏地暗，伸手不見五指，他是想趁機睡了我，還是要幹嘛？如果真的有意思，為什麼不能好好說話，非要動手動腳？
我的腦子一下子變得很亂，心裡又涼又慌，直到楊大赫的模樣跳入腦海。
然而就在這時，王濤又一次伸出了手，想必是見我半晌沒反應，他又重振旗鼓了。
我一下子就被王濤拉近了，黑暗中我只能看到一個巨大的影子在我面前晃動，我們身上的羽絨衣來回摩擦，窸窸窣窣。
我立刻急了，比剛才更加害怕，用盡全力掙脫開，同時勸他：「你別鬧，我一直把你當朋友，你也知道我有男朋友啊！」
我多麼希望，王濤能回我一句「哈哈，那好吧，不鬧你了」。
但他卻這樣說：「你那男朋友從來就沒出現過！再說，他為什麼同意你住我這？你都住我這了，每天在我面前晃來晃去，你就沒考慮過我的感受？大家都是成年人了，你還真當小時候玩辦家家酒？」

言下之意，楊大赫同意我住在王濤這裡，就說明他早有心理準備我們會發生點什麼，而他默許了？

我一下子氣湧如山，渾身都在發抖，聲音卡在喉嚨裡，發不出一個字。

接下來那十幾分鐘，我也不知道自己怎麼想的，我的腦子裡一片空白，什麼想法都沒了，我更不知道自己是怎麼摸黑收拾東西的，黑漆漆的屋子也不能阻止一個人要離開的決心。

我只知道，當我回過神來，是因為「碰」的那一下摔門聲。

脆弱的大門一開一合，被我用力帶上，嘎吱作響。

我卻像全身都充滿了力氣，拖著剛來時我自己根本提不動的行李箱，悶著頭往樓下衝。

樓梯間依然黑壓壓一片，我被大箱子帶偏了重心，這一路上竟然一次都沒有摔倒過，只是艱難地一層一層往下走。

明明不高的樓，我卻像是走了很久很久，一身的汗、一腔的氣。

直到我憑著自己的固執，終於把它拖下最後一層樓，跌跌撞撞地來到樓下，停下腳步，居然在大樓的門口地上，看到了自己的影子。

影子周圍是暈黃的光。

我一愣，回頭一看，電來了。

呵，連「停電」也一起欺負我，連「停電」也要當王濤的助攻，更像是為了將我驅逐。

我瞪著那片光明，深深地吸了口氣，鼻腔裡灌入北京乾冷的空氣，吐出來的是白色的霧。

然後，我將死沉的大箱子往旁邊一放，二話不說就衝進大樓門裡，一路往上爬，連口氣都不帶喘的。

那一路上，很多畫面從我腦海中掠過，有上高中時和王濤一起上下學的片段，有他幫我看功課的畫面，還有後來我幫他慶祝考上北京一流大學吃飯時碰杯的樣子，甚至是逢年過節，他回到攀枝花，我們一起和同學們聚會，那些歡聲笑語……

想著想著，原本那股憋在胸口的悶氣，一下子洶湧而出，還連同帶出了一點涼意。

我抹了一把眼角，有點濕，我便閉上眼多吸了幾口氣，將那些委屈憋回去。

有什麼好委屈的？我只是活該而已。

王濤說得對，我們是成年人，孤男寡女共處一室，不是一分鐘，也不是一小時，更不是一天，而是一個星期。

王濤沒有女朋友，他又是個男人，大概很難忍。

而我呢，我錯就錯在對人沒有防備之心，還以為我們認識多年的情分，足以和他的自制力畫上等號。

說到底，我們都是人，是人就有人性，我吃飽撐著考驗人性幹什麼，我應該去小旅店住一個禮拜！

就為了省一點錢，給自己找不痛快！

我邊想邊往樓上衝，很快就來到王濤住的樓層，他的門還沒關，我直接走進去，正見到王濤坐在沙發上，一臉鬱悶地低著頭。

聽到我的腳步聲，王濤的身體頓時一震，抬起頭時，臉上堆滿了不知所措，趕緊站起了身。

那一瞬間，我其實有很多話可以說。

比如，跟他要個道歉，這件事就可以當作過去了。

比如，跟他正式下個通牒，以後井水不犯河水，我有我的骨氣。

然而，我卻只是死死地盯著王濤，一聲不吭。

王濤大概是被我看得毛了，也出於本能要保護自己，便當著我的面，下意識地護住褲襠。

說真的，要不是我正在氣頭上，還真的會忍不住笑場。

接著下一秒，我便開了口：「你幫我介紹的工作，我還能去吧？」

反正這段友情要撕破了，怎麼樣也不能白吃虧，就當是用來交換他的罪惡感好了，我也不算賠。

一個星期，重新認識了一個人，還替自己上了一課。

一個星期，我有了工作。

就這樣，很好。

這天晚上，我突然長大了幾歲，又像是重獲了新生。

和王濤敲定工作的事之後，沒有他的幫忙，我拖著大箱子一路找到一家房產仲介，初來北京時的忐忑不安、手足無措，在這一刻全都不見了。

我臉上很木然，快速在仲介門口看了一遍廣告，這附近一房一廳的租金一個月最少要兩千塊，合租的要八百塊。

我皺皺眉，轉身就要走。

這時，屋裡一個房產仲介看到了我，立刻堆滿了笑臉，開門迎上來。

房產仲介：「美女，找房子啊？要買還是租啊？」

我的語氣很淡：「我只是看看。」

話落，我拖著箱子離開，那仲介也沒挽留，收起笑進屋了。

此時此刻，我心裡最想念的就是楊大赫，我的耳朵最想聽到的也是他的聲音，哪怕他只說一句話，也勝過別人一萬句。

再說，王濤的事我不能打電話回家跟我媽說，更不能告訴閨蜜李曉芸，我只能找楊大赫，告訴他我離開王濤家了。

結果我剛拿起手機，就看到楊大赫打來的一通未接來電。

我立刻回電。

但楊大赫的電話我打了十幾遍，他都沒有接。

我越打心裡越煩，隨便找了路邊的臺階一屁股坐下去，手指機械性地按著重撥鍵。

直到電話接通，我不禁一愣。

我本以為楊大赫看到這麼多未接來電，又是晚上，一定會關心地問我是不是出什麼事了。

然而，他第一句話卻是：「打這麼多電話幹嘛呀？跟你說過了，沒回就是有事。」

他的聲音前所未有地冷漠，還有點不耐煩，彷彿我們不熟，彷彿我打擾了他休息。

我張了張嘴，說：「有什麼事啊？剛剛是你先打電話給我，然後又不接，傳訊息也不回。」

楊大赫的聲音依然不冷不淡：「哦……我想和你商量一件事。」

我吸了口氣，決定先聽他說什麼事，再聊王濤的事：「嗯？什麼事啊？」

手機那頭，楊大赫似乎一頓，再開口時，聲音略帶沙啞：「我們，分手吧。」

什麼……

我心裡一涼，下意識地喊出聲：「……你沒事吧？你幹什麼呀！」

楊大赫，你在幹什麼？你知不知道我剛才差點被王濤欺負了！你怎麼能在這個時候和我提分手?!

我腦海中晃過這句話，然而我卻一個字都吐不出來。

耳邊也是嗡嗡作響，只聽到楊大赫說：「沒什麼事。我在這邊……我喜歡別人了，對不起。」

喜歡……別人了……

我握緊了手機，立刻要追問「是誰？為什麼？這太突然了！」等等……

然而，我根本來不及開口，耳邊就傳來「嘟嘟嘟」的聲音。

楊大赫已經掛斷了電話。

我拿著手機愣了半晌，好一會才反應過來，立刻打回去。

那頭卻是：「對不起，您撥打的電話已關機。」

我想，我永遠忘不了這一天晚上。

二〇〇八年的冬天，我在北京失去了男朋友，失去了國中就認識的好朋友好同學，拖著我的行李箱在街頭流浪。

這天的我，恐怕已經不能用「狼狽」來形容了。

我滿腦子裝的都是大學時的美好時光，那些浪漫，那些不食人間煙火，那些小歲月……

記得大三那年的一個晚上，我正拎著保溫杯去外面裝水，穿過校園走回宿舍時，接到了李曉芸的電話。

她說：「可依，你從操場穿過來吧，我在操場另一邊，田子說今天是平安夜，幫我們準備了大蘋果！[1]」

我二話不說，往那邊走去。

但就在我橫越操場的路上，卻相繼遇到好幾個笑容古怪的同班同學，他們兩兩一對，每一對都遞給我一支鮮嫩的玫瑰花。

我有些發愣，一時搞不清這是平安夜班上搞的即興節目還是什麼……

我甚至來不及數到底來了多少同學，我又接到了多少支玫瑰。

當我走到操場的另一端，回到女生宿舍門口時，那裡早已堆滿了人，很多女生圍著一個男生。

居然是楊大赫。

1　在中國有平安夜吃蘋果的習俗。

楊大赫抱著吉他，坐在那兒，那些女生全都舉著手機，用光亮圍繞著他，他們還一起唱著《愛你不是兩三天》……

我想，那一刻的我，恐怕是一臉的呆萌吧？

雖然當時我心裡已經明白了一點。

然後，我就看到了李曉芸，她正依偎著田子，笑得花枝亂顫。

李曉芸帶頭吆喝起來：「在一起，在一起，在一起！」

其他女生們立刻跟著一起起哄。

直到楊大赫走到我面前，他有些靦腆地開口：「我有個問題要問你。」

我當時回答了什麼？

哦，我說的是：「我要考研究所，以後要去北京的。」

呵，還是用普通話說的。

楊大赫微微一怔，立刻改口：「好！那我不問問題了，我敘述。從今以後，我楊大赫就是陳可依的人了，跟著她，去她想去的任何地方，陪她做她想做的任何事！」

四周很快響起掌聲。

楊大赫轉身將吉他塞給田子，一回頭，就彎腰將我抱起來。

我是真的嚇了一跳，手裡還拎著保溫杯，嚇得不敢鬆手，更感動得一塌糊塗。

楊大赫抱著我轉圈圈，我的眼淚好像也跟著旋轉……

如今想來，還真的是……

呵呵，假的，都是假的。

只有寒冷是真的，餓肚子是真的，什麼情啊、愛啊、背叛啊、友誼的小船啊，都是說翻就翻。

我一路想著那些過去的歲月，一路拖著箱子走在陌生的街頭，直到肚子裡發出「咕嚕咕嚕」的聲音。

我腳下一頓，循著最近的香味走向旁邊的一個報刊亭，果然看到一鍋香噴噴的水煮玉米，旁邊的紙板上寫著「兩元一根」。

我摸了摸口袋，除了一百元的鈔票，我只有一元硬幣。

我不想用掉整鈔，用了就剎不住車了，我怕我會衝進一家小飯館，花光剩下的九十九元。

於是，我對報刊亭的老闆說：「老闆，我只有一塊錢零錢了，能一塊錢賣給我嗎？」

那老闆大概覺得我很好笑，連一塊錢都要砍價：「女孩，你少一塊錢，地鐵會讓你上車嗎？」

我頓時一愣，沉默了好一會兒，這才摸出那一元硬幣，遞給老闆。

然後，我厚著臉皮再次開口：「那您賣我半根吧？」

那老闆震驚極了，恐怕這麼不要臉的要求他是第一次聽到吧，看了我片刻，才終於妥協：「唉，好吧！」

老闆收走了那一塊硬幣，用塑膠袋罩著手，將一根熱騰騰的玉米掰開兩半，一半遞給我。

我接過半根玉米，一點也不客氣地吃起來。

再一抬眼，見那老闆正在啃另外半根，我竟然也覺得有點好笑。

這個冬天，夜風凜凜，我和這位老闆都是外來的，他不知道我從哪裡來，我也不知道他從哪裡來，我們沒有一句交談，卻面對面地分享同一根玉米。

直到這一刻，那些彷彿被冷風凍住的悲傷情緒，終於一股腦地湧上心頭。

那天晚上，我蹲在一個路燈下哭了很久，我也不管旁邊經過的路人怎麼看我，事實上他們也不會圍觀和安慰一個陌生人，最多不過是經過時瞄一眼，懂的，心照不宣；不懂的，頂多以為我是失戀了。

沒什麼，真的沒什麼……

哪怕我的哭聲越來越大，甚至到了號啕大哭的地步，也沒什麼。

都會過去的，只要等我排除掉多餘的淚水和委屈，填進來的就是堅強。

也正是那天晚上，我被這個偌大的城市上了結結實實的一課，那些原以為踮著腳尖就能搆著的美好希望，像漫天飄散的斑斕泡泡，一不留神就變成泡沫。很多年後我才意識到，**北京，這座閃光的城市即將改變我，也改變著所有投入它懷抱的人**。

然而，天無絕人之路的是——

就在我的眼淚快要流乾的時候，我那支快要沒電的手機裡，突然跳出一封簡訊。

來自李曉芸：「這是王佳佳的電話：一三××××××××，你沒事和她聯絡一下嘛。」

不愧是我的閨蜜，她知道我自己是拉不下臉問的，就主動傳過來了。

我當然也不矯情，抹了兩下臉，將眼淚擦乾，麻木地複製了那串號碼，撥通。

王佳佳竟然成了我的救命稻草，這個我一度看不上、覺得處處不如我的女孩。

呵，你說有不有趣？

但無論如何，那一刻，我是真的發自內心地感謝。

至於楊大赫，順帶一提，我也是很久很久以後才知道，在和我提分手的那天晚上，他正在老家醫院的加護病房外。

他的媽媽徘徊在生死一線，而楊大赫正面臨人生中的重大選擇。

直到負責加護病房的護士出來通知他，讓他過去陪床，他媽媽要住院一個月，一個月後再看情況。

而且，他媽媽很嚴重，再站起來的機率非常小，很有可能會終生癱瘓。

別說陪床一個月，楊大赫不可能離開。癱瘓兩個字，就足夠將他綁在老家半輩子。

楊大赫的爸爸也勸他：「你就別去北京了，我們家這個情況，你也得為女朋友著想，可別耽誤人家了。」

楊大赫只能答應。

當然，這都是後話了。

第二章
懂得飯局文化才能融入北京圈子

萬萬沒想到我有一天會投靠王佳佳，更沒想到王佳佳會同意收留我，而且她住的社區遠比王濤住的老城區高檔。

王佳佳帶我走進社區大門口時，那穿著筆直的警衛還和她敬了禮。

我心裡有點惶恐，只聽王佳佳問我，怎麼來北京都不找她。

我解釋道：「我面試的那幾個公司，都在中關村那邊，離王濤那裡近。」

王佳佳一語點中關鍵：「王濤沒對象？不介意你住他家啊？」

我隨口搪塞，他目前單身，那兩室一廳的房子，住得還算方便。

誰知王佳佳卻透露了一個我不知道的消息，原來王濤和王佳佳剛來北京時還經常小聚，王濤那時的女朋友是他學妹，傻愣愣的，王濤一直想分手，直到王佳佳帶了同事去聚會，王濤便不停地約那同事，煩人得很，情商太低，恐怕是讀書讀傻了。

我只是聽，沒有接話，那一路上我都在欣賞整個社區，高級、漂亮、安靜、大氣，想必住在這裡的人非富即貴。

我忍不住稱讚了兩句，王佳佳接話說：「設施也不錯，就是太遠了。」

我卻覺得這麼好的風景，走遠一點也值得。

直到我們來到王佳佳住的大樓門口，大門口彷彿飯店大門，大廳裡還擺放著巨大的花瓶，可是當我往電梯走去時，卻被王佳佳一把拉住了。

「這邊這邊。」

然後，王佳佳就推開了旁邊的小側門，直通向樓梯間。

我立刻一愣，卻很快反應過來，和王佳佳一起費力地抬著大箱子往地下室走。

王佳佳租的房子只有四、五坪，沒有廁所，簡單擺放著兩張單人床和布製的簡易衣帽櫃，四處淩亂不堪，彷彿回到了大學宿舍。

而她的手機則掛在窗口。

王佳佳說，這裡訊號不好，只有靠近窗戶的地方才有一點。

她將沙發上堆放如山的衣服塞進一個大編織袋，要將沙發讓給我。

我覺得不好意思，一邊幫她一邊說：「我來弄吧，你剛出差回來，休息一下。」

等我們收拾好，王佳佳一看，又覺得沙發太小，要我跟她一起擠床。

我坐上去試了一下，笑道：「當然不會。」

王佳佳便開始叨唸，希望我別嫌棄，在北京住宿是個大問題，無論如何都不可能像在家裡那麼舒服，收拾了也是白收拾，租的地方都不用在乎，走出這扇門才是需要好好收拾的世界。

這話倒是真的。

我說：「要不是你，我今天可能就要流落街頭了，我去商務旅館，他們打廣告的價錢全都客滿了，只有貴的房間。」

王佳佳說：「全是騙人的，小心點。」

我笑笑，問起正事：「你這間房子一個月多少錢？」

王佳佳介紹了一下，地下室都是從原本給警衛和清潔人員休息的地方改裝的，一個月一千二，衛浴公用，幸好住的人不多。

我「哦」了一聲，從包裡拿出六百塊人民幣遞給她，解釋說即將去上班的公司離這裡不遠，總不好一直借住，等工作穩定再找房子，在那之前房租平分。

王佳佳驚訝極了，推讓之間叫我放心地住。

可我哪敢真的跟她客氣？她住的環境遠不如王濤，我更不能占這個便宜：「那不行，你如果不收下，我住得不安心，晚上還會說夢話呢，你可別被嚇到！」

王佳佳見我很堅持，終於將錢收下，還說要我別再跟她客氣了，在這裡儘管用她的，也省得買。

然後，她又去收拾擺滿了彩妝、保養品的小桌子，要騰給我。
我依然在笑，環顧四周，雖然狹窄擁擠，卻覺得再好不過了。
第二天，王佳佳就帶我到附近的一家大商場散心，我偶爾還會看看掛在手機上的鈴鐺掛繩，那是楊大赫送的。
王佳佳勸我，來北京就是全新的開始，以前的人和事就讓他們過去吧。
我也明白這個道理，但畢竟和楊大赫交往了兩年，豈有這麼容易忘記？
王佳佳說：「逛街和買買買是治療失戀的最佳良藥。」
我卻一頭霧水，不知道買什麼。
王佳佳建議我買身衣服買個包，上班的第一要素就是打扮，穿得漂亮背個中階的包，很多勢利眼的同事看到我的打扮，午餐就會主動約我了。
她邊說邊帶我走進一家女裝店，不到十分鐘，我就半推半就地試穿了一件束腰的白色毛呢裙，出來一看，王佳佳就痛快地說：「真好看，就買這條吧！」
櫃姐也跟著附和，說我眼光好，說這件裙子是設計師的新品，賣得很好。
但我第一個想到的問題就是價格，拿出標籤一看，嚇了一跳，居然要一千一百九十九元?!這和王佳佳的房租也才差了一塊錢！
王佳佳掃了一眼我的動作，笑了：「這件是真的好看，再說你要去上班，買件新戰服就當作幫自己打氣。」

我搖了搖頭：「這個氣我可打不起。」

王佳佳一愣：「咬咬牙都買不起？」

我不再說話，轉身走進試衣間，就算再不捨也得把它留下了。

直到幾分鐘後我將換下來的裙子交給櫃姐，見王佳佳正在一邊講電話，還跟我打手勢：「對啊，好久沒見到您了，我在中友呢，離您公司也就十分鐘吧……好啊，那我和我朋友先逛，等您來哦！」

然後，正當我不明所以時，王佳佳已掛上電話，和櫃姐交代，說剛才那條裙子那個尺寸，幫我們留一件，等一下我們再來，她要再試穿一次，還要櫃姐跟著幫腔說好看、特別好看、錯過可惜之類的。

櫃姐一下子聽糊塗了，王佳佳解釋：「我男朋友來，我總不能直接和他說我就是想要這條裙子吧？」

櫃姐這才恍然大悟。

王佳佳便笑嘻嘻地挽著我的手走出女裝店。

走了沒多遠，我就問她誰要來？有男朋友了？

王佳佳笑道：「噯，就是我們公司一個潛在客戶，一直有聯絡但也不熟，我這不是在幫你想辦法拿到這條裙子嗎！」

啊？

我比那個櫃姐還要糊塗：「你讓人家付錢啊？」

王佳佳頗為世故地解釋：「當然不能讓人不舒服了，當然也得講究一點方法策略，等一下你別說話哦！」

我心裡一亂，就說那裙子不要了，其實也沒有好看到哪去。

但王佳佳還沒接話，她的手機就又響了，正是她那位潛在客戶，她接起電話也顧不了我，正幫那位客戶指路，說我們在北門，她穿紅色，我穿白色。

說話間，王佳佳已經抬起手臂揮舞起來，我順著她的目光望過去，剛好看到一個約莫四十歲左右的男人正掛上手機，快步走過來，他一身西裝打理得很整齊，身材適中，氣質斯文，透著點氣派。

王佳佳迎上去招呼：「吳總！好久不見！」

這男人名叫吳昊，他笑著寒暄：「是啊，你也只有在我的地盤上才會想起我！」

王佳佳笑得瞇了眼：「唉，都怪我！主要是因為想休息一天也不容易啊！欸，您怎麼週末還在公司啊？」

吳昊接話：「我哪來的週末啊？走吧，請你們去吃日本料理好嗎？樓下新開了一家，很道地。」

王佳佳卻將話題引向衣服：「現在才五點半，我們六點去吃好不好？我得先去買件週一開年會規定要穿的衣服，非要白色的裙子，逛半天了還沒看到呢。」

吳昊也是個明眼人，從善如流道：「那我陪你再看看吧！明天就是週一了，今天得把裙子買好啊。」

王佳佳邊笑邊指向我：「好啊！唉，瞧我這記性，這是陳可依，我高中同學，也在北京工作，這是吳總！」

原本正在看兩人一來一往有些呆愣的我，一下子就回過神，立刻和那位吳總打招呼，接著就被王佳佳拽著朝女裝店的方向走。

那一刻，我心裡是震撼的，王佳佳這麼輕易地就搞定了一千二？

原來，她遠比我想像中的混得好、吃得開。

北京，真是個創造奇蹟的地方。

認識吳昊的那天晚上，一切都像是做夢。

我長這麼大，也是第一次體會到天上掉禮物不勞而獲的感覺。

王佳佳也用實力證明了，被她花言巧語搞定的不只是一千二，還有兩瓶 Dior 的香水，我們一人一瓶，以及一頓價值兩千多塊人民幣的日本料理大餐。

事實上，那頓飯菜色並不多，隨便一小碟就要一百多塊。

等回到那間狹小的地下室，我忍不住問她，跟那個吳昊該不會真的是第二次見面吧？

王佳佳隨口說：「可不是嗎？要不然也不用揮著手臂才能認出來，我猜吳老闆也認不出我們兩個之間誰是王佳佳。」

這簡直就是天方夜譚，第二次見面，連樣子都沒記住，就這麼大手筆？難不成他的錢都是被風吹來的？

王佳佳理所當然地說：「反正我們也沒逼他，你也看到了，都是他主動的。」

我卻想到一句話：無事獻殷勤，非奸即盜。

王佳佳似乎看出了我的想法，說：「你也別太認真，人家什麼都不圖，就是為了高興。」

但我心裡卻不太舒坦，不敢要那件裙子，王佳佳勸了我幾句，要我別太小題大做，直到我問她，她們公司到底是做什麼的。

王佳佳十分老練地說：「噯，就是廣告公司，接個大戶的案子，再找更便宜的下游接手賺差價，就是轉賣商，經常沒辦法交差，跟客戶打架。」

聽上去有點不可靠，我問：「那你不想換公司嗎？」

王佳佳想得很開：「想啊，但是我得等把客戶資源都拿到手再跑。公司雖然不可靠，可是我們老闆特別能混，全北京只要能勾搭上的大戶他全都唬弄了一遍。」

王佳佳隨便幾句話就給我上了一課，她上這個班是衝著人脈去的，有捨就有得，可不是嗎，吳昊就是她套中的一條大魚。

不知怎地，那天晚上我想得額外地多，尤其是我的目光，始終離不開掛在門後的那條白裙子，它和這間廉價租房是那麼格格不入，我心裡雖然還有點不踏實，卻同時有預感，去新公司報到那天，我一定會穿著它。

***

幾天後，我穿著嶄新的白裙子，挺直了腰背，踏進剛剛撕破臉的王濤幫我介紹的公司。結果一進門，我就有點傻眼。

這家公司安置在一間老舊的廠房裡，無論是外觀還是內部都破破爛爛，顯得我的一身白裙子尤其刺眼，而且我一時也不知道要找誰，只能愣在原地。

再一轉眼，我已經被所謂的人事安排在櫃檯的位子，工作內容並不複雜，分量卻很重，總機電話像是壞掉的鬧鐘，剛放下又響起，送快遞的大哥一個接一個，各種大箱子堆放在門口，需要我一個個抱進公司。

直到中午，我都不能喘口氣，還被公司裡的人喊去大門口拿外送。除了搬家，我從沒有像今天這樣拿過這麼多重物，連掛滿手臂的外送盒都重得能把我拽到地上。

最可悲的是，等我好不容易拿回來時，低頭一看，原本嶄新高級的白色連衣裙上，已經沾滿了地溝油。

而出來接外送的那位同事，卻像是什麼都沒看到，他眼裡只有飯：「哪個是我的飯啊？啊？你怎麼把我的酸辣湯灑出來了啊！」

等他責怪完，也終於找到了他的飯，甚至沒有說聲「謝謝」，轉身就走。

我喊了一句：「诶，外送的錢是我墊的！」

他頭也不回：「待會給你！」

我心裡一陣氣湧，有些崩潰地坐回櫃檯，拿出紙巾擦著裙子，總機電話又一次不識相地響起來，我卻懶得搭理它，心裡突然如明鏡似的……

感謝王濤，都已經撕破臉了還幫我上了一課——別人幫你介紹什麼工作，就代表了你在介紹人心裡到底有幾兩重。

我今天坐在這裡，在王濤看來恐怕還是他鼎力相助的結果。

呵……

不甘、失望、委屈一股腦地湧上心頭，我又一次備感不服，跟自己說，一定要改變這種困境，一定要證明自己，告訴所有看不起我的人，我到底有幾斤幾兩重！

這樣的想法一定下，我立刻打開電腦，全神貫注地做起表格，上面清楚地列出我今天代付的快遞費、餐費，從人名到每一筆的金額。

然後我拿著列印出來的表格，一個個和同事們解釋。

朋友沒了，面子和裡子也沒了，錢卻不能沒。

有趣的是，當我將老闆抬出來，說這些錢都是他給的備用金時，那個埋怨我把他的酸辣湯灑出來的同事馬上就改了態度，連忙掏錢給我。

我拿回自己的錢，微微一笑，再一抬眼，剛好望見另外兩個同事交換了一個眼神，他們彷彿在說：這個新來的不好惹。

但這些我都不在乎，直到拿回所有錢，回到櫃檯，我才終於鬆了口氣。

這時，手機響起，傳來一條簡訊，竟是吳昊。

「可依妹妹，晚上有空一起吃飯嗎？帶你認識幾個新朋友。」

這樣的自來熟，也難怪他和王佳佳第二次見面就一擲千金……

我心裡有點頓悟，立刻跑到茶水間，撥通王佳佳的電話：「佳佳，吳昊約我吃晚餐，他有約你嗎？」

王佳佳的語氣十分輕鬆：「我可沒空跟他吃飯，今天晚上我有更大的局！你去吧！」

更大的局？一個比吳昊更高的跳板？

我突然明白了什麼。

掛斷前，王佳佳還叮嚀我要回家去她衣櫃裡翻翻，說我的衣服都不行，一定要打扮得漂亮點，這樣才能有來有往。

我卻除了「哦」這個字，再也說不出其他話。

這晚，我穿著王佳佳回攀枝花那天穿的裙子，準時赴約。

剛踏進這家高檔飯店的包廂，屋裡已經坐了十個人，一個打扮豔麗的女生正在為大家唱《貴妃醉酒》，她的聲音非常好聽，人也長得端正標緻，舉手投足既美又媚。

然後，我的目光越過人群，對上吳昊。

吳昊拍了拍他身邊的位子，我便悄然無聲地入席了，在他耳邊小聲打招呼，順勢觀察這一桌的人。

五男五女，交錯隔坐，男的都和吳昊一樣是商業大佬的打扮，體重管理欠佳，女孩卻各有各的妙，有文藝女青年，有縹緲的小仙女，也有白領，足以呈現出這五個男人的口味，只是不知道在大家眼中的我，屬於哪一款。

開席沒多久，幾個男人就開始聊我聽不懂的投資金融和大數據，從談話間卻不難聽出這幾個人都是各公司的董事長和總經理，無論其中誰說了什麼，其餘四人都是紛紛附和，而那幾個女孩中除了名叫李一航的，全都是一臉迷妹樣。

只聽李一航說，她所在的地產公司前年就上市了，今年也開始做投資。

很快就有一位大哥跟她搭話，說房地產是真賺錢。

只是他一邊說，一邊還晃動紅酒杯，酒都晃出來了，灑在手上。

我剛好看到這個細節，有點想笑，立刻低下頭。

身邊的吳昊似乎也注意到了，側過頭來，讓我剛好在他眼裡看到一絲戲謔。

話題又進展了一會，直到服務生幫每個人都端上一隻螃蟹。

這小傢伙我從小就吃得不多，只記得每次吃都很狼狽，一時間只能瞪著它，不知道該從哪裡下手。

另一邊，幾位大哥正在閒聊。

一個說海上生意難做，打算到陸地上走走，問其他大哥有沒有什麼能介紹。一個立刻發愁地搪塞過去，說自己也只是跟著別人混口飯吃。第三個也開始抱怨最近股票跌得太狠，自己賠慘了！這話似乎提醒了第四個大哥，他順勢拿出手機，說自己買的這幾支倒是還行。

再看吳昊，他嘴上應和著，手上也沒閒著，已經將自己的螃蟹剝好，還和我面前的盤子交換。

我不由得心裡一暖，這麼體貼從容的男人，還是第一次見到，尤其是最近連番遭受楊大赫和王濤的對待之後。

席間名叫章勵的女孩似乎是個作家，不知何時已經和幾個大哥攀談起來，說自己剛得了新概念文學獎的三等獎，可惜不是第一名，沒有機會出書。

幾個大哥似乎眼前一亮，立刻稱讚，有的說原來是才女啊，等出書了一定捧場，有的問她平時都閱讀什麼，也推薦一下。

章勵隨口提到了《悟空傳》，還說深受啟發，和其他寫西遊的故事都不一樣。

第三位大哥立刻追問有什麼不一樣，又問另外幾個女孩看過嗎？

我見其中兩個一起搖頭，李一航不置可否地笑了下，我本想說看過，想了想卻沒說話，也只是笑。

很快地，我就知道自己沉默是對的。

章勵非常聰明地公佈了謎底：「之所以不一樣，是因為這本書把神話人物變成了創業者。」

這句話立刻將所有大哥的注意力吸引過去。

接下來的話題基本上就是圍繞著章勵，在一個大哥問創業和西遊記有什麼關係時，她十分淡定地解釋道：「創業不容易啊，實現自己心中的夢想，是折磨也是歷練，更是不能停止的奔跑，所以我非常喜歡這本書，看完感受到很多力量。」

話不多的吳昊，這時笑道：「這本書我也看過，不過小章看到的是另一番境界，不愧是新概念的得獎者啊，看得深，悟得透，口才也是一流啊。」

而我卻在想，章勵為了這頓飯一定做了功課，不管出於什麼目的，她都比王佳佳更聰明，也更有企圖心。

緊接著，大家就開始隨聲附和起來，我忍不住多看了章勵一眼，目光一轉，就瞄到了李一航掛在嘴角輕蔑的笑。

其實不難看出，李一航是這種飯局的常客，相比其他人，她的舉手投足更從容。章勵這時已經將話題引到另一邊：「一千個讀者心裡有一千個哈姆雷特，以後我們可以一起讀一本書，一起聊聊感受呀。」

真是一呼百應，眾人一邊應和一邊拿出手機，開始主動交換聯絡方式，女孩們也開始主動報自己的名字。

而我，卻依然覺得侷促，既插不上話，也不知道怎麼融合他們，只是愣愣地看著插花用的小玻璃杯，眼神發直，直到手機響起，我翻出來一看，是吳昊的簡訊。

「這是奧地利的水晶杯，喜歡嗎？」

我咬咬唇角，不敢看他，只是輕輕點了下頭。

下一封簡訊也進來了：「我等一下讓服務生幫你包一個新的。」

我一愣，也不知道自己在笑什麼，只好回：「謝謝。」

但不得不說，這樣簡短的簡訊交流，恰好緩解了我的尷尬、緊張，心裡原本懸在半空的大石，也悄然無聲地落地了。

值得一提的是，到了飯局的尾聲，話題不知怎麼地就落到了不怎麼說話、大部分時間都和我一樣沉默的于明玥身上。

她一直在悶頭吃東西，但幾位大哥似乎都很喜歡她，我想，那大概是出於她那靜好的氣質和白皙的皮膚。

一個大哥問她是哪裡人，于明玥一愣，有些羞澀地放下筷子，趕緊把嘴裡的食物咽下去，然後小聲介紹自己：「我是舞蹈學院的，大一。」

才大一，這似乎更受人歡迎了。

那位大哥附和：「跳舞全國就屬你們最專業，要不要跳一段給我們看看？」

一談到自己的專業，于明玥竟然也不羞澀了，二話不說站起來，直接來了個一字馬和高抬腿，氣場迅速攀升。

她的腿和腰彷彿都不是自己的，很輕鬆地做了一套動作，席間立刻掌聲雷鳴。

另一位大哥連忙請服務生加一份燕窩，直說這麼高難度的動作，一定得好好補補。

于明玥也沒客氣，埋頭就吃。

那份燕窩，全場只有她有。

直到一位大哥聊起珠海有個水利生意特別好，政府有扶植，他打算下禮拜去看看，話題這才重新回到商業上。

很快就有別的大哥接話了，問是哪天，要一起去。

開啟話題的大哥便說待會就讓祕書訂個票，接著也不知怎麼想的，突然問：「哦，珠海是海南的吧？」

此言一出，全桌都愣住了。

直到最老練的李一航打破沉默：「對！」

眾人這才反應過來，紛紛附和。

我卻是心裡一驚，只因在那陣附和聲中，我一個不小心「啊」了一聲，還是帶著疑問的語氣。

吳昊的眼神立刻掃了過來。

值得一提的是，後來在洗手間，我還小聲嘀咕著：「珠海不是海南啊……」旁邊的李一航看了我一眼，彷彿在看白癡。

然後，她笑道：「當然不是啊，我就是珠海人。」

我登時愣了，這時才突然意識到，整頓飯下來自己就像是個隱形人，全桌甚至沒有一秒鐘將話題停在我身上過，就連沉默寡言的于明玥都展示了好身段，還贏得了掌聲……

這頓頗具北京文化的飯局也令我明白，只有懂飯桌上的文化才能融入這個圈子，否則人家根本不會帶著我繼續玩下去。

只可惜，第一局我就被淘汰了，當然，從這以後也再沒有人約我去這樣的局。

在北京城，飯局，並不只是吃飯這麼簡單。

相比之下，來之前和趙局長的那頓飯，顯然不夠看。

＊＊＊

飯局過後，我們一行人在飯店大門口等車。

因為酒勁，這晚的風也顯得沒有那麼冷，還有一種讓人迷醉的清涼。

我默不作聲地站著，看著別人寒暄，直到肩頭落下吳昊的西裝外套，我微微一愣，下意識看向吳昊。

細髮在這時被風吹動，迷住了我的眼。

吳昊便從善如流地抬起手，語氣柔和：「別動，頭髮跑進眼睛了。」

我頓時覺得不好意思，連忙撥了下頭髮。

這時，那位一句話就改變了珠海地理位置的大哥，面帶微醺，腳步蹣跚地從酒店走出來，和我們打招呼。

「唉，今天沒喝盡興啊！下次我來約大家！」

吳昊問：「劉總怎麼回去？我的車馬上過來，送您回去吧？」

珠海大哥十分爽快：「不用！我打電話給司機，不知道把車停到哪裡去了，新來的不懂規矩。」

他邊說邊撥打電話，吆喝著要求司機快來。

吳昊不置可否，轉而笑問我：「怎麼樣？新工作開心嗎？」

我又是一愣，訥訥道：「還行吧，還需要慢慢適應……」

也不知道有沒有將自己的灰心掛在臉上。

吳昊隨口應道：「加油，你可以……」

只是他話還沒落，那珠海大哥就掛上電話，再度湊了過來，一針見血道：「不開心的工作就不要做了嘛，吳總的妹妹，想找什麼工作不行？不然我幫我們妹妹安排一個？」

我對他一心二用的本事感到十分詫異，再看吳昊，他也不接話，只是用眼神示意我，回應那位珠海大哥。

我便真的當真了：「真的？您那邊是什麼工作呀？有五險一金[2]嗎？」

珠海大哥被我問得一愣，大概也沒見過這麼誠實的女孩，立刻拍胸保證起來：「絕對有啊，你還有什麼要求儘管提！」

我心裡一喜，認真地想了一下：「沒了。哦！對了……不用去珠海吧？」

周圍聽到我們對話的人，連同那位珠海大哥，全都笑起來，彷彿我說了個多麼機智的笑話。

事實上，我很認真。

幾十分鐘後，吳昊的司機開車將我送回那個高檔社區外，等車停穩，我卻不敢動，偷偷看了旁邊的吳昊一眼。

他沉穩地坐著，正在看手機，目光不移地問我：「今天吃得開心嗎？」

---

2 五險一金：中國雇主提供員工的福利待遇合稱，包含養老保險、醫療保險、失業保險、工傷保險、生育保險、住房公積金。

我立刻說：「嗯，那個燒鵝太好吃了。」

吳昊接話：「偏粵菜系，還怕你覺得清淡呢。」

我微微一笑：「謝謝吳總，粵菜我也喜歡吃。」

吳昊依然沒抬頭：「那就好。」

我想，道別的時候到了，便說：「謝謝吳總送我回來。」

吳昊眼神溫柔：「這有什麼好謝的，不是應該的嗎？」

說真的，這份風度會令無數女孩心動。

我也不知怎麼想的，又補了一句：「也謝謝你剛才在我上車的時候，用手幫我護著頭。」

吳昊顯然沒有料到我會這樣接話，視線終於從手機上移開，望著我：「看來你的那些男朋友、男同學並沒有把你照顧好啊，有機會介紹給我認識認識，我倒要問問他們，怎麼捨得讓我們可依上車的時候碰到頭呀？」

一句話就刺中了我的傷口，楊大赫的模樣立刻浮現在腦海中。

我緩緩吸了口氣：「我沒有男朋友……」

吳昊卻只是笑，不再吭聲，彷彿這在他聽來，只是我示好表示單身的方式。

直到我下了車，一路往社區裡走，一邊走一邊摸口袋裡的手機，才發現空空如也。

我腳下一頓，想了一下就立刻往回跑，飛快地來到社區口，卻見吳昊並沒有急著離去，他還站在車門外，手裡拿著一個簡易小噴霧瓶，正在往身上噴著透明的液體。

我剛一走進，就聞到刺鼻的酒精味。

「吳總？」

吳昊顯然沒有料到我去而復返，有些驚訝地回過身，卻沒有收起那個噴霧瓶。

我眨了眨眼，問他：「您在往身上噴白酒嗎？」

吳昊似乎想了一下，才笑道：「聞到白酒就知道我是去應酬了，回家後盤問就少一點，老婆查得嚴。」

這又是一個我沒想到的答案，不由得呆呆地望著他。

結果，吳昊被抓個正著也不遮掩，還十分淡定地回望著我，口吻依然充滿關懷：「可依怎麼又回來了？」

我下意識說「沒事」，走了兩步又想起手機，連忙返回：「呃，我的手機……」

只是我話還沒說完，吳昊已經笑著遞上來。

我接過手機，微微低著頭說了一聲「吳總再見」，便頭也不回地走了，彷彿我才是那個被抓包的人。

直到又一次走在回去的路上，我才明白了點什麼——起初我以為自己有幸認識了一位朋友，結果人家只是讓我陪一頓酒，攜伴出席恐怕就是飯局文化的入場券。

再一想到來北京前的不甘心、不甘願和那莫名其妙的鬥志，還以為只要靠自己的努力就能贏得全世界，沒想到走了這一遭，四處找依靠，卻連找個立足處都如此艱難，四處碰壁，連靠自己努力的資格都沒有。

我是誰，沒有人會在乎。

我就像從飯店打包回來的那個插花用的奧地利水晶杯，只是餐桌上的一個擺設，是鮮花的陪襯，是桌上的靜物。

恐怕就在吳昊提議要打包一個的時候，心裡也是這麼想的——多麼相得益彰。

儘管感觸和打擊這樣多，我依然感謝這個晚上，這頓飯。

沒兩天，我就起了個大早，在王佳佳起床之前，已經開始拿眼線筆化妝。

王佳佳沙啞著嗓子抱怨前晚的事：「唉，我嗓子都要唱廢了，現在真是玩不了通宵KTV。」

我頭也沒回，嘴上說：「我剛熱了一瓶牛奶，你喝了吧，潤潤嗓子。」

片刻後，王佳佳遞給我另一杯牛奶，容器剛好是那個奧地利水晶杯，畢竟用它插花對現階段的我來說太奢侈，還不如物盡其用。

王佳佳這時問：「你今天怎麼這麼早？」

我接著畫眉：「今天到新公司報到，第一天，不敢遲到。」

新工作新氣象。從這個角度上來說，看來在那天的飯局上，收穫最務實的就是我了。那些女孩釣的是大魚，是金飯碗，我釣的卻是一份自力更生的工作，看來工作這回事，還是得靠「熟人」介紹。

王佳佳顯得比我還高興，直說是不是吳昊介紹的外商，外商好，有個外商的工作經驗，將來跳槽都不一樣。

她想得總是很長遠。

我卻還在擔心自己的英文不過關。

王佳佳說：「先取個英文名字比較好混，我的叫 Angela，好聽吧？」

我附和著「好聽」，緊接著王佳佳又說，她上禮拜才找大師算了一下她的本名，現在她叫王藝哲，這個名字準能轉運。

我一頓：「真的有用嗎？」

王佳佳擺了擺手：「都說有用啊，嗳，心理作用也是作用嘛！」

我點了點頭，彷彿一下子想通了：「好，那我也改一個。」

王佳佳接道：「你可別瞎改，得算。」

她卻不知道，我早已想清楚了：「我要把我的名字去掉一個字。」

王佳佳顯然一愣：「哪個字？」

我笑了：「依。」

——依靠的「依」。

我想，也許我媽當年幫我取名字的時候，也是希望我能有個好依靠吧？可是她卻沒想過，萬一無人願意讓我依靠呢？我去靠誰？依靠，便意味著要有那麼一個人存在。

但現實卻教會我，靠人不如靠己。

陳可依，那是瓊瑤小說裡不食人間煙火的女主角才會用的名字，聽起來彷彿是陳可欺。

而陳可，才真的適合這個大都會，簡單、俐落，充滿無限可能。

一個小時後，我穿著漂亮的新衣服，到那位珠海大哥的公司報到，有了上一家的對比，所到之處，從裝潢到員工的整體素質，無不是高端、大氣、有檔次。

明亮的燈光、寬敞的走道、光鮮亮麗的白領們，我相信只要在這裡站住腳，我的視野、我的見識，都會得到實質的飛躍。

我很快就被人事部的同事帶到銷售部，同事們紛紛起立歡迎。

人事部同事為我引薦，這裡的部門總管名叫高飛，他戴著一副金絲邊眼鏡、穿著西裝皮鞋，旁邊的是穿著筆挺、精神昂揚的經理張超，以及坐在我隔壁桌的女同事藥梅……

我朝大家禮貌一笑，不再生澀無措：「大家好，我叫陳可，你們叫我 Evelyn 也行。」

回應我的是一陣掌聲，由這裡面最熱情的藥梅帶頭，至於其他人，我大多沒記清，事實上那些我沒記住的同事，對我也不怎麼熱情。

我知道，接下來我要做的事，便是讓這裡所有人都記住我，讓我有讓她們想攀關係和巴結的價值。

那天下班回家前，我先在商場裡買了個米奇的包包，離開時剛好在商場門口看到記者在街頭採訪。

內容似乎是關於女性在職場上受到的歧視問題。

只聽一個白領打扮的女人說：「每次應徵的時候都會問我準備什麼時候結婚，什麼時候生孩子，我哪知道呀？我說我有男朋友，他們就怕我要很快結婚生孩子了，我說我沒有男朋友，他們就覺得我是不是性格有問題。我如果說我結婚了有孩子了，他們又要擔心我生第二胎……我覺得這就是歧視女性，說穿了還是怕女人們生孩子白拿薪水還不做事。」

恐怕這也是為什麼現在都市女性普遍晚婚晚育，甚至當頂客族，或者奉行不婚主義的原因。不僅要生育，還要和男性們爭奪那半壁江山。

沒多久，記者就問起另一個女生，她是這樣回答的：「職場和家庭一樣，男女是戰友，不是敵人，我和合夥人的工作模式就很好，男性比較有宏觀的掌控力，做事冷靜，在決斷力、想像力、拓展力和推動能力方面高過我很多，而我作為女性的優勢是有溝通能力，擅長一心多用，可以同時進行多工處理。即使出了錯誤，我去道歉基本上都可以得到原諒。如果你覺得你因為是女性而被歧視了，可能你被歧視的部分不是性別。」

聽起來她似乎在工作上成績不斐，舉手投足都充滿了優越感，甚至很可能已經站在讓自己滿意的高度，足以俯視大多數職場女性。

直到那位記者看到我，我下意識轉移目光，走開了。

無論是前者還是後者，我都沒有話語權，先在這座城市裡站住腳，是我要做的第一件事。

回到家裡，我先打了通電話給我媽，告訴她我在這裡一切都好，尤其是王佳佳對我非常好，今天我還買了禮物送她。

媽媽的聲音有些哽咽，話裡話外都在心疼我，寧可自己省吃儉用，也要寄點錢過來給我。

我正在拒絕，就聽到門口響了一聲。

是王佳佳回來了，她滿臉興奮，像是中了頭彩：「寶貝，你看！」

她笑著舉起一個包，還說那是A級的Gucci，才花了她八百塊，正品要一萬多呢，然後又讓我看細節，和正品完全一樣，連裡面的內襯和縫線都天衣無縫。

王佳佳顯然沒有看到旁邊的米奇包，她邊說邊走到角落打開檯燈，欣賞她的戰利品。

而我，則趁這個時候，悄悄藏起了那個米奇包，走上前和她一起仔細摸索端詳那個好看的Gucci。

我心裡想著，幸好王佳佳今天買了個A級Gucci，否則我要是就這樣把米奇包送出去，她心裡也許會介意吧……

想到這裡，我讚嘆道：「名牌就是好看！」

王佳佳哈哈一樂：「包治百病啊！」

第三章
辦公室裡必須選邊站

你知道上班最怕遇到什麼樣的人嗎？一個不近人情且陰險的上司，以及一個像擴音器廣播站一樣的同事。

正好，坐在我隔壁的藥梅就是這種人。

就比如說我剛上班，還不太熟悉環境，剛開始都在看工作資料，藥梅這時候就把她桌上的加濕器挪向我。

我說了句：「謝謝，北京太乾了。」藥梅很快就回：「對啊，我看你臉都脫皮了！」多虧了她的大嗓門，全辦公室的同事都刷地一聲全朝我行注目禮，彷彿要第一時間目擊我臉上的脫皮。

雖說初來乍到，我對藥梅這女孩多少也有點瞭解，她來自甘肅農村，沒有學歷，做事太直接，有點我行我素，因此經常讓人瞠目結舌。

我沒吭聲，又將目光挪回到資料上，沒想到藥梅卻一把拿走，翻了兩下說：「這都沒什麼用，不用看。」

我問她：「我們這個銷售部主要都做些什麼？」

蘗梅說，剛來的都要做 PPT，熟悉以後就要出去跑業務，至於 PPT 都是關於各種活動主題、策劃之類的。

PPT，又是一個我不熟悉的東西。

我說：「做 PPT 我也剛開始學，以後我有不會的，你多教教我啊。」

蘗梅很痛快地答應了。

這時，一個年逾四十的女人快速走進了銷售部，氣質優雅。

她一進來，同事們紛紛熱情打招呼，還稱呼她為「柳總」。

然後，就有同事先問起她女兒龍龍流感好了沒，柳總隨口說整個班級的孩子都被傳染了，今年幼稚園的流感真嚴重等等，沒想到蘗梅卻突然站起來跟她介紹我，而且不會唸我的英文名字，還反過來問我叫「衣服」什麼。

我連忙自我介紹：「柳總，我叫陳可，Evelyn。」

雖然我還不知道「柳總」是誰。

柳總笑著走近我：「坐吧，家裡孩子生病了，下午才來上班，沒有第一時間就歡迎你。」

我卻尷尬得不知道該怎麼接話：「沒關係的柳總……」
直到柳總走開，藥梅才附耳過來，難得將音量調低：「這是我們另外一個經理，柳靜。」
我登時一愣：「經理不是張超嗎？」
只見藥梅比了個「二」的手勢：「兩個，有意思吧！」
直到休息時間，藥梅拉著我去買飲料，在收銀台前排隊的時候，她才仔仔細細地跟我科普了銷售部的風起雲湧。
下個月，銷售部就要在柳靜和張超之中提拔出一個總經理，現階段正是競爭最激烈的時候。
我想的是官大一級壓死人，多邁上去一層臺階，壓制的可不只一個頭啊，但藥梅卻說要是當上總經理，不僅薪水翻倍，還能有自己的辦公室。
而且話裡話外不難聽出藥梅很喜歡柳靜，據說大家都希望柳靜能升職，柳靜不僅對下屬好，還從來不逼人加班，客戶資源也好，親姑丈還是公司的頂級客戶。
聊到一半，輪到我們結帳了，我見藥梅把她要買的飲料放在櫃檯上，便拿出自己的錢要和她一起算。
藥梅嘴上客氣著「不用」，手也去摸口袋裡的錢，只是半天也沒掏出來。

我索性將她攔下來，藥梅一頓，轉而又拿起櫃檯上的口香糖：「那我再拿一個這個。」

我這邊開始結帳，藥梅那邊也沒客氣，已經拆開口香糖吃起來，還給了我一個。

我剛好將話題帶回去：「那我們的工作要向誰匯報呢？」

藥梅嘆了口氣：「都得匯報，兩個人都可以使喚我們。」

我立刻指出關鍵：「那如果他們同時安排工作給我們，我們該怎麼辦啊？」

沒想到藥梅卻指了指後面的隊伍：「就像這樣啊，得選邊站。」

我一時沒明白，「啊」了一聲，然後就聽藥梅解釋道：「你可別不當一回事，這是職場菜鳥必須學習的辦公室文化！」

選邊站，就意味著找棵大樹好乘涼。不站，就要曝曬在太陽下，左右都不是人。

到了下午，我第一次見識到銷售部的會議，簡直是唇槍舌劍，刀光劍影。

張超是陝西人，說話辦事直來直往，而且透著耿直，在公事上有些苛刻，整個會議聽到的都是他的批評。

他剛好說到：「小薇這一季的方案，竟然和上一季交的一模一樣，上次就沒被採用，這次怎麼能又拿來用？」

小薇被抓個正著，低了頭。

柳靜便站出來替小薇說話，展現出藥梅所謂的「親切待人」：「上次不合適，這次不見得就不合適嘛，都是心血結晶。」

張超沒和柳靜爭辯，又提到小光的行銷方案，竟然將別的品牌的口號直接拿來用。

柳靜又站出來擋刀：「小光這個是拋磚引玉，瞭解敵人才能強化自我，我們正好可以就別人的口號，探討一下我們的可以怎麼做得更好嘛。」

張超很快又轉移了戰場，這回輪到藥梅：「藥梅，不會做PPT，得學著做，不能每次都丟一個Word檔給我。」

柳靜也一如既往：「藥梅的那個電腦，我和高總說過很多次了，需要換一台新的，藥梅一打開那個程式就當機。」

這下，張超顯得很有點急了：「柳總，我現在要的是問題得到解決，在明天之前給到客戶方案，而不是你好我好大家好，高高興興地下班去。明天拿不出東西來怎麼辦？」

柳靜先是一愣，隔了幾秒才語氣溫柔地說：「你說的對，迫在眉睫火燒眉毛啊，那……現在也有點來不及了，我還得趕快去接孩子放學，這個方案你多費心吧。」

柳靜說到做到，話落就站起身，不慌不忙地離開了辦公室。

看到這一幕，我不由得稱奇，好像瞬間明白了點什麼，同時腦補到，要是這個部門只有一個柳總，出了這種事她難道也要帶頭走人嗎，下屬不盡責瞎搞，她難道也要一一寬容嗎？

一個會議，張超做足了黑臉，柳靜收買了一圈人心。

半晌過去，張超突然問：「今晚誰可以和我一起加班做方案？」

就見滿屋子的同事面面相覷，一瞬間鴉雀無聲，無人表態。

我皺了下眉，剛要舉起手，卻對上藥梅瞪過來的眼神，我一愣，又縮了回去。

這時，張超掃了一圈，無所謂地聳了聳肩：「好，那散會下班吧。」

看那樣子，這大概已經不是第一次了。

直到下了班，藥梅和我一起往公車站走，我心裡仍覺得不太對勁，猶豫地問藥梅，就這麼走人好嗎？

藥梅痛快道：「這個時候怎麼能幫張超啊！靜姐兩隻眼睛都盯著我們呢！」

可是一整個策劃方案，都要由張超一個人完成？

藥梅很快又來了一輪科普，原來銷售部每次做大型活動的文案都是張超寫的，他是唸中文系的，要瓊瑤就瓊瑤，要古龍就古龍，比廣告部的那些人文筆好多了，唯獨輸在沒有大客戶親戚。」

我嘆了口氣：「再厲害也只是他一個人，時間又這麼緊張……」

藥梅立刻堵了我一句：「他買禮物給你了，還是要幫你加薪？你就聽我的吧，站好邊，少管閒事。」

話落，藥梅要坐的公車就來了，和我打了個招呼就走了。

我突然想到一個經典的故事，如果一家十個兄弟，有九個都是懶鬼，那剩下的那一個該怎麼做呢？答案是要更加勤奮，因為如果連他都不做事，全家人都會餓死。

我站在原地想了想，終於還是拿出手機傳了一封簡訊給張超：「張總，您需要我幫忙的話，可以打電話給我。」

張超沒有回我那封簡訊，卻在第二天凌晨四點鐘，傳來這樣一封：「可否幫我校對一下錯別字？已寄你信箱，感謝。」

難道他熬了一夜？

我迷迷糊糊地看完簡訊，輕手輕腳地爬起來，生怕吵到王佳佳，然後打開電腦看e-mail。

直到我點開那份製作精美的PPT，頓時醒了。

不得不說，張超是有能力的。

那麼，如果部門要提拔一位總經理，老闆會選擇有能力的張超，還是有大客戶親戚的柳靜呢？

張超精彩的策劃文案，很快就迎來客戶的讚賞和銷售部的滿堂彩，所有人都鬆了口氣。

慶功宴上，服務生剛上菜，部門總監高飛就稱讚起張超，說他要是和廣告部的人競爭，整個廣告部都得離職。

張超有點直又有點誠實：「廣告部的事務我看不上眼。」

這話真是傲氣，可是我卻對他有點刮目相看，性子直，又何嘗不是一種真實？

沒想到柳靜接話道：「高總，您看您這話，是要讓我們張超去廣告部發展啦？」

高飛笑道：「這也是個好想法，張超過去了，說不定我們公司的廣告部就要強大起來了。」

嗯，到時候銷售部就要敗落了。

柳靜很快示意大家舉杯：「這次真的是多虧了張超，我們團隊真是厲害，同心同德齊心協力攻破了很多難關，大家來喝一杯吧。」

結果，我剛跟著大家一起舉起酒杯，一飲而盡，放下杯子時，卻聽到柳靜又來了後半句：「我晚上回去還得輔導孩子作業，就不和大家喝了啊！」

我微微一愣，轉頭一看，高飛和張超已經乾了杯，藥梅正鼓著腮幫子，將抓在手裡的毛巾往嘴上一擋，剛好將酒精都吐在毛巾上。

我看得一愣一愣的，掃了一圈，八仙過海各顯神通，有的緊握著酒杯，要透過角度、穿過手指縫才看得見沒有喝完，有的趁大家說著話，迅速倒了雪碧進去。

直到同事慧子說：「我真的一點酒都不能喝，上次喝完瞬間就長了好多疹子，直接去了醫院。」

眾人紛紛向她投去同情的目光。

我卻因此長了好大一個見識。

也許在別人眼裡，我已經選擇了光桿司令張超的隊伍。

慶功宴結束，整個部門的人從飯店魚貫而出，開始為自己張羅交通工具。

我剛要跟藥梅說話，她卻已經趕在第一時間摟住柳靜撒嬌，要求順路的柳靜載她一程。

柳靜很和善地答應了，藥梅轉過頭來就問我要不要一起。

我一愣，忙說：「啊？不用了……」

藥梅很快拋過來一記眼色，我心裡一嘆，只好說：「下次再坐柳總的車，我現在還沒要回家，我得去別的地方找我室友。」

藥梅這才妥協。

很快，眾人散去，連高飛都去了隔壁酒吧赴第二個約，我這時回了頭，剛好見到最後走出來的張超。

他正邊走邊將結算的發票放進包裡，一抬頭，四目相交。

我本想說點什麼，可是話到嘴邊又詞窮，只好轉過頭，假裝低頭看手機。

沒想到張超卻叫住我：「陳可，叫不到車嗎？」

我這才回頭：「張總。」

張超已經走上前，抬手要攔車：「我叫車，順路載你吧。」

他連我住哪裡都不知道，萬一不順路呢？

我立刻阻止他：「不用，前面有個公車站，我剛才查過了，有一輛直達的公車，還是特字頭的呢。」

誰知張超卻問我：「特字頭是什麼車？」

我解釋道：「就是那種雙層巴士啊，坐在上面，感覺像坐遊街花車一樣，很有意思。」

張超一怔：「是嗎？我在北京待這麼久，還真沒坐過，那今天沾你的光，我也感受一下」

就這樣，我和張超成了同路，雖然我一時之間也沒搞清楚事情是怎麼發展到這步的。

我們並肩走了一小段路，他沒有說話，我也沒有。

偶爾，我們的目光會對上，他笑，我也笑，氣氛實在微妙，不知道的恐怕還會以為我們是剛剛結束相親而且看對眼的一對年輕男女……

然後，我找了個話題，指著他的雙肩背包說：「張總，我發現你每次出門都背著電腦。」

張超笑了：「是啊，這樣可以隨時處理工作，像我們剛才在聚餐，如果客戶需要什麼資料，我可以立刻發過去，不用提心吊膽地熬到回家，而且當下沒處理的事情，很有可能事後就忘記了，客戶就丟了。」

原來如此……

我連忙說：「嗯，那我以後也隨身帶著。」

然後我又問他是什麼時候進公司的。

沒想到張超卻說：「別叫我張總了，我也沒比你大幾歲，叫張超就好。」

我笑著應了：「好。」

接著，張超就開始介紹自己，原來他上大學的時候就經常幫這家公司做兼職，大四實習就來這裡上班了一年，畢業後一直留到現在。

我聽得一愣，想到自己四處碰壁的經歷，由衷地稱讚：「那你真的很厲害！」

張超卻很謙虛，也很有自信：「在北京好好工作肯定沒錯，三年後，你可能比我現在更好。」

無論如何，感謝他這句話幫我打了氣。

夜色下，冷風中，我看著他笑著的側臉，沒由來的，竟越看越順眼，起碼比起柳靜，張超更真實，而且不會要我選邊站。

大概是真的累了，又或者是坐在老實的張超身邊，隨著公車的搖搖晃晃，我很快就有點昏昏欲睡，頭忍不住往窗戶上靠。

只是預期中又冷又硬的觸感卻沒有到來，我的額頭很快碰到一塊軟軟的、還帶點溫度的東西，睜開眼一看，竟然是張超將圍巾疊成了四方形讓我靠著。

我的睡意似乎沒那麼濃了。

這時，公車又上來一個女人，剛好坐在和我並排的位置，動作比較大，便將我剩下的那點睡意一起轟跑了。

我側頭一看，見她背著一款Gucci的包，正是王佳佳那款A貨的，忍不住就多看了兩眼。

坐在我後面的張超似乎注意到我的目光，拍了一下我的肩膀，我就和他一塊靠著玻璃小聲嘀咕起來。

張超：「別看啦……肯定是假的……用真包的人不會坐公車……」

我說：「我看不出真假……」

張超很肯定：「假的假的。」

這時，外面下起了雨。

到了下一站，那女人下了車，張超看過去，立刻驚道：「那女的那個包是真的！」

我愣了：「啊？怎麼又變真的了？」

張超指給我看：「你看，她護著包，把自己淋濕了！」

我順著看出去，果然見到那女人緊緊抱著包，全然不顧自己，拔腿狂奔。

我愣愣地收回目光，和張超四目相交，倏地一下，我們都笑了。

＊＊＊

這晚，我回到狹小的廉價租屋處，一邊整理一邊和王佳佳叨唸著這一系列的辦公室風雲。

王佳佳手裡也沒閒著，邊說：「噯，你們就這點鬥爭算什麼，就為了一個客戶，你無法想像我們好幾家廣告公司得搶成什麼樣子！俗話說，人在江湖……」

我順口接道：「身不由己。」

王佳佳又接了回去：「錯！你得選個門派！」

我一愣：「啊？」

怎麼連王佳佳也這麼說？

沒想到她下一句，更是風馬牛不相及：「快！我們去工體[3]拜門派！」

我不懂去工體和拜門派之間的關係，就那樣一頭霧水地被她拉出了門，王佳佳眼睛上還貼著超長的藍色羽毛款眼睫毛，對著我眨眼，一閃一閃的。

直到坐進計程車，王佳佳才幫我科普起來，北京的工體就相當於香港的蘭桂坊、紐約的曼哈頓街區，是北京的不夜城，裡頭大大小小的酒吧各式各樣，每天晚上都爆滿。

她還說，她有一群固定來這裡玩的朋友，朋友帶朋友，每週末聚會一次，ＡＡ制。

3 工體：北京工人體育場，著名的北京十大建築之一，為綜合性體育場。除了各項運動比賽，也經常舉辦演唱會。周邊繁榮熱鬧，是著名的夜生活地區。

我聽得一知半解，哦，原來是吃喝玩友。

我問：「那我們等一下要幹嘛呢？」

王佳佳說：「當然是吃喝、跳舞、閒聊啊！」

我只好再直接點：「沒有別的不好的事吧？」

王佳佳好氣又好笑：「大姐，這是北京，首都！告訴你，一個人只有拓展人脈、交往天南地北的朋友，才能在北京紮根。大白天都忙得披頭散髮的，去哪找人認識啊，晚上喝點酒，人都放鬆了，才好打交道。」

但我還是有點不放心：「我就跟著你，你可要帶我啊！」

王佳佳笑話我沒出息：「瞧你緊張的！混個 party 而已，真的不是帶你學壞。北京到處都是金子，就看你遇不遇得見，多少人在三里屯酒吧街撈到金子了！門外停的都是豪車，整整齊齊全擺在門口，生活中根本不可能有交集的人，都在那裡頭等著呢，有多少女人僅憑一張床就能奮鬥出一間房啊！這是個能創造奇蹟的地方，這是個沒有不可能只有你想不到的地方。」

這是王佳佳教會我的另一件事，這個城市一直在等你，只看你有沒有本事把握住。

半小時後，我和王佳佳進了工體大轟趴，儘管我一路上謹小慎微，亦步亦趨地跟在裝扮妖豔的王佳佳身後，依然很快就落單了。

王佳佳是社交達人，在這裡到處都是她的熟人，遇到誰都能聊上幾句。

我失去了王佳佳的蹤影，又在原地徘徊了一下，左右張望時剛好見到舞池角落有兩個和我一樣「獨處」而沒有四處獵豔的女孩，一個短髮幹練、穿著時尚，一個看起起來憨憨厚厚，彷彿和我差不多。

但比起我是一個人，她們卻有彼此陪伴，聊得很開心。

我只猶豫了一秒，就朝她們走了過去。

事實證明，我的選擇是對的。

那短髮的女孩叫橘子，是個時尚雜誌的編輯，比較憨厚的那個叫笨笨，是公營企業的HR，那一晚我們都聊得很開心，她們讓我見識到我所不瞭解的圈子，而我似乎也帶給她們一些驚訝的東西。

直到party結束，我終於找到了王佳佳，在工體門口又一次看到橘子和笨笨。

我們打了招呼，王佳佳便湊過來笑道：「唉喲喂，這麼快就認識新朋友啦！」

我立刻和她聊起她們，打從心裡覺得興奮，畢竟這是我來北京後交到的第一和第二個新朋友。

我和王佳佳邊聊邊走在三里屯大街上，走著走著就想起了剛才的消費。

我說：「剛才的ＡＡ制，一個人就要七十五元呢！」

王佳佳瞪了我一眼：「心疼啊？」

我點了一下頭：「有一點，我一天三餐加起來才三十五。」

王佳佳嘆了口氣：「寶貝，我們是外來的，想要在北京混，就得多付出。明天減肥吧，少吃一頓，省幾天不就省出來了？除了能認識更多的人脈，還能保持身材，一舉兩得！」

她真是我見過最樂觀的女孩。

我說：「嗯，我知道，佳佳，謝謝你帶我認識這麼多人。」

王佳佳卻對著天感嘆起來：「北京啊北京！知道嗎，我站在這地方，就好像有個聲音每天都在提醒——欸，你可別占著茅坑不拉屎啊！混出個人樣來，才有價值！」

我望著她的側臉，突然有點懂她了：「我現在有點明白你為什麼住這麼貴的地段了。」

而今晚的王佳佳似乎也有很多感觸，很快一股腦地說：「你知道嗎，我其實很怕獨處，怕融入不進這個城市，經常莫名其妙地心慌。慌什麼我也不清楚。如果可以，我想認識這裡每一個人，都變成朋友。我每天找局玩，誰唱歌誰吃宵夜，只要找我，我都去。反正都住在工體附近，走路就到了。」

但我也不知道自己怎麼想的，竟然說了一句煞風景的話：「佳佳，我一直想和你說，你這樣老是熬夜、吃宵夜、喝酒、抽菸，生活太不健康了，身體重要啊。」

王佳佳卻看得很開：「在這裡，如果你早睡早起，不吃宵夜，不抽煙不喝酒，就會連一個朋友都沒有。寶貝，如果想過舒服的日子，我們幹嘛非來北京不可呢？」

我沒回應，主要是因為我也想不出任何立足點去反駁。

有一點王佳佳說得對，想舒舒服服何必做北漂？我當初不也是一心要賭一把，才放棄了攀枝花為我安排的穩定工作嗎？

等我們回到廉價租屋處，已是半夜。

王佳佳洗完了澡，吹了頭髮又敷了一片面膜。

我靠著唯一有信號的窗口，搖了搖手機，尋找那微弱的信號，想了想還是各傳了一封訊息給橘子和笨笨。

「笨笨，很高興認識你——陳可」

「橘子，我是陳可，有時間再聚呀。晚安！」

然後，我又轉身抱起大玩偶熊，誰知剛躺下，手機就響了，我立刻爬起來看，她們兩人都回了。

橘子：「哈囉姐妹，再約啊！」

笨笨：「收到啦，也很高興認識你，趕快睡吧，晚安啦。」

我笑了笑，突然多認識了兩個新朋友，似乎沒有剛來的時候那麼無助孤單了。

轉回來躺下後，我對王佳佳說：「橘子今天背的包好漂亮啊。」

王佳佳直接說：「我剛也看到了，新出的款，賣八千七。」

我登時一驚：「這麼貴！」

王佳佳用手指把面膜按得服貼一些：「這在 LV 裡算便宜的。」
我立刻淡定不住了：「啊啊啊！我什麼時候才能買得起 LV 啊！」
王佳佳看過來：「你要買嗎？我那個做包的朋友這款賣一千二，一模一樣。」
我想了一下橘子那款，問：「那你說，橘子背的是真的還是假的呀？」
王佳佳笑了：「她？她就算背假的，也沒有人覺得是假的吧，不像有些人，背真的都像假的。」
這倒是，這個要看氣質。
橘子無論穿著還是談吐都透著時尚高級。
我笑笑，沒說話。
臨睡前，王佳佳倒是說了一句：「在這裡啊，除了自己，其實沒有人知道誰幾斤幾兩重。」
我也是直到今天才發現，原來我一直認為學歷不高、曾一度看不上的王佳佳，看人看事這麼透澈，而且瀟灑。
幾天後，我們部門迎來了一次戰爭。
高飛作為部門總監，一大早就在追究責任：「你們一天到晚就光上班不動腦子嗎？你們看看這個企劃案，這是什麼啊！我們要怎麼跟公司交代！張超！柳靜！怎麼回事！讓你們招了新人，做出來的東西怎麼還是這麼敷衍！」

所謂新人，指的自然是我，但別說獨當一面了，我連怎麼熟練地做 PPT 都還沒搞定。

高飛一發怒，所有人都不吭聲。

高飛很快又發難：「怎麼不說話？張超？柳靜？趕快想辦法解決！馬上要到促銷季了！給我弄出三個方案！」

三個?!所有人都倒吸了一口氣，有的人還下意識看向救命稻草張超。

沒想到張超這回卻來了個退居二線休養生息：「高總，前幾天為了那個方案，我加了一整晚的班，胃不舒服，這週約了物理治療，想根治一下老毛病。這次恐怕要柳總多想想辦法了。」

此言一出，眾人又一致全看向柳靜。

我也不由得一愣，不得不說無論張超看病是真是假，這一手都很漂亮。

果然，事實證明柳靜是接不住皮球的，她很快將球踢給下面的人：「好，其他人等一下下班都別走，做個解決方案出來。」

就這樣直接丟下爛攤子了。

張超和柳靜先後「放手」，我們這些下面的人很快就亂成一團。

一直到那個週末，在我和橘子、笨笨一起去逛街的路上，我還忍不住抱怨這禮拜的鳥事。

橘子不愧是時尚雜誌的編輯，對此頗有心得，我便將實際情況和她碎唸了一遍，主要是公司剛推出一款節能的機型，比之前的貴一點，銷量自然就差，換了好幾次宣傳廣告還是不見起色，於是公司內部就分析，應該是消費者覺得為什麼要自掏腰包節大自然的能呢？就不買了。

橘子卻一語點出癥結，說這是宣傳有問題，畢竟「節能」這詞太高尚，不如重新想一個讓人買東西會覺得心裡舒適的詞，比如新機型能吹出微量元素啦，補充人體機能啦，就像她們雜誌上一季才鼓吹大地色系的眼影既高級又神祕，結果到了這一季又開始說服大家買桃紅色，說會讓人「眼含秋波」，總之無論是黑的還是白的都是她們說了算。

我聽得一愣一愣的，問：「這不是欺騙消費者嗎？」

橘子卻笑了：「這怎麼是騙？畢竟塗上眼影是很好看啊，我們只是換了個說法。」

笨笨聽到這裡，忍不住插話，這種花俏的辦法只對女人管用，女人就喜歡求變，嘗試不同，很容易接受各種風格；但男人只追求更好或者更合適，所以越是挑剔和比較，就越容易激發男人的購買欲，比如汽車廣告，從顏色到線條就算講得再天花亂墜，也不如一句「這是成功男人的標準配備」。所以，給男人的暗示資訊，一定要簡單明瞭一針見血。

毫無疑問，笨笨這番話對我也是一針見血，我一下子明白了什麼，飛快地說：「天啊笨笨，你幫我上了一課！原來文字也有性別！」

橘子笑了：「開玩笑！我們笨笨可是五百強企業的HR！」

我興奮極了，彷彿被點化了，哭喊著要請她們吃大餐，這堂課無論如何都要繳足學費。

這件事，直接導致後來高飛對我的表揚。

在我提出產品性別的問題之後，高飛直誇我是「小荷才露尖尖角」，竟然提出了一個之前大家都忽略的概念。

我微微一笑，心裡高興得開了花。

誰知下一秒，我就傻了。

柳靜從善如流地接話：「就應該給年輕人機會，讓他們去想去研究，當主管的不能只顧自己的能力和業績。」

說著，她還別具深意地看了張超一眼。

張超迎上柳靜的目光，竟然附和道：「是的，陳可的方案非常好，值得推廣。」

然後，他們又一起看向我，把我看得一臉莫名其妙。

我也是到了後來才明白一個道理，辦公室就是沒有硝煙的修羅場，沒有永遠的好同事，只有隨時可能成為敵人的對手，無論是選邊站還是拜門派都是這座城市的生存法則，那時候的我誠惶誠恐、舉棋不定，直到現在才明白，只有不選邊站，才有機會自成一派。

順帶一提，這之中還有一段小插曲。

那天，柳靜召集了整個銷售部的員工出去聚會，特地邀請大家吃火鍋，唯獨沒有請高飛和張超。

藥梅還跟大家說，這不是公費，是柳總自掏腰包。

眾人都很感謝，吃人手短。

然後，就在大家聊著吃什麼鍋底什麼料的時候，毫不知情的我拿起手機問了一句：「張總知道包廂名字嗎？他正在問我在哪裡呢？」

一時間，眾人沉默。

直到柳靜笑瞇瞇地說：「張總不是有報告要做嗎？我就沒找他一起了，還是工作比較重要，別耽誤張總的工作。」

然後，藥梅從桌下伸出一隻手，在我腰上拍了一下。

我便低下頭，不說話了。

沒想到柳靜卻還有下文：「張總是不是叫你去幫忙啊？那不然你先回公司幫幫他？」

那一瞬間，我突然感受到柳靜的可怕，這個女人雖然沒有工作能力，卻依然能在這個公司做部門經理，除了她有一個大客戶親戚，恐怕還和這種笑面虎的功力有關，暗中拉攏下屬，拉幫結派，排擠競爭對手張超。

哦，如今還多了一個「才露尖尖角」的我，所謂槍打出頭鳥，大概就是這麼一回事吧……

第四章
心照不宣的辦公室祕密

張超和柳靜的部門總經理之爭，早晚要分個高下。

公佈結果那天，我故意請了病假沒去上班，不明所以的王佳佳準備化妝去上班的同時，還問了我一下。

我告訴王佳佳，正是因為昨晚藥梅打電話給我講了大半個晚上，動員我和大家一樣投票給柳靜，才促使我做了這個決定，既然不願違心決定，那麼就選擇沉默。

王佳佳的評價是：「她還滿會抱大腿的，你要跟她合租房子了，可要提防一點。」

王佳佳還說，關鍵時刻請病假，理由一定要充分，不然躲過了今天，後面不知道會怎麼被人使小手段，誰都不傻。

我說：「嗯，我找了笨笨幫忙，她給了我一批在醫院打點滴的各種手臂加針筒的照片，我拿了一張最像我手臂的。」

王佳佳哈哈大笑：「你可真行！看吧，多個朋友多條路！」

沒想到我們正聊著，藥梅卻打電話來了。

我眼皮一跳，接起來就聽到藥梅氣急敗壞的嗓門，聲音直接溢出了手機。

「我真不敢相信，張超居然勝出了！靜姐懷疑是實習生唱假票，大鬧了一場，一群人看了她的笑話！還有你知道嗎？鄉美電器的老闆的確是靜姐的親姑丈，以前我們跟鄉美電器的合作都是靜姐聯絡的，但是上個月姑姑和姑丈離婚了，聽說是姑姑出軌，所以姑丈和他們全家都鬧得很僵！怎麼鳥事一堆呀！」

等她嚷嚷著講完始末，才語氣一轉，問我：「陳可你退燒了嗎？身體怎麼樣了？你什麼時候搬過來啊？我去幫你配把鑰匙……」

在藥梅機關槍一樣的一大段話裡，我終於找到機會說話：「我沒事，在家休息一天就好。」

接著我們又閒聊了幾句，便掛斷了電話。

我吸了口氣，又吐出，突然間有種如釋重負的感覺，因為贏的人是張超。

恐怕全部門裡，最希望他得勝，也是唯一一個希望他得勝的人，就是我了。

呵，也不知道是不是心有靈犀，我正在這樣想著，張超的簡訊就來了：「聽說你發高燒，現在怎麼樣了？」

我看著那封簡訊，不自覺便抿著嘴笑了，目光一抬，就看到掛在衣架上那條男款圍巾。

也是這一刻我才發現，原來楊大赫的樣子已經很久沒有出現在我的腦海中了，或許是因為工作太忙，沒有容納他的縫隙，又或許正如那句話一樣——治療失戀最好的辦法，就是再戀愛。

是的，它又來了，就在這個冬天，在這個異鄉，在我沒有半點防備的時候。

從這之後，我的生活有了兩個改變，一個是我搬去和藥梅合租，另一個是，我和張超開始交往。大家都是成年人，早就過了大學校園裡那種當眾告白啊、純純地牽手還會臉紅的階段了，我們的交往一切都是建立在成人世界和物質打拚的基礎上。

交往後，我也沒有吝嗇於將自己最真實的一面展現在他面前，比如我從大學時就保持的習慣：剪下時尚雜誌上我喜歡的款式，貼到專門用來收集的本子上。

或許這樣的我，在張超眼裡既可愛又幼稚吧。

他說：「想起唸書的時候，我把雜誌上的周杰倫都剪下來，貼了一大本，還手抄了他所有的歌詞。」

張超喜歡那些歌詞，是因為很美。

這和我喜歡那些時尚款式一樣，追求美是人的本能。

我指著雜誌上 VALENTIN 出的一件東西給他看：「你看，這個牌子我連唸都不會唸，怎麼這麼貴？」

張超說：「這裡面沒有我們買得起的東西。」

我說：「都買不起的話，那這是給誰看的呀？」

他說：「給買得起的人看呀！」

我有點排斥這樣的劃分，說：「那我們就做那一群買得起的人啊！」

這大概是我們交往以來第一次出現分歧，張超也意識到這一點，他很快鄭重其事地面對我，說：「你看啊，以我們現在的薪水，租房、吃飯、交通，再匯點錢回家，處處都需要更節省一點，才能讓日常開銷富足一點。你一方面想買包包，一方面又不願意過來和我住，還要和藥梅平攤房租。不如你現在退掉那個房子，把每個月那一千二省下來，半年以後，你想要的包包，就有錢買了。」

和張超一起住，放棄和藥梅合租，這件事實在讓我為難。

我很快說：「我退掉房子的話，藥梅怎麼辦啊？我和她約好的，不能說話不算數，她到時候找不到合租的人，我不就讓她吃虧了嗎！」

正是因為剛來北京時那段不愉快的經歷，我才不願意在住宿這件事上給別人添麻煩。

張超卻說：「換作別人，我也覺得如果你退掉房子很沒義氣，但是換作是藥梅，我覺得你不用顧忌那麼多，跟她沒必要這樣。」

我有點不懂，反問張超為什麼針對藥梅。

張超這樣說：「我一個男的說人家女生什麼都不對，我是怕她把你帶壞！你不是也每天嘮叨她搭你叫的車、吃你煮的飯、用你繳的水電，還不打掃房子嗎？那就搬過來住吧！要不然我出面和她說，看看怎麼解決比較好？」

說真的，張超這樣的處理方式簡直嚇到我了，又生硬又不給人留餘地，等於是讓我和藥梅撕破臉，可是她畢竟是我來到這間公司第一個和我打招呼的人。

我很快拒絕了：「不要，你跟她說的話，她就知道我們談戀愛了，那整間公司也就知道了，老闆就要找你麻煩了。」

結果張超卻提了另一個讓我驚訝的解決辦法：「那要不這樣，這段時間我也在想這個問題，與其偷偷摸摸的，不如你換個工作吧？我幫你找一個更好的，就跟藥梅說離公司太遠了，不得不退房。」

我腦海中的第一個念頭就是，為什麼要犧牲退讓的是我呢？

但我並不想在熱戀期就為了這點小事吵架，於是很快俏皮地眨了眨眼，對他撒嬌道：「我不要，要不然你去換個更好的工作嘛。」

張超一怔，卻沒生氣，很快就拉著我嬉鬧起來，這段小插曲也就很快地過去了。

這件事過後，我曾想過，如果是當初我剛來北京的時候，我的男朋友對我提出這樣的要求，希望一起住，就等於許諾了共進退的未來，我大概會欣然接受吧？

當然，這個假設中的「男朋友」也許是楊大赫，也許是張超。

畢竟那時的我，不顧一切，心懷執念，對未來的藍圖原本就是和真心喜歡的男朋友一起奮鬥努力。

但現在，我拒絕了。

我覺得自己好陌生，為自己的變化而震驚，彷彿因為張超的提議又重新認識了一次自己，彷彿我已經超出了原本我以為的那個框架，突然都不知道自己是什麼樣的人了。

這大概是因為，人的標準總在變，人也需要不斷成長和成熟吧？

＊＊＊

我很快就明白了張超對藥梅的那些評價真正的含義。

那天晚上，我回到和藥梅一起合租的兩房一廳，將手裡的外帶麻辣燙放在桌上，問屋裡的藥梅要不要一起吃。

沒想到最喜歡吃麻辣燙的她居然說不吃。

直到她從屋裡走出來，嚇了我一跳，她整個腦袋都裹著紗布，看起來像包紮到一半的木乃伊。

我立刻問：「你怎麼了?!誰打你了？傷得這麼嚴重，要不要報警啊？」

藥梅連忙阻止我：「別別別，現在不是五一連假嗎？我去動了動。」

動了動？

我過兩秒才反應過來：「啊，你整形了？」

藥梅非常淡定地指了指胸口：「喏，我還請了個桃花佛牌。」

我不禁一怔，看了那塊彷彿很沉的牌子一眼，下意識伸手要碰，卻被藥梅一把拍開：「你別碰，你一碰就把我的桃花拿走了！」

我「哦」了一聲，定了定神說：「你真是嚇死我了，這樣要怎麼上班啊？」

藥梅滿不在乎道：「其實都好得差不多了，我這不是塗了點藥嗎，明天拆了就好了，我不說別人也看不出來，你可別跟他們說啊！哦，對了，我存了一年的錢都花光了，還刷了信用卡，親愛的，你幫我打點幾天飯吧！」

這是藥梅的老毛病，白吃白喝，愛占小便宜。

我嘆了口氣，說：「我幫你炒個菜、下碗麵，可是我明天要跟高總去出差，你自己要照顧好自己啊。」

高總就是高飛，在張超和柳靜競爭職位的時候，他恐怕是最支持張超的主管了。

當然，他們兩人也是朋友。

只是我沒想到，我會這麼快就見識到高飛的另一面。

這件事還得從這次出差說起。

那天晚上，我們剛入住外地的一家飯店，我洗了澡從浴室出來，還沒打理自己，房間電話就響了。

我接起來一聽，是高飛的聲音：「小可啊，你看看你的背包側邊口袋裡是不是有我的菸，你幫我送到房間來吧。我在六〇八。」

我有點糊塗：「啊？您的菸？」

高飛說，是在過安檢的時候，他順手塞進去的。

我「哦」了一聲，掛上電話，果然在自己的包裡找到了那包菸，拿在手裡卻有點猶豫。再一看時間，快要凌晨了。

那之後的幾分鐘，我的腦海裡一直在糾結，這個時間高飛要抽菸，還要我送過去，孤男寡女的妥當嗎？他一個職場老鳥會這麼粗神經嗎？

我邊想邊脫掉浴袍，換上自己的衣服，直到出門前，我腳下一停，又折了回來撥通櫃檯的服務電話。

「您好，櫃檯嗎？您能幫我去門口的小賣店買一盒菸，送到六〇八房間嗎？送完請到我房間結算菸錢，我可以付您小費。」

櫃檯很快照辦了，這天晚上，我沒再接到高飛傳來的訊息。

不得不說，這件事之後，我有一點小尷尬。

比如說第二天早上，我拿著資料夾，前腳才走進電梯，正好碰到後腳走進來的高飛，猝不及防間，我們的目光撞了個正著。

但很快就錯開了。

我率先跟他打招呼：「高總，早。」

高飛「嗯」了一聲，並不清晰。

我將資料遞給他：「這是今天給經銷商的資料。」

說話間，我又一次看到高飛的眼神，那裡面似乎有些東西，不經意的，我說不清。

直到後來我們飛回北京，一天我和張超手牽手走在街上，張超無意間提到白天在辦公室，剛好撞見高飛在電話裡和老婆吵架，聲音非常大。

我當時一怔，問吵什麼。

張超只說不清楚，他一進辦公室，高飛就掛了電話。

我下意識就說：「……我覺得啊，高飛有點問題。」

張超不明所以：「什麼問題？」

想到張超和高飛的關係，我馬上閉了嘴。

然後又想，算了，反正也沒出事，多一事不如少一事。

只是我沒想到，這件事還有下文。

原本是我和高飛一起出差廣州負責的案子，很快就變成藥梅接手。

藥梅一頭霧水，還跑來問我為什麼。

我能說什麼，只好說自己做得不夠好。

沒想到藥梅卻不安起來，說：「那我更搞不定了……不行，我得去問問靜姐。」

我不知道藥梅是怎麼問柳靜的，柳靜又是怎麼回答的，我只知道我永遠忘不了幾天後的那一幕。

那天，我和張超、柳靜和市場部的小光一起到某飯店的包廂見客戶。

剛踏進飯店時，張超還在說這個客戶好不容易回一次北京，今天不把話說死不能放人走，合約拖了一個半月了，再拖恐怕會出問題。

我還從包裡拿出解酒藥和礦泉水遞給小光，讓他先吃了墊胃。

小光哭笑不得地接過，還說：「沒點專長都進不了市場部。」

張超安慰他：「知足點吧，起碼喝酒是你與生俱來不需要再提升的能力，楠楠為了陪中老年客戶，每天苦練老歌，就等著進KTV一舉拿下中老年朋友們的心呢。」

很快，我們四人就圍繞著這個話題調侃起來，一邊說笑一邊走到了包廂門口。

緊接著，我們就一起目睹了驚人的一幕。

只見包廂裡，高飛和藥梅站在一起，靠得很近，高飛正在幫藥梅拉裙子後面的拉鍊，拉鍊裡還能清楚地看到黑色蕾絲內衣。

藥梅輕笑道：「最近真的太胖了，陳可又不在家，把我急死了，怎麼拉都拉不起來。」

高飛也在笑：「不是你胖，是拉鍊太卡了。」

蘗梅又是一陣笑，透著嬌羞。

那笑聲，立刻驚嚇了我們四個人，也不知道是誰先開始退的，很快地，大家就動作一致，退出了十幾步遠。

我當時還以為，這件事很快就會在公司激起千層浪，畢竟高飛是已婚人士……沒想到卻一個雨點都沒下，就像我和張超的戀愛關係，就像那些辦公室裡悄然進行的祕密，連同我在內的四個目擊證人，都像是沒發生一樣，對此避而不談。

我想，這或許就是辦公室潛規則的其中一條吧？

這之後的日子，一如既往地平靜、甜蜜。

上班的時候，張超一如往常西裝革履，騎著他的自行車來我住的社區門口接我，把他的背包給我，等我背上，再遞給我抓餅和豆漿。

然後，張超就會努力踩著車，四平八穩地讓我在後座無憂無慮地吃早餐。

偶爾，我們還會因為吃的問題鬥嘴兩句。

比如張超的早餐是鹹豆腐腦[4]和油條，我就會吐槽鹹豆腐腦還要放韭菜花，多難吃啊，豆腐腦當然要吃辣的！

4 豆腐腦：中國特色小吃，是製作豆腐過程中半凝固的產物，口感柔滑軟嫩。中國北方習慣鹹食，南方偏好甜味，有些地區如四川則喜歡麻辣口味。

張超嘆道：「你說我們三觀[5]這麼不同要怎麼一起生活啊？」

而我卻獨斷專行：「南北方有差異，我們兩個不能有差異，反正不吃辣豆腐腦就不能一起生活！」

結果當然是張超妥協。

當然，等我們到了公司，就要假裝一前一後走進電梯的普通同事關係，電梯裡人擠人，同事們互相打著招呼。

最後，我還會禮貌地稱呼一聲：「張經理。」

等電梯門一關上，在沒人的小角落裡，張超會伸過來一隻手，輕輕拉住我。

我心裡甜滋滋的，卻假正經地板著臉。

這樣偷偷摸摸甜甜蜜蜜的關係，直到下了班，才會肆無忌憚起來。

我們會一起逛夜市，街邊叫賣的都是幾塊錢的東西。張超總會在吃了有蒜味的東西後親我，我聞了當然想躲。

然後，我們還會坐在路旁吃路邊攤，張超就坐在我對面，用筆電工作，我只管吃我的，不打擾他，邊吃邊欣賞著他認真工作的模樣。

當然，少數情況我也會見到夜市裡有人背著LV的包，我會很快地跟張超科普起來：

5 三觀：世界觀、人生觀、價值觀的合稱。

「诶诶诶，你看那個好看嗎？王菲剛背過，要兩萬多塊呢！」

張超沒說話，直接用一瓶老北京優酪乳塞到我嘴裡，優酪乳瓶後，是他憨憨傻傻的笑臉。

儘管 LV 包包的話題被優酪乳打斷了，我卻沒有忘記那驚鴻一瞥，一轉頭就將自己的筆記型電腦的螢幕保護圖片設定成那個包，還附註上一行字：「努力賺錢買包包!!」

那個螢保，張超看見了。

我記得那天晚上，他剛買完吃的從外面回來，我正好在洗手間，他叫我出來看《快樂大本營》。

等我出來一看，筆記型電腦已經闔上了，電視裡的《快樂大本營》正在播放二〇〇九年的夏天特輯。

節目看到一半，張超說：「我今天中午請人事的老大吃飯了。」

我一怔：「要幫你加薪啦？」

張超說：「他覺得我的計畫和公司對我的期待比較符合。再做兩年，公司肯定要給我一個好的頭銜了，我就離開北京調回西安分部，起碼是個西安分部的總經理。到時候我二十八歲，你二十五，我們可以早點生孩子，別太晚生，你也比較好恢復身材。我爸媽正好那年也退休了，可以幫我們帶孩子。」

我卻聽得一愣一愣的，完全沒想到是這樣的「升職加薪」和「人生規劃」。

我呆呆地看著唱作俱佳的張超，彷彿看到了外星人，而他卻逕自沉浸在自己的喜悅中，完全沒有注意到我已經石化。

直到他長長一篇演講將我們的後半生「圓滿完結」，才想起來要問我：「你覺得呢？我覺得？

這裡面還有我覺得的餘地嗎？

我只好說：「說不定兩年後，你在北京也能當整個集團的總經理啊？」

張超擺擺手：「怎麼可能？我爸又不是潘石屹[6]，你那是白日夢。」

他的這份自知之明讓我不知道該哭該笑：「你現在不是也滿好的嗎？職位也好，薪水也好，繼續待著的話，只會更好，然後把爸爸媽媽接到北京來。」

張超卻說，北京的幸福指數太低了，沒有生活。人不能只有工作，只有奮鬥，還得有生活。

＊＊＊

生活和生存，只差了一個字。

在張超眼裡，我們現在這樣充其量只能叫生存。

6 潘石屹：中國知名地產富豪。

我想，這大概就是我的分歧點了。

我說：「怎麼會沒有生活？你看我剛買的鮮花！想要把生活經營好，用點心就好了啊。」

張超卻一針見血地指出：「你那個地鐵出口十塊錢一大把的鮮花，跟我說的生活，不是同一回事！」

彷彿一盆冷水將我從頭潑到腳。

就算是十塊錢，那也是真的鮮花，不是塑膠花，難道回了他老家西安就能買一束一千塊、代表生活的花了？

張超接著說：「我算給你聽，在北京不能一直租房子吧？我們結婚得買個房子吧？即使我現在有了足夠的錢，可以負擔一個差不多的房子的頭期款，以後未來的十年、二十年，你就要和我一起背負房貸，我們每天早上醒來就是一筆債，我覺得壓力實在太大了，而一筆頭期款的錢，在我們西安可以買一棟兩層樓的透天厝啊。」

不知道為什麼，我馬上就想到了遠在攀枝花的媽媽，以及媽媽希望我能回來北京彌補遺憾的那些叨唸，甚至是我長久以來奮鬥的目標。

然而，張超卻沒給我說話的機會，我剛吐出兩個字「可是」，就又一次被他打斷：「等我們有了孩子，我們沒有戶口，孩子上什麼學校？要多花多少錢？沒有學區房怎麼辦？接父母過來，是再買給他們還是再租一間房子？先不說又增加經濟壓力吧，父母年紀大了，會願意離開老家來北京嗎？」

這之後，張超說了很多、很多，而且他邏輯清晰，喋喋不休，各方各面上下左右都被他考慮周到了，我根本找不到打破這套圓滿計畫的弱點，更插不上嘴。

直到張超問我，他分析得有沒有道理。

有，是有道理，但我不是跟「有道理」過日子。

我說：「我也可以存錢，我們一起存錢，可以試著在北京買間房子。我下個月也要加薪了。」

張超笑道：「你那點錢，還惦記買 LV！」

我說：「那麼多人都留在北京，過得也滿好的，人家都能解決問題。」

張超：「人和人不一樣。」

不知道為什麼，我突然對他有點失望：「怎麼不一樣？」

大約是感覺到我的這份情緒，張超很快緊張起來，哄我說：「好了好了，下週末去吃金錢豹[7]吧？」

7 二〇〇三年創立的高級自助餐，已於二〇一七年歇業。

我說：「那個太貴了，還是吃好倫哥[8]吧。」

但張超卻說，適當改善生活才能有更好的生活，這週要做攻略，看下週怎麼一起吃垮金錢豹。

而我，望著這個剛上任不久、因為一頓金錢豹就充滿戰鬥力的男朋友，竟然發自內心地，悲從中來……

也不知道是不是受到王佳佳的感染，還是被這座城市改變，漸漸地，我也開始像王佳佳一樣心裡發慌，明明渴望安定，卻在見到安定計劃表的剎那，又希望不要太快安定，要多彩多姿、深不可測，絕不能一眼望到盡頭，否則這和我待在老家有什麼區別呢？

往往，我們理直氣壯、無所畏懼，以為努力就能成功。但事實上，我們經歷更多的是，哪怕搜腸刮肚四處詢問想取一個足以襯托自己的英文名字，到頭來才發現根本派不上用場。

那天晚上，離開張超家，我沒有急著回到那個租賃屋，而是跑到三里屯街頭遊蕩，走走停停，直到累了進了一家咖啡館，找了一個靠窗的位置，望著窗外的流光溢彩，盡情地發呆……

8 披薩自助餐飲店。

幾天後，高飛在部門裡公佈了一個消息——由於藥梅在廣州的案子立了大功，經過公司的審核，決定破例升她為部門經理。

這個消息宛如一道驚雷，將柳靜嚇傻了。

她和藥梅居然平級了。

別說柳靜，部門裡的其他人也都不太服氣，單從那稀稀落落的鼓掌聲就聽得出來，各懷鬼胎，四處充斥著不服氣的聲音。

藥梅卻興高采烈地站起來，向所有人鞠躬致敬，說：「感謝大家！以後讓我們繼續加油，取得更多更好的成績！」

之後沒多久，我就在洗手間的隔間裡，聽到柳靜、小薇和楠楠三個人的對話，話題的主角自然是藥梅。

小薇碎唸著：「哼……一起出了趟差，回來就升官發財了。」

楠楠提出疑問：「高總為什麼要藥梅一起出差呀？」

小薇冷笑道：「你說為什麼？你能把領口開到肚臍眼嗎？」

這時，柳靜說：「小薇，別亂說話啊。」

小薇卻更加氣憤：「她業績連我都不如，現在和你同級了呀靜姐！」

柳靜沒說話。

楠楠這時接腔：「女人工作做得好不如睡覺睡得好，那我們還拚個什麼勁啊，我等一下就請假回家躺著好了。」

小薇直接開罵：「一起吧，媽的，連大學都沒唸過的打工妹，憑什麼要我聽她的啊。」

直到她們三個人走出洗手間，我才慢吞吞地從隔間裡出來。

不知為什麼，我總覺得藥梅捅了個馬蜂窩，以柳靜的為人，八成是不會善罷甘休的。

果然過沒幾天，公司裡就發生了一件大事。

一大早，高飛的老婆就殺進來，穿過眾人，直衝進高飛的辦公室。

我剛聽到小光說「感覺要打架啊」，就聽到那辦公室裡傳出一片驚叫聲，立刻把外面的人嚇了一跳，紛紛站起身，伸長脖子看。

柳靜慢悠悠地示意大家：「坐下，都趕快坐下，怎麼這麼愛看熱鬧啊！」

真是一語驚醒夢中人，眾人這才覺得不妥，又紛紛落座，只是眼神依然偷瞄著事故地點。

直到辦公室大門刷地打開，藥梅被一股猛力推出來，眾人才立刻收回目光，全都低下頭。

顯然，那裡面剛剛經歷了一場大戰。

藥梅跌在地上，衣衫不整，我立刻跑過去扶她，張超也快速脫下自己的外套，扔了過來。

沒想到，藥梅卻一把推開我，狼狽地從地上爬起來，捂著自己被撕扯爛的胸口。

高飛的辦公室裡，傳出高飛夫婦吵架的嘶吼聲。

藥梅沒有重回戰場，轉而大步走向柳靜的桌子，一把推翻她桌上的茶杯。

滾燙的水撒在正在假裝看文件的柳靜身上，立刻把她燙得跳起來，往日的優雅知性瞬間蕩然無存。

柳靜尖叫：「啊啊啊啊啊！燙死了！藥梅！你有病啊！」

藥梅只有三個字：「不！要！臉！」

而我們所有人，都看得目瞪口呆。

這件事過了很久很久，我才得知，原來藥梅曾問過她最崇拜且信任的柳靜要不要答應和高飛一起去廣州出差的事，甚至還給柳靜看了高飛傳給她的簡訊。

那封簡訊，既曖昧又含蓄，高飛深諳這其中的程度把握，乍看會以為他對藥梅有意思，但只要稍加解釋，就會顯得是藥梅多心。

可想而知，當著藥梅的面，柳靜自然會像個知心大姐姐一樣苦口婆心，比如勸藥梅在職場上不能隨便跟同事聊私事，以免有把柄落在別人手裡，這是利益場所，一定要有防人之心。

然而話鋒一轉，柳靜卻鼓勵藥梅和高飛一起出差，還說那沒什麼，再說，萬一高飛是真心喜歡藥梅呢？高飛的老婆性格有問題，要是能離婚，他和藥梅在一起，也是不錯的選擇。

就這樣，柳靜三言兩語就替藥梅畫了個大餅。

藥梅自覺聽懂了，又十分信任柳靜的判斷，才有了後文。

還真是……一言難盡。

第五章

有欲望的女人不被男人喜歡

大戰之後，藥梅春風得意地上任了。

大概是因為想穿得像個主管吧，她砸大錢買了套裝，卻不知道為什麼有一種大飯店迎賓員的感覺。

藥梅花蝴蝶似地穿梭在辦公室裡四處發放巧克力的同時，獨獨繞過了臉色陰沉的柳靜，周圍的人仍舊安心做這個劇場裡的配角。

我默默看了片刻這齣小丑戲，第一次動了想離開這間辦公室的念頭。

而我的 MSN 上面的一個名字——顧映真，恰好給了我這個機會。

第一次見到顧映真時，是上次跟高飛一起去見客戶，剛從某飯店裡走出來，迎面就見到一個風姿綽約的女人帶著助理走來。

那女人就是顧映真，她率先跟高飛打了招呼。

高飛很快收起看呆了的眼神，和顧映真握手寒暄。

而我的目光，自然無可厚非地落在顧映真完美的妝容、身上的包包、鞋子、絲巾、手錶那些行頭上，默默欣賞著她的品味，那些美麗的價格。

直到我的視線落在顧映真的左腳上，才發現她竟然在鞋子裡踮起腳尖，再稍一轉身，剛好可以看到她後腳踝上的傷口，摻雜著血漬，是被這雙新鞋磨破的。

沒有多想，我當時就從包裡拿出了OK繃。

也正是這段小插曲，促使我在欣賞完辦公室裡眾人的演技之後，點開了顧映真的MSN聊天視窗。

我的第一句話就是：「顧總，您好！我是陳可，我們見過一次，我看到您發佈了一則招聘的消息。」

顧映真回覆得很快：「陳可妹妹你好，當然記得，OK繃小美女，別來無恙？」

事實上，我很感謝那天的我做了這個選擇，它直接改變了我後來的人生。

但嚴格來說，在面試這個環節上我還是個小學生，現在的工作原本就是因為一場飯局而誤打誤撞得到的。

直到現在，我依然忘不掉剛來北京四處面試碰壁的窘境，那些糟糕的經驗告訴我，我還很稚嫩，我需要重新包裝自己，力求在和顧映真的面試中，達到高分。

我立刻就想到了在五百強公司擔任人事的笨笨，然後就藉著和朋友們的聚會，我帶著筆記本，認真記下她說的每一個字。

笨笨說：「如何透過一次完美的面試就跳躍式進階，也就是得到高職位高薪水，需要積極準備好這幾個問題，抓住這幾個經常被忽視的細節。首先，如果面試官問你——今天來的路上塞嗎？你應該怎麼回答？」

別不相信，這個問題雖然聽起來很無厘頭，但在面試那天，顧映真手下的面試官之一還真的問了。

我是這樣回答的：「因為我提前了一個小時出門，所以雖然今天很塞，但我還是提早十分鐘到了，很幸運。」

誠如笨笨所說，這是他們在面試的時候，認為最滿意的答案。

然後，笨笨又叮嚀我，如果對方問我為什麼要換工作，無論如何都不要批評前公司，必須尊重前任，才能說明我的人品。

而面試那天，第二位面試官也問了差不多的問題。

面試官：「看了看你的資料，你在之前的公司工作了一年多，目前做到什麼職位？」

我說：「我從小組成員做到了專案組組長，現在公司在和我談，有提拔我做專案總監的想法。」

通常說到這裡，面試官一定會好奇，既然一切都好，為什麼要換公司呢？

我按照笨笨教我的思維說道：「這是個學習的過程，學到可以拿結業證書的時候，說明專業能力已經到了相對合格的程度了，就想到更高更遠的地方再提升了。我現在的心情，很像大四面臨畢業的學生接著去考研的想法吧。」

果然，那位面試官面帶微笑，說我的比喻很有意思。

笨笨還告訴我，通常到最後，主面試官都會象徵性地問一個沒有什麼實際價值的問題，但這個問題，如果我做足了準備，將突顯出我的溝通能力，有機會得到最後的定錘之音。

誠如笨笨所說，主面試官，也就是顧映真，她在面試的最後一幕，闔上了我的履歷資料，隨口這樣問：「你還有什麼問題想問我們嗎？」

那時候我就知道，機會來了。

我笑問：「我想問問，如果我有機會能來貴公司工作的話，我每天的工作日常大概是什麼樣子呢？」

顧映真眼神裡帶著一點興趣，這樣形容：「互聯網公司的節奏很快，可能有點忙，甚至是焦頭爛額。」

我立刻用對著鏡子反覆練習過的笑容，回答她：「這就是我想離開現在公司的根本原因，我希望年輕的自己，能夠得到更多鍛鍊的機會，太輕鬆的工作很容易讓人發胖。」

相信任何一家公司都會欣賞積極努力的員工，而不是安於現狀得過且過的寄生蟲。

當然，笨笨還特別跟我講了關於薪資的問題，這正好也是我來北京面試那段日子裡，四處碰壁的一個障礙。

笨笨說，如果對方公司對我有興趣，問起上一間公司的薪水是多少，我可以不結巴地造假，譬如現在一個月三千塊，我可以說五千三百塊。如果對方說有可能加班，工作辛苦，我就可以報七千塊，畢竟這是跨行業跳槽，我之前的資訊很難會被知道，北京又是個標準不一的地方，我想要什麼標準，就依照什麼標準去努力。

這一點，我真的在家練習了很久。

結果，事實證明，去面試的當天並不是我最緊張的時候，反而是面試之後，我成了熱鍋上的螞蟻。

那天，我在張超家，他準備了涮羊肉。

當張超端著熱騰騰的羊肉鍋從廚房裡走出來時，我正緊握著手機，坐立不安，好像不管是羊肉鍋的香味，還是桌上擺好的幾盤涮菜，都不足以喚醒我的味覺。

張超喊我吃飯，我坐下來時，他問我是不是哪裡不舒服。

然後我就心不在焉地看著菜，張超不明所以地看著我。

我的手機突然響起，是一通陌生來電。

我整個人立刻滿血復活，急忙按下接聽鍵，連頭皮都繃緊了：「好，好，謝謝！」

電話裡人事的語速很快，話也很簡短，我們沒有多談，但這卻是我來北京之後，接到最振奮人心的電話。

掛斷後，張超問我：「這是怎麼了？LV 打折啦？」

我說：「LV 才不打折呢！我去面試了一間別的公司，剛才通知我了！面試過了！薪水七千塊啊！」

我注意到，張超正在幫我夾肉的手停到了半空：「什麼公司啊？怎麼能給你七千塊？為什麼啊？」

我告訴他，上次和高飛一起出差，在飯店裡遇到了優見網的副總裁。

沒想到張超的下一句是：「想辭職去別的公司，怎麼都不和我商量一下？我是你部門主管啊。」

他的話裡似乎摻雜了什麼，我一時搞不懂。

我說：「我就只是試試看，也不一定能被錄用啊。」

張超依然在堅持：「但是我也是你男朋友。」

我繼續解釋：「我想等有結果了再和你商量，沒有把握的事，在沒做成之前，我不想說。」

頓了兩秒，張超終於不再糾結這個問題，轉而問：「為什麼想辭職呢？」
我吸了口氣，有一說一：「我不喜歡現在公司的氛圍，尤其藥梅突然升職，我心裡不是很舒服。」
張超有點詫異：「所以你也想升職？想當經理？」
怎麼了，這難道不是很正常的事嗎？沒有人不想往上爬，沒有人不想拿第一的。
我反問他：「藥梅都可以，我為什麼不可以做更好的工作？」
張超語氣一轉，訓了我一句：「女人要那麼強的事業心幹什麼啊？你這樣，很容易成為第二個藥梅，被人利用被人耍！」
這怎麼會一樣？我靠的又不是和上司睡覺。
再說，跳槽加薪原本就是好事。
我反問張超：「我有事業心不對嗎？」
這回，張超直接放下筷子，否定了我：「不對。女人有欲望會很辛苦，我不想要你以後過得辛苦，我也不想辛苦，你能明白嗎？」
不明白，我一點都不明白。
我心裡這麼想著，嘴上也是這樣回答張超的。
緊接著，便是一室沉默，我看著他，他看著我，大眼瞪小眼。

這還是有生以來，第一次有人跟我說「有欲望的女人，男人不喜歡」。而說這話的人，是我的男朋友。他用語言和行動表示了這一點，他害怕我因為欲望而辛苦，也害怕我的欲望之火會灼傷他。安分守己，似乎才是他認為我會幸福的樣子。

說實話，那時候的我，是百思不得其解的，我也沒有準確地告訴他，其實我的欲望並不複雜，只是希望一天比一天更好，這是任何一個人都期望努力實現的事。雖然我知道，未來並不一定會按照我的期望走，我也未必能活成想像的模樣，但如果要我寄居在男人的懷抱裡，依賴他，當一朵菟絲花，很抱歉，我也做不到。

直到很久之後，我回想起這天的一切，才意識到，原來這件事，就是我和張超漸行漸遠的岔路口。

***

無論如何，我到新公司報到是木已成舟了。

新的我、新的衣服和高跟鞋，新的名牌、新的薪資條，以及全新的工作內容：互聯網公司的內容銷售。

哦，對了，還有新公司的新電腦，比之前的更新、更大。

唯一不變的，是設為螢保的那款 LV 包包。

我將一個朋友從日本帶回來的抹茶口味巧克力拿出來，分給我的新同事們，大家欣然接受，其樂融融。我甚至注意到，這些新同事的衣著品味，都遠遠超過上一間公司。

今天真是個好日子，除了到新公司第一天報到之外，還是我的生日。

唯一美中不足的是，我的男朋友張超，今天要去見客戶，大概要晚點回來，要我先去他家裡等。

下了班，我在 7-11 買了關東煮裏腹，走了沒多遠，就經過一家商場，旁邊的櫥窗裡赫然就是 LV 精品店。

那之後的一路上，我都在想那個包。

直到回到張超家，一室昏暗，黑暗中卻隱隱透著光亮。

抬眼一看，就見張超捧著生日蛋糕走出來，還唱著生日歌。

我不禁一愣，又驚喜又感動：「你今天說去見客戶，原來是去幫我買蛋糕？」

張超笑嘻嘻的：「是啊，祝大寶貝二十五歲生日快樂！」

在張超的催促下，我很快就許了願，吹滅了蠟燭，心裡有點甜。

然後我四處一看，問他，怎麼只有蛋糕沒有飯，晚上吃什麼呢？

張超說：「我們等一下去吃金錢豹！」

又是一個驚喜。

我開始興奮了：「啊，真的要去吃金錢豹啦！走吧！」

沒想到張超卻要我等一下，然後轉身拿出來一個大紙袋，遞給我，還說：「寶貝看看，你最想要的禮物！」

我最想要的禮物？

不就只有一個嗎！

那一刻，我被點燃了，沒有任何言語可以形容那種心情，又開心，又不敢置信，雖然不知道為什麼，那個紙袋不是LV的。

可是……

應該不會錯的！

我抖著手，接過袋子，吸了一口氣，將它慢慢打開，心裡撲通撲通地跳著。

直到目光觸及裡面的那塊布料，我愣住了……

我不知道當時的我是什麼樣的表情，我只知道，那一刻，我的心裡是荒謬的，我是徹底傻了。

那根本不是什麼我最想要的LV包包，而是一件印著LV logo花紋的睡裙，印滿了，卻是假的。

張超笑得前翻後仰，甚至還自以為風趣地說：「怎麼樣？你心心念念的LV！」

那句話像是惡狠狠地搧了我一記耳光，我不可置信地看著他，心裡一片茫然，甚至還有點憤怒。

他怎麼能拿這件事開玩笑？

我想要個 LV 的包包，就這麼好笑嗎？還要在我生日這天拿來開玩笑，自以為別出心裁？

張超接著還說：「怎麼啦？不喜歡啊？純棉的呢，穿起來一定很舒服。」

我動了動嘴唇，忍了忍，終於還是什麼都沒有說出口，只怕自己一旦發聲，就會說出無法挽回的話。

張超這時拖了我一下：「走啦，去吃垮金錢豹！」

就這樣，我抱著糟糕的心情，持續了一整晚，連吃一頓奢侈的金錢豹，都讓我一而再再而三地遭到暴擊，爭相做壓死我的最後一根稻草。

張超卻顯然早就做好了攻略，他端回來的水果沙拉儼然是一盆藝術品，滴水不漏地搭建成摩天大樓。

他還繪聲繪影地跟我解說：「你看這個水果沙拉，先搭小黃瓜地基糊上沙拉醬，再搭胡蘿蔔支架擴展空間，這一層層放上去的可不是水果，是我多少頓必勝客吃出的智慧啊！」

我沒吭聲，拿起叉子準備吃。

張超卻阻止了我：「這個先放著，吃多了占胃，先吃貴的！」

我笑了一下，很牽強，拿起飲料想喝一口緩緩神。

他又阻止了我：「喝水也占胃！」
然後，張超坐下來，從包裡拿出一本筆記，遞給我。
那本筆記正是我找笨笨做面試筆記用的那一本，我問他拿我的本子幹嘛。
他說：「我抄了一個吃自助餐的流程。我們按流程一樣一樣來。第一步，水果我已經拿完了，第二步，生鮮。吃完水果休息三十分鐘後吃鮭魚！」
張超認真仔細地一條條讀，我默默聽著，心裡悶得發慌，竟然是說不出的難受。
而這時，我目光一轉，恰好看到隔壁的一對情侶，他們的桌上只擺了簡單的兩三樣食物，兩個人安安靜靜開開心心地享受著。
女孩的座位上，剛好放著我心儀的那款LV包包。
那一刻，我想，如果我是她就好了。
可是張超喋喋不休的聲音卻將這一切打碎：「香腸拼盤和鵝肝醬，南洋區的泰式小菜，日本料理區的炸蝦天婦羅……日料區在哪呢？」
他開始四下張望，彷彿要連吃帶拿，和隔壁的情侶相比，簡直相形見絀。
我吸了口氣，喊他的名字：「張超。」
張超沒聽到，他還在說：「倒數第三步喝湯，要喝紅酒銀耳雪梨燕窩羹。寶貝，燕窩特別貴，對女人好，你要喝這個。」

我終於忍無可忍，提高嗓門：「張超！」
張超一臉茫然：「啊？怎麼了？」
我看著他那張臉，靜了幾秒，還是把話吞了回去。
然後，我問：「沒事，我想喝點酒，這裡有沒有啊？」
張超很快說：「有，我去拿，我們來點香檳！」
他很快就去拿酒了，我的耳朵也終於清靜了片刻，再一轉頭，目光落在隔壁桌的情侶身上，心裡五味雜陳。
可想而知，這頓飯張超吃得有多撐。
離開金錢豹的時候，他扶著肚子駝著背，姿勢非常狼狽。
我跟在他身後，看著那模樣，還聽到他說：「啊，我覺得我要站直，不然就要全吐出來了。」
他扶著門走出去時，看到了對面的藥店，又對我說：「寶貝你等我一下，我去那個藥店買個健胃消食片。」
我應了一聲，不再吭聲。
他似乎也沒有注意到我的異狀，緩慢地朝藥店走。
我呆呆地立在原地，看了他片刻，直到心裡的難過再也抑制不住，我終於轉過身，走了。

那一刻，我是心灰意冷的。

沒有比較，就沒有傷害，這句話真的很有道理，而且今天還是我的生日。

我在路邊隨手招了一輛人力三輪車，上了車經過藥店門口，張超剛好出來。

很快地，我的手機響了，來電顯示是他。

我看了一眼，忍著想哭的情緒，沒有接，直接將手機按了靜音，扔進包裡。

直到到了朝陽門，我跳下三輪車，慌不擇路地追趕最後一班地鐵，結果還是錯過了。

我跑得氣喘吁吁，一口氣換不過來，只想吐。

我蹲下身，乾嘔了一會兒，什麼都沒有吐出來，好像堵住的並不是那些食物、不是那一口氣，而是……

然後，我覺得臉上一片冰涼，舉起手摸了摸。

原來，我哭了。

＊＊＊

第二天上午，我去了一趟銀行，辦了一張信用卡。

這是我第一張信用卡。

人家都說辦了這玩意就會被綁住，但我不管，那一刻真的什麼都管不了了。

幾天後，我和張超提了分手。

又過了數日，信用卡審核下來了，那天我去了一趟LV精品店，將我小本子裡貼著的那款包包圖遞給店員看。

店員說，這款國內沒有貨了，需要的話大概有一個月的預訂時間，問我可以等嗎？

我想了想，搖了頭：「我不等了，我買別的吧！我刷信用卡分期付款可以嗎？」

店員問：「可以的，您要哪款？」

我想了想信用卡的金額，說：「八千塊以下的吧。」

店員很快地介紹了幾款給我。

而我，也很快地為我的二十五歲，第一次刷卡、第一次狠心分期，買了我人生中的第一個LV包。

也不知道是不是因為多了一個它，我連平日擠公車的兇狠都沒了。

我小心謹慎地護住那個包，非常明智地從人群中退出來，昂首挺胸地背著它，穿過一條大馬路。

旁邊一輛計程車跟在身邊，司機問：「小女孩，坐車嗎？去哪裡？」

我的心情格外好，聲音格外大：「不用，謝謝！」

直到夜深人靜，我回了家，藥梅正在洗衣服，連同我的一起。

我說：「梅梅，不用幫我洗，我自己洗就行。」

藥梅隨口問我：「沒關係，我來吧，順手做的事而已。你今天活過來啦？」

我不禁一愣。

藥梅接著說：「前幾天我看你魂都快丟了，唉，張超也一樣，都沒心思上班了，你們兩個複合吧！诶，你不是為了分手才跳槽的吧！」

關於張超的問題，我並不想多說，尤其藥梅和張超還在同一家公司。

我搖了搖頭，隔了幾秒，我問藥梅：「梅梅，你為什麼來北京？」

藥梅理所當然道：「還能為啥？為了活得更好一點吧。」

我又問：「那你覺得，想活得更好一點，是不是就是虛榮啊？」

藥梅被我問得一愣一愣的：「啥意思？你覺得我虛榮嗎？」

我嘆了口氣：「不是，我只是隨便說說……那你想過你以後要過什麼樣的生活嗎？」

藥梅一邊洗衣服，一邊這樣敘述：「二十六歲之前就結婚，生一對龍鳳胎，老公需要的時候，就打扮得美美的陪他應酬，沒事的時候就在家帶孩子啊。」

真是一幅美麗的畫面。

我笑了笑：「那你找男朋友的標準是什麼？」

藥梅一頓，回答得有點虛：「對我好吧！那你呢？」

我又一次想起張超：「我希望他想的和我差不多，最起碼不要完全不是同一個方向。」

牛頭不對馬嘴，大家都痛苦。

藥梅顯然沒聽懂，還跟我打起岔。

我沒有多作解釋，只是看著她那副沒心沒肺的樣子，突然說出憋了很久的一句話：

「梅梅，我得搬家了，新公司距離太遠了。」

離開不在同一個方向的男朋友，離開這個室友。

現階段的我，所要做的只是減法，減輕肩上的負擔，輕裝上陣。

藥梅沒什麼意見：「嗯，週末我陪你找房子吧！」

我笑道：「不用，我這個新主管，有四間房子，便宜租給我一間，幫她打理一下房子。」

從這個角度上說，顧映真真是個不錯的老闆。

但我沒想到，藥梅竟然問了這樣一句：「女的？女的為什麼對你這麼好？」

我簡直哭笑不得。

也真幸虧我搬去顧映真其中一間房子裡住。

搬家那天，我又從她身上學到了一件事。

那間高檔公寓格局開闊，房內裝修佈置自然舒適簡單，很適合做單身公寓。

顧映真從櫃子裡翻出一個愛馬仕包，嘴裡叨唸著：「這個包在這裡啊，我找了好幾次都沒找到。」

然後她又看了看別的，拿走了幾條絲巾，就沒有再拿什麼，還說剩下的包包、手錶、墨鏡，只要我喜歡就隨便用。

我有些震驚，忙說：「不用，顧總您都拿走吧。我用不到。」

顧映真揮揮手，滿不在乎：「等姐再買個三百坪的房子，再把這些寶貝都請過去吧。現在，你就幫姐姐先照顧它們嘍！」

我不禁咋舌：「姐，真羨慕你，你是怎麼發展到現在的啊？有這麼多財富。」

顧映真的口吻十分輕描淡寫：「我也不算自己奮鬥來的，之前離了兩次婚，都是對方的問題，所以我得到了一些賠償金，再加上工作收入也不錯，就連買了幾間房子，畢竟房子最能升值。」

什麼？離婚賠償金？

我無法不驚訝。

顧映真卻雲淡風輕：「所以呀，除了要好好工作，還要好好結婚，你可要好好看清楚再談婚論嫁，婚姻是女人的第二次投胎。」

我簡直聽傻了。

顧映真又道：「姐不是叫你詐欺啊，是教你別犯傻。」

我靜了一會兒，突然又問起一直困擾自己的問題：「姐，有欲望的女人，男人是不是都不喜歡啊？」

然而這個問題到了顧映真那裡，卻迎刃而解：「那你只要遇到和你一樣有欲望的男人，就不會有這種問題了。」

我想，她是對的。

張超不是那個人，我和他只是剛好一起走了一段路而已。

等我送顧映真下樓時，到了地下室，顧映真又提到這裡的車位，還說等我有了車，她就把車位轉給我。

我笑著說，自己哪有那個本事，駕照都沒有，更沒有錢買車。

顧映真認真地看了我一眼，說：「你聽姐的，自己把生活規劃好，該學車就去學車，該買房就買房，別著急，好多事啊，水到渠就成了！」

她的話，我記住了。

直到顧映真開著豪華小跑車離開，我聽到旁邊一對剛好下車的夫婦的對話。

那妻子說，她也喜歡那輛車，真好看！

丈夫說，那就把原來那輛賣了吧，我們就換這個。

妻子滿心歡喜地答應了。

他們抱在一起，還親了一下。

那一刻，我就決定，我不會再壓制自己的欲望，更不會再為有欲望而困擾、迷茫、糾結。

我所要做的，僅僅是實現它，讓它發光發熱。

至於張超，關於他其實還有一段小插曲，是我很久以後才知道的。

原來在我生日之前，張超曾託辦公室同事小光從國外帶一個LV包包回國，就是我喜歡的那款。

沒想到，它被海關扣下了，走報關程序、繳費，都需要時間。

張超沒辦法，又覺得去百貨公司買太貴了，只好先隨便買一樣，把我的生日應付過去，等那個LV從海關拿回來再說。

也正是因為這段小插曲，讓我和張超各行各路。

如今想起來，我們是真的沒有緣分。

第六章

二十五歲以後的女人開始面臨保養危機

大家都說女人過了二十五歲，就等於開始衰老，無論事業上多麼成功，在身材和皮膚上都開始走下坡路。

說實話，剛過二十五歲的我，也進入了這樣的危機。

最令人生氣的是，即便有時候我不去想這件事，身邊也總會有聲音提醒我。

就比如說，早上起床後，我先打開電視，轉身就去浴室梳洗，沒想到電視裡傳來的不是什麼財經新聞的報導，反而是這樣兩句廣告詞——

「二十五歲，除了體重，你什麼都沒有提升；除了魚尾紋，你什麼都沒有增加。」

「男人的變心是因為女人的變形。」

我手上一用力，牙刷擦過牙齦，發疼。

之後在上班路上，計程車的廣播電臺也在跟我作對——

「二十五歲還不保養的女人沒有未來！」

「再好的車不保養也會提前報廢，更何況是女人這張臉。」

簡直是說到痛處，我只覺得心口有股勁悶著，便戴上耳機聽音樂，只是腦海中還是忍不住想，此時此刻，不知道有多少開著車在上班路上的女人，會因為這句話而崩潰？

二十五歲的危機，也直接促使我辦了一家美容中心的會員卡。

我的私人造型師名叫托尼，講著一口流利的臺灣腔，只是不知道在哪裡出生。為了留住回頭客，這家美容中心真可謂無所不用其極，托尼先幫我換了這時最流行的韓國歐膩頭，還要我過一個月就來修剪一次，不然造型就走樣了。

我還在托尼口若懸河的鼓吹之下，買了一大袋的瓶瓶罐罐，擦身體的要和保鮮膜一起用，泡腳的一個禮拜要用三次，水不能太熱，泡完之後要用腳膜等等。

哦對了，我還在這家美容中心做了胸部護理，說是能預防和治療乳腺增生，托尼說半個月就得去做一次，否則就白費工夫了。還有那個大腸排毒，用來清宿便的，對身體好，對皮膚更好，只是做完之後一整個禮拜都不能吃油膩食物了。

臨走時，托尼送我到門口，說：「姐慢走啊！」

我腳下突然一頓，回頭驚詫道：「啊？你比我小嗎？」

還是說，我看起來比這個托尼老？他臉上都有細紋了！

托尼也有點驚訝：「啊？沒有沒有，我大我大，我哪裡都大，姐是尊稱，您看您不說您二十五了，我以為您才剛上大學呢！」

不得不說，這句奉承，又立刻讓我躁動不安的心情安分下來，還有點心花怒放的感覺。

我一邊說「哪裡哪裡」一邊走出了門。

無論真假，奉承話誰都愛聽。

二十五歲的我，改變真的很大。

就好比說我從不關心的購物頻道，竟然也會特別多看幾眼。

裡面的主持人口沫橫飛，大喊著：「哪個女人不怕老?!」

我馬上就放下水杯，將音量調大，目不轉睛地看他要放什麼狠話。

只聽主持人說：「一條頸紋老十歲，女人，你需要一個 3D 枕。貼合人體曲線，full 3D 維持正常 C 字曲線，均勻分散體重，預防頸紋和疼痛，3D 枕除了能有效預防和減少頸紋的產生，還能讓肩部曲線變得更漂亮，讓你擁有天鵝一般的脖頸。」

這番介紹簡直有毒，我立刻按照電視螢幕上的電話撥過去，訂了一個 3D 枕。

然後站起身，對著鏡子伸長脖子，左看右看，直到我把臉都貼到鏡子上了，才確定自己還沒有魚尾紋，又拉著頭髮，檢查有沒有白頭髮……

直到一切滿意，我才鬆口氣。

但話說回來，錢也不能都花在臉上，正如雞蛋不能放在一個籃子裡一樣，要分散資金，分散投資，這才保險。

沒兩天，我就透過別的同學介紹，約了盧家凱見面。

他是我的大學同學，只是同屆不同科系，現在正在某家房地產公司就職。

我們約在咖啡廳，盧家凱到之前，我正在看書，這是我最近養成的習慣，用來填補零碎時間，經濟簡單，一個月可以讀完三本實用工具書。

這時，盧家凱走進咖啡廳，我們打了招呼。

他坐下說：「你是陳可嗎？我怎麼不記得在學校見過你呢？」

我笑笑：「學校人太多了，不是同個科系的可能都不太有交集，哪像你們這種學校明星等級的同學，歌手大賽的冠軍，我們都記得呢！」

是的，盧家凱在學校的時候就出盡了風頭，算是學校風雲人物。

盧家凱擺擺手，吐槽說：「唉呦，可別提了，就我那唱歌水準還冠軍呢，當時我還很有自信地報了快樂男聲[9]，海選時就被刷下來了。」

我應了一句「這種比賽都要靠運氣吧」就將話題帶開：「我最近才聽李曉芸說，你也在北京，房子賣得很好。」

9 快樂男聲：中國大陸湖南衛視舉辦的歌手選秀大賽。

盧家凱說，他小姨丈在一個房地產公司做得還不錯，就把他也叫過去了，而且他小姨丈的房子都是剛需房[10]，想買的人可多了。

話音一落，盧家凱就問我是不是也想買房。

我說：「有這個想法，但還沒這個實力，所以想提前瞭解瞭解，聽聽你的建議。」

盧家凱立刻問我：「那你研究現在的買房政策和貸款政策了嗎？」

我不禁一怔，不就買個房嗎，還需要什麼政策。

盧家凱很快就露出一副「女孩你還真樂天」的表情，然後從書包裡拿出一堆資料遞給我，顯然是早就準備好了。

之後大部分時間，盧家凱一直在為我講解，簡直把我說得懷疑人生。

桌上的水果盤和咖啡都見了底，我卻越來越沮喪，忍不住抱怨：「貸款的話，每天要白白給銀行那麼多錢啊！」

盧家凱說：「怎麼會是白給銀行呢，這也是一種投資，也叫理財，北京這麼大，能付全額買得起房子的還真的沒有多少啊！」

我挑了下眉：「理財？」

同時想到了顧映真，她房子多，有的空著，有的租出去，恐怕對她來說，這就是理財

10 剛需房：剛需，指剛性需求，人類最基本生活的需求。剛需房指在都市裡紮根立足所需要購買的基本標準住房。

吧？

盧家凱笑了：「你不理財，財不理你，我們都要三十歲了，這件事你得研究一下。如果有什麼不懂，你隨時來問我，女人都這樣，一講到錢的事，大部分都糊里糊塗的。」

我點點頭，有些洩氣：「的確是沒有什麼經濟頭腦，一按計算機就覺得煩。」

盧家凱倒是看得很開：「噯，女人嘛，那麼操心幹嘛啊，房子也不用自己買啊，嫁個男人讓他送！」

我差點笑出聲：「我哪有本錢讓男人送我房子啊？」

盧家凱卻像是媒婆牽線似的：「年輕就是本錢啊！臉就是本錢啊！你還有機會，二十五歲不算太晚！」

二十五歲，又是二十五歲。

我問：「二十五歲真的不晚嗎？」

盧家凱跟我保證：「二十五歲絕對不晚，可是再晚就真的晚了！」

二十五歲，是我人生的轉捩點，這一年我遇到了很多事，剛經歷了與幾個人的分分合合，有楊大赫、張超，和高中時期就認識的死黨王濤。

這一年，我已經來到北京，被生活裡各種不安的資訊包圍著，我左右搖擺，彷徨無措，心裡不能穩定。再環顧四周，周圍的人都在忙著為未來打地基，而我，也不甘心落後。

有時候我希望我是李曉芸，有她的好運氣，有穩定的生活；有時候我希望我是王佳佳，能有她的瀟灑；甚至是藥梅，她的勇敢我也羨慕。當然，我最想成為的還是顧映真，有她的本事，她的魄力。

於是，在二十五歲這一年，我慌亂，但我充滿野心，我決定要做一個集大成的女人。

＊＊＊

我第一次跟隨顧映真去見客戶，她就在穿著打扮上為我上了一課。

當時，我們正在一家高檔飯店的洗手間裡，顧映真遞給我一支唇膏，她說：「你試試這個，你得隨身帶著口紅，女人的隨身化妝包比內衣還重要呢。」

我側頭一看，剛好看到顧映真的化妝包裡有五六支口紅。

我感到很詫異：「啊？姐你出門帶這麼多口紅啊！」

顧映真撩著頭髮，風情萬種地說：「你果然還是年輕啊，你馬上就會知道口紅對女人的重要性了，它能讓你看起來氣色好得不只一丁半點，什麼衣服要配什麼顏色都很講究的。你也塗一下吧？」

我一邊聽一邊從口袋裡掏出一支唇蜜：「我有我有。」

顧映真看到，笑了：「你那是唇蜜，小女生們迷戀的油膩膩的東西，到了我們這個歲數，可不想讓男人看了心裡想著這個女孩嘴怎麼水潤潤的，我們想讓他們不由自主地吻上來。」

她的形容和比喻讓我也不禁發笑。

然後，顧映真將那支口紅遞給我：「這支還沒用，送你吧！」

我說：「謝謝姐。」

等我們補好妝，手機收到一則訊息，我低頭一看，告訴顧映真：「姐，于揚的助理說他們到了，在春色滿園包廂。」

顧映真揚起自信的笑容，最後檢視了一下自己：「好，走吧。」

直到走進飯店的一條走道，我跟在顧映真後面，這才後知後覺地注意到她的半身裙剪裁優雅，還有那雙一看就是經常健身的緊實小腿，在高跟鞋和半身裙的襯托下曲線動人。

想不到，這個平時看起來幹練強悍的女人，竟然也可以這樣妖嬈。

我正在欣賞，這時，顧映真突然問：「你最近談戀愛了嗎？」

真是天外一筆，我一愣：「沒有啊，去哪談戀愛啊？」

工作的忙碌和對未來的規劃，早已讓我恨不得有三頭六臂。

沒想到顧映真卻說：「這不就有人來了嗎，友情提示啊，于揚單身。」

我不禁失笑：「人家這麼厲害，怎麼看得上我，姐你別開我玩笑了。」

顧映真聽到這話，卻定住一秒，只看了我一眼，就繼續向前走，她那表情彷彿在說：「跟我說客套話幹什麼，我還不知道你在想什麼嗎？」

我下意識問：「怎麼了，我臉上有東西？」

顧映真這樣說：「以後早點睡，美容覺睡不好，臉就垂了，你看你淚溝都跑出來了。」

這句話嚇了我一跳，立刻摸了摸自己的臉。

事實上，顧映真在酒店走道裡的那幾句話，還真有點預言的意味。

我和于揚後來果然有了一番牽扯。

于揚，他是某紅酒企業的第二代傳人，今年三十歲，有良好的出身和教育背景，但他沒有安於現狀，反而努力創業，兢兢業業地經營家族企業的副線產業，這一點讓我非常刮目相看。

我奮鬥，是因為我想改變命運。

那麼于揚呢？大概是為了證明自己吧。

說實話，我很感謝在我二十五歲為了事業衝刺的這一年，遇到于揚這樣一個「目標」。

哦，順便一提，于揚他還是個氣宇軒昂、相貌堂堂的男人，不僅是他，就連他身邊的助理為為，都長得帥氣可愛。

我們兩方一見面，顧映真就開口稱讚：「難得見到甲方客戶這麼準時的。」

于揚笑道：「現在市場競爭這麼激烈，準時都不夠，我們巴不得早一點和顧總合作呢。」

在他們說話的空檔，我站起來幫大家倒水。

為為趕緊搶了過去。

只聽見于揚說：「怎麼可以讓女士動手呢？」

顧映真介紹我：「這是陳可，以後我們的合作，就由陳可和你聯絡啊！」

于揚對我笑了一下。

我得承認，那一刻我有點羞澀，於是很快拿起桌上的兩份菜單，分別遞給于揚和顧映真。

為為離開包廂去找服務生，顧映真這時問于揚：「我聽你媽媽說，你放棄博士學位，準備回國內發展了？」

我這才發現于揚的口音有點洋派。

他說：「還是想回來，以後請顧總多關照我的小本生意啊！」

顧映真笑道：「創業之路不容易啊，佩服你的魄力，家裡的生意就徹底不管了？」

于揚謙虛至極：「我爸那買賣太大了，我哪有能力接手啊，別給他添麻煩了，我自己鍛鍊鍛鍊吧。」

我忍不住多看了于揚幾眼。

這個男人不僅長得帥，而且頗有素養，不驕不躁，我從沒見過這樣的男人。能接觸這樣的大客戶，我感到前所未有地緊張。

可是接下來的事，卻有點不順利。

我打了一劑瘦臉針，臉腫得很厲害，請病假在家，藥梅正好來看我。

藥梅進了屋子就東轉西轉，看看這個摸摸那個，我沒阻止她，拿著冰枕扶著臉，有氣無力地躺在沙發上。

直到藥梅指著一個裝飾說：「這個這個，我在七九八藝術區看過，藝術品！要八千多塊呢！」

我有點詫異：「這麼小，那麼貴啊？」

藥梅感嘆：「藝術家真是賺錢啊。這個顧大姐，真的好有錢啊！我們要怎麼努力才能有四間房，能買得起這種貴得要死還很難看的藝術品啊？」

我接了一句：「顧大姐說，婚姻可以。」

藥梅立刻提起勁，要跟我取經：「哦？她說了什麼？你跟我說說。」

我卻不想多說：「我們出去吃火鍋吧，我好餓。」

藥梅說不去，還說打完瘦臉針有十天不能吃辣。

很快，我們就圍繞著「微整形」這個話題聊起來，藥梅說，調完了鼻子看眼睛就覺得小，額頭太扁了等等，這時，我的手機響了。

我示意藥梅不要說話，接起來一聽，是為為：「喂？為為你好……我高燒不退，好難受，您幫我和于總解釋一下吧，我跟他約下週。」

藥梅驚訝地問：「蹺班啊？這不像你的作風啊？」

我笑笑：「一個重要的客戶，不想被他看到我打了針。」

話雖如此，但只有我心裡明白，不想被于揚看到，並非只是因為他是我的客戶。

結果，我很快就為我這次的決定付出了代價。

等我的臉消腫，上了班，顧映真直接用內線電話打給我。

她第一句話就是：「于揚的案子為什麼跟丟了？」

我頓時失去了所有臭美的心情：「啊？丟了？去哪裡了？」

顧映真說：「被上海一家公司談走了。這禮拜我出差在外面，你也不約于揚實際追蹤，你在忙什麼？」

我支支吾吾的，難免心虛：「我……我發燒了好幾天，疏忽了。」

顧映真沒空理會這個，直接說：「據說他們今天簽合約，于揚現在還沒有收到上海快遞的合約，我們或許還有時間，我把那家上海公司的名字傳給你。三天之內解決好，否則打包走人。」

說真的，雖然我不知道顧映真是怎麼知道這些小道消息的，但我真的很佩服她，也更加為自己的前途擔憂。

於是，掛了電話後，我坐在位子上冷靜了幾秒，立刻打開MSN，在群組裡發出這樣一句話：「江湖告急，請求幫忙！」

＊＊＊

事實上，連我自己都想不到，我最後會找高飛幫忙。

我和高飛一起到廣州出差過，他的能力我見識過，無論他在男女關係處理上如何，在工作和專業方面，我是很服氣的。

何況眼前這種危機，我一個人根本搞不定。

就在我的 MSN 群組也束手無策時，我打了一通電話給高飛。

高飛仗義出手，一步步地教我。

「第一時間準備好你們需要的合約。根據上次談判的細節，多擬幾個可能性，多做幾份合約，先不用請示，只要你拿了專案，上面都會特別批准。第二步，查單號，和快遞公司聯絡。」

第一步，是我們公司內部的事。

第二步，是針對對手而制定的。

我在公司裡奔波著，奔跑著，來往法務和其他需要配合的部門之間，百忙之中回到辦公室，聽同事說，快遞單號已經查到了，對方的合約正在派送中。

我心裡一驚，飛快地說：「聯絡快遞人員，就說……唉，你把快遞人員電話傳給我吧！」

我當時腦海裡沒有別的念頭，只想阻止那份快遞。

數分鐘後，我撥通了為為的手機，請他幫忙約一下于揚吃晚飯，吃不了晚飯也沒關係，無論多晚，無論能否一起吃晚飯，我都會在他們公司樓下等，等他忙完，見我一面。

我知道，這是我最後的機會。

不是生，就是死。

結果，于揚最後答應了我的邀請。

我安排了一家西餐廳，還精心打扮了一番，開了一瓶紅酒，向于揚致歉。

舉杯時，我說：「實在太抱歉了，生了一場大病，還好于總沒生氣，還留了合作機會給我們，以後我可要加強鍛鍊了，不能在合作裡搞砸。」

于揚聽到我的話，明顯一愣，似乎欲言又止，但最終卻說：「生完這場大病之後氣色更好了呢，感覺還瘦了，要早點痊癒啊！」

我微微一笑，和他碰了杯。

相隔幾秒，我拿出一份文件，遞給于揚，決定直奔主題：「我們公司非常重視和您的合作，今天下午剛開了會，合作的條件都可以再商量。我這邊準備了三份合約，您看看，三份合約，三種可能。上次我們談的那個您覺得 OK 的模式，在這裡，這個。」

高飛不愧是老江湖，這是他教我的妙招。

三種方案，三種可能，足以讓任何一個客戶為之心動，甚至為難。

果然，于揚有些猶豫地接過，欲言又止。

我沒給他開口的機會，連忙說：「顧總今天因為我生病的事情大發雷霆，當著整個部門的面，警告我如果搞不定這一筆就自己離開公司。我真的是太愧疚了。」

這一刻，我慶幸自己是個女人，還是個會扮柔弱和委屈的女人，這是老天給我的，我沒理由不用。

於是，我嘆了口氣，接著說：「顧總對我很好，我真的是太讓她失望了，丟一份工作其實沒什麼，再找就好了，如果失去一個看重自己、願意栽培自己的主管，那真的，我就捲鋪蓋自己回老家好了。」

惻隱之心人皆有之，于揚很快就被我說動：「怎麼就要捲鋪蓋回去了呢？不至於這樣。我看一下啊。」

我端起酒杯說：「您先看，我先自罰一杯。我真的是太不爭氣了，對不起顧總。」

這紅酒勁兒有點大，我喝得又猛，一杯下去，臉上已經有點泛紅，便剛好用手托著腮，看著于揚。

于揚看在眼裡，笑了：「千萬別妄自菲薄，我們還年輕，只要努力，一切都會好起來的。」

我問：「真的嗎？」

他說：「當然了，相信我。」

幾秒鐘後，我哭了，就當著于揚的面。

演戲演全套，既然是真的委屈，就要將委屈哭給我想讓他看到的人看。

更何況，我不只會哭、只會裝可憐，我還做足了功課，準備了三份合約，無論是誠意還是面子，我都給得足足的。

我一邊擦眼淚一邊說：「唉呀我怎麼這麼沒出息啊，謝謝你……你剛才說的話……對我很重要，我可能是壓力太大了……你不用管我，我冷靜一下就好了。」

于揚見狀，馬上拿出衛生紙給我擦眼淚。

他不會知道，我為了這場戲做了多少準備，花了多少心機，防水睫毛膏、口紅雨衣……在來之前我甚至不知道自己會不會演失敗，我只知道我必須放手一搏。我想要的，我就要勇敢去追求，我要挖掘自己的潛力，實現自己。

也正是這天晚上，我又一次重新認識了自己，甚至是大徹大悟，感謝這當頭一棒，我已經從前幾天散漫臭美的狀態中清醒過來，二十五歲又如何，皺紋要來始終要來，但屬於女人的智慧，不能因此而丟失。

順帶一提，酒過三巡之後，我還是出了糗。

由於于揚就住在西餐廳所在的飯店樓上，他提議讓司機開車送我。

我在他的攙扶下，勉強走出門口，對他坦白，下午是我聯絡了快遞公司，假裝是即將和他簽約的上海公司的寄件人，謊稱今天不便，要快遞人員明天再送件給于揚，為的就是再多爭取一晚的時間，最終無論于揚會做什麼樣的選擇，對我來說，都無怨無悔。

接著，就在我說「謝謝」的同時，腳下一個不穩，肚子裡一陣翻騰，我就吐了。

但我為了不狼狽地吐在于揚身上，立刻打開自己的LV包包，吐了進去。

于揚明顯一愣，但我根本管不了他，我這次是真的哭了。

「這可是我人生第一個LV包包啊！」

呵，大概是因為我甘願付出換得收穫，于揚公司的合約，最後被我們公司拿下了。

合約簽訂的第二天，我就去見了顧映真，將那份合約輕輕落在她的桌上。

顧映真抬頭一看，我正在得意地笑。

我清楚地注意到，她眼裡的讚賞。

而失去LV包包的心，似乎也得到了一點治癒。

不日，我和于揚又約了一次，我早到了，坐在咖啡廳裡看書。

于揚進來時，我起身迎接。

他跟我道歉，說有事耽擱，才遲到了一會兒。

我笑了笑：「沒關係，剛好帶了書，趁這個時間把這本書讀完，要不然平常太忙，一直都看不完。」

于揚坐下，指著我的書：「平常喜歡看書？」

我說：「從小就喜歡，包裡無論如何都要放一本書，擠地鐵、坐車、等人，都可以拿出來看。」

于揚眉梢一挑：「哦，那看來，我今天沒有失策。」

他說話間，這時走進來的為為，拿出了一個香奈兒的紙袋。

我有些疑惑，又有些詫異，甚至不敢置信。

于揚示意我拆開袋子。

我便當著他們的面，拿出裡面的防塵袋。

袋口打開的那一刻，于揚說：「那天讓你損失了，我很過意不去，本來想買一個小包的，後來想想，大一點更裝得下東西，所以選了一個大包給你，希望你能喜歡。」

我目瞪口呆地盯著比原本那個更貴的香奈兒包，心裡撲通撲通的，知道自己已經成功挽回這一局。

但無論如何，我還是得客氣一下：「無功不受祿，怎麼可以收您這麼貴重的禮物呢？」

于揚說：「……因為我工作起來非常苛刻，很怕之後合作會常常得罪你啊，所以先表達一下我的誠意！」

我不禁笑了，突然覺得，無論是生活，還是眼前這個男人，可真美好啊！

第七章
都市女人的欲望膨脹係數來自於不同等級的男人

合作案搞定了，連男朋友也有了，我不得不說，這份新工作帶給我的都是好運，似乎經歷每一個階段，我都能邁上一個新臺階。

只是人生在世不如意十有八九，在我和于揚的關係裡，唯一美中不足的，就是他的態度。

就比如說那天我們一起去唱KTV，他還約了一些生意上的朋友，特地希望我作為他的女伴出席，幫他招待客人。

我知道，在這樣的場合，我需要的是八面玲瓏，進退得宜，不能出風頭，不能搶風頭，因此那天我穿得十分低調，話也不多。

于揚要我去幫來客之一的王總點一首《牛仔很忙》，我起身點歌的時候，剛好又進來一群朋友，我點好歌，便去迎接，從容不迫，力求讓每一個朋友都能感受到自己的重要。

再看于揚，在這方面他是個老手，遊刃有餘，和這些人交錯聊天，沒有怠慢任何一個。

我招呼服務員送來水果盤和酒水，回頭一看，于揚正在和一個哥們灌啤酒，他們喝得很猛，酒順著于揚的脖子流進領口。

我下意識拿出一張衛生紙，遞過去。

這時，那個哥們問：「新助理啊？」

于揚很快地否認：「不是。」

這兩個字，令我將已經到嘴邊的自我介紹，又吞了回去。

于揚說：「朋友，朋友。」

我便微微一笑，有些失落地回到點歌台前，安安靜靜地看著這群紅男綠女。

我曾經以為，只要來了北京，就會變成人上人，讓人羨慕，更讓人嫉妒。我曾經以為，于揚為我打開了一扇新世界的大門，只要和他在一起，我就會努力成為和他並肩匹配的女人，不是攀附，不是諂媚，而是發自內心地成為一個優秀的女人。

但事實似乎和我以為的很不一樣。

我不知道是不是自己想太多了。

對外，于揚不希望我們公開關係。

就連我下班後和幾個同事一起走出門，遠遠看到開著豪華轎車在門口等著的于揚，于揚和我打招呼，同事開我玩笑：「于大公子又來接你啊，去他家還是去你家啊？」我都只能笑著回：「只是合作關係，合作不就是得天天見面嗎？」

同事們當然不信：「唉呦，這麼低調呀……」

但我能怎麼說？我只能帶著微笑，在她們羨慕嫉妒恨的目光中，款款走上車，無論她們在背後如何毒舌，如何盼著我和于揚趕緊分手。

一上車，于揚就問我：「沒有不高興吧？」

我知道他在問什麼，卻還是裝傻：「什麼事不高興呀？」

「我們的事不能和你同事們說，你不會不高興吧？」

男人啊，是明知故犯呢，還是只求表面的和諧？

我淡淡地回他：「不會，畢竟我們在合作中啊。多一事不如少一事。」

于揚這才笑了：「要是都像你這麼懂事，該有多好啊！」

我不由得挑了下眉，原來這不是第一次了：「什麼意思，看來是遇過不懂事的女人哦？」

于揚帶著一絲詫異：「啊？你這題閱讀理解測驗是滿分啊！」

我佯裝生氣：「果然，你給我說清楚！」

于揚笑道：「那得看你今天的表現如何了！」

那後來的一路上，我們都在打打鬧鬧，但平心而論，我是介意的，或者應該問，有哪個女人不介意嗎？

但除此之外，和于揚交往還是有一些好處，雖然我想，他歷任不能公開的女朋友們也都享受過和我一樣的待遇。

他給了我一張精品店的消費卡，我第一次去的時候，店員只看了一下卡上的資訊，就問我是不是于先生的朋友，而且于先生早已交代過，幫我準備了春夏系列最新款的鞋子。

我沒矯情，坐下試鞋，那店員竟然跪在我腳邊幫我穿戴，我頓時有點不好意思，叫她也坐著。

店員說：「沒關係，我這樣方便幫您試鞋。」

我當時就在想，也許這些造價不菲的鞋子裡，已經包含了這樣卑躬屈膝的服務費了？奢侈品，消費的大概不只是工藝和設計。

這也是我第一次感受到淡淡的得意，第一次覺得自己是上帝。

直到我拎著大包小包走出精品店，那店員一直彎腰恭送我到門口。

但事實上，我也是在很久以後才從一個朋友口中得知，這些奢侈品店的店員們，賺得比我多得多。

在後來和橘子、笨笨的姐妹聚會上，她們兩人一個勁地稱讚我皮膚又白又亮，問我是去打了針還是換了保養品。

我微微笑著，就聽笨笨自問自答：「唉，愛情就是女人最好的保養品。」

橘子也在說：「真的！你現在整個人都在發光，可漂亮了。」

我嘴裡謙虛：「哪有這麼誇張啊！」

但其實我心裡明白，皮膚上的光澤只是表象，那種從骨子裡散發出來的自信和欣喜，才是我目前身上最美的東西。

脫胎換骨，這四個字，直到今天，我才感受到它的魅力。

女人們之間的聚會，難免會聊到男人和買買買。

笨笨問橘子，最近有什麼稀有的東西推薦，他們公司要一起去義大利玩，她已經做好敗家的準備了。

橘子脫口而出：「藍氣球，趕快買！」

藍氣球是卡地亞的女士腕錶系列，一問世就成了搶手貨，它那令人咋舌的出貨量就已經決定了它的江湖地位。

剛好，我也有一支。

於是我便將袖子卷上去，帶著點小得意的心情展示給她們看。

橘子眼前一亮：「啊……你已經買啦?!你買多少錢？」

我笑道：「我也不知道啊，于揚送的。」

她倆異口同聲：「于揚對你真好！」

我非常痛快地將錶拿下來讓她們鑑賞，那種讓別人羨慕嫉妒恨的優越感，幾乎將我餵飽。

由於我在和于揚公司的合作案上表現出色，顧映真很快就升了我的職位，如今我也算是頭銜裡有「經理」二字的人了。

新的辦公桌、新的座位，桌上擺滿了鮮花和禮物。

我隨手拿起其中一張卡片，正好見到這樣一行話：「祝賀升職，大展鴻圖——于歐巴。」

然後，在顧映真的示意下，所有人都放下了手裡的工作，為我鼓掌，為我祝賀。

我微笑地和大家說「謝謝」，並時刻提醒自己注意，千萬不要像藥梅那樣喜形於色，穿得像花蝴蝶四處發放巧克力。

因為我知道，這裡所有人都忍著氣想取代我。

後來，我和顧映真出去吃飯慶祝，我吃得太飽，感覺褲腰都緊了。

顧映真笑道：「年輕真好，明天少吃一頓就平衡了，哪像我到了這歲數，只敢吃六分飽，回家再跑一個小時的步，才覺得對得起自己。」

我嚇了一跳：「難怪大家都說您的體型一看就是每天健身的，有線條。」

顧映真有點好奇：「是嗎？你們背後都是怎麼稱讚我的？說來聽聽。」

我被她那樣的反應逗樂了：「反正我們都把您當榜樣，以後都想活成您這樣。」

可顧映真卻挑著眉問了三個字：「我這樣？」

接著她話題一轉，問我她的包好看麼？

其實那個我早就看上了，忍不住說：「好看！于揚也幫我在歐洲訂了一個限量版，就是那個酒紅色的。」

顧映真明顯一愣，卻沒說話。

但當時的我並不知道為什麼。

接著，我們又去了內衣店，我穿梭在各種新款裡，恣意挑選。

可是顧映真卻走到了「兩百元三條」的打折區，讓店員包了三件。

我不禁一怔，湊過去小聲說：「姐，內衣內褲可別將就，都是貼身的，改天我送你一個法國的牌子，雖然貴，但特別舒服。國內還沒有，下個月于揚去巴黎，我叫他幫我們帶！」

顧映真只是笑笑，沒接我的話。

後來想想，那時候的我，的確有點得意忘形，只是人在興致上往往不會注意到自己的弊端，而顧映真又是過來人，大概對於這種事早已看多了吧。

＊＊＊

幾天後，我又去了一趟工體大轟趴，洗手間裡還遇到了橘子和笨笨。

橘子穿著寬褲和露臍吊帶，時尚而性感。

我問：「诶？你們怎麼也在啊。」

橘子說：「今天晚上聚會啊，群組裡有約你，你沒說話啊！」

我這才想起來，白天一忙，把這件事忘了。

「唉，我忘記回覆了，于揚晚上有個局，我得陪他。」

笨笨立刻接話：「于揚在啊？我們都沒見過呢。」

橘子也說：「就是啊，介紹一下吧？在哪個房間呀？過去串個場。」

我想了想，一來是因為于揚不想公開，二來今天的橘子穿得實在太過搶眼，身為女人，我的防範意識和小心眼，在這時冒了出來。

我說：「下次吧，他現在喝得醉醺醺的。」

可橘子卻撒嬌說：「就看一眼看一眼嘛！」

直到笨笨打圓場：「喝醉了不方便，我們下次再找機會見面，反正是妹夫，總要請我們吃頓飯的。」

就這樣，我回到包廂裡，見于揚已經喝開了，和眾人推杯換盞。

我坐到角落裡，翻開手機一看，有一條顧映真的簡訊：「下午的會議紀錄你睡前傳給我一下，還有跟歐辰公司的合約，你睡前擬好傳給我。」

再一看時間，已經要過凌晨十二點了，我不敢怠慢，趕緊從包裡拿出電腦，在喧鬧聲中開始工作。

也不知過了多久，我完成了手上的任務，再一抬眼，包廂裡只剩下昏睡的于揚。

我收拾好東西，按了服務鈴，這才過去搖醒他。

「走吧，回家吧。」

我在服務生的幫助下，帶著于揚離開了。

那天晚上，我很吃力地扶著于揚回了家，而這一幕在未來數日，成了我們之間的日常。

直到有一天，正在角落裡忙著工作的我，看到于揚已經酒力不支，快要倒下了，終於忍不住上前，替他擋了酒。

但我喝得太猛太急，更不知道自己事後還發起酒瘋，讓于揚很無奈。

最後，還是他要助理為把我背出了包廂。

第二天一早，睡得昏昏沉沉的我，被于揚的電話吵醒。

他問：「親愛的，好點了嗎？」

我「嗯」了一聲，覺得渾身骨頭都快散了。

于揚語氣溫柔：「我聽你這聲音好像還沒恢復啊？等一下我幫你叫個粥送過去。」

我又應了一聲。

接著，就聽到他透露了我前一晚的「壯舉」：「你看看你，有我在呀，你喝那麼多幹什麼啊，一出門直接把為拉倒了，為為說你膝蓋都撞破了，去了趟急診，還痛嗎？」

我嚇了一跳，立刻翻開被窩，果然看到腿上包著紗布。

天啊，原來我的酒品這麼差？

嚴重的宿醉導致我後來那一整天的上班狀態都很糟糕，尤其是顧映真主持的會議。同事們在發言，我卻哈欠不斷，直到顧映真停下會議，請助理去茶水間拿幾杯咖啡。

我一聽到，打了一半的盹立刻停了。

顧映真問：「是不是感冒了？換季注意點。」

我搪塞道：「……嗯，可能昨天晚上開窗著涼了。」

顧映真直接拆穿我：「你一身的酒氣都還沒有退呢。」

我一下子不敢說話了。

顧映真說：「去我辦公室躺一下吧，下午還得出去見客戶。」

我點點頭，那是晚上六點的局。

顧映真接著說：「櫃子第一個抽屜裡，有各種常備藥，你找一找，我記得有解酒的。」

我小聲應了，訕訕地離開會議室，真想找個地洞鑽進去。

可是我剛躺進沙發裡，從旁邊古銅色的鏡子裡看到自己的倦容，手機就響了，是于揚。

他問我：「怎麼樣了？有沒有好一點啊？」

我應了一句：「恢復過來了。沒事了。」

沒想到于揚卻說：「晚上八點，工體，包廂已經訂好了。」

又一個局？

我一下子有些為難，只怕上一個局沒那麼快結束。

我問：「我晚點過去行嗎？」

于揚說：「香港的王董八點準時到，說坐半個小時就得走。他老婆是四川人，我想說你和你同鄉可以好好聊一聊。」

我吸了口氣，突然覺得自己好像做了兩份工作，那些奢侈品就是我的薪水。「……好……我八點到。」

說實話，我覺得體力有點跟不上了，但面對于揚的要求，我又不知該如何拒絕。

沒辦法，我只好打電話給已經漸漸混熟的好朋友盧家凱，要他晚上七點五十分撥個電話給我，就說公司有急事，要我趕快回去一趟。

盧家凱嬉皮笑臉地反問我：「嘿，學會金蟬脫殼啦，我有什麼好處啊？」

結果，被我用週末一頓好吃的打發過去了。

但現實往往會出人意料，計畫趕不上變化。

公司六點約見的客戶，遲到了，一直到七點五十都沒有到。

我和公司的助理小新一直在飯店裡乾坐著，不敢動，不敢走。

于揚不知道打了幾通電話給我，我也不敢接。

直到盧家凱的電話打了進來：「喂，是陳可嗎？我是總裁辦公室，公司董事會決定……」

我卻一點配合的心情都沒有：「好啦別鬧了，先掛了，待會再說吧！」

我一掛斷，就聽小新說：「陳總，我剛問了，說是塞車，再半個小時一定會到。」

我的心情別提有多糟了：「客戶是杭州來的，你為什麼不提前提醒他們北京的交通情況呢？」

小新解釋：「我寫 e-mail 特地提醒了，但是客戶回覆說沒有那麼誇張，他會算好時間。」

我冷笑出聲：「所以我為什麼要為他們的錯誤買單，浪費我的時間？我已經等了一個小時五十分鐘了！」

小新有點慌：「啊……我再催一下，陳總你別生氣。這個客戶還滿難約的，要不是他母親來北京住院，一般都是我們要飛到杭州去拜訪他。」

我問小新：「你沒和他說我八點有別的約嗎？」

小新囁嚅著：「……說了……可是……」

我們正說著，杭州的客戶這時到了。

一見面，那客戶就說：「陳總，您好您好，對不起啊，你們北京啊，太大了，太塞了！」

同時，于揚的電話又進來了，我卻已經分身乏術，乾脆將手機按掉，反扣在桌面上。

客戶問：「怎麼沒點餐？都餓壞了吧，我們趕快點吃的。」

我微微一笑，道：「小新，你和尹總吃吧，我還有別的約，尹總不好意思，事情我都交代給小新了，她會和您具體溝通。」

客戶有些詫異：「咦？怎麼要走了呢？我才剛到。」

我努力壓著煩躁，跟他解釋：「不好意思啊尹總，我和您約的是六點，現在已經八點了。我還有別的約，遲到很不禮貌，八點的客戶也很重要。」

沒想到那客戶也急了：「不是啊，你要是八點準時就要走，何苦一直催我呢？今天見不到沒有問題啊，你如果等不及，就告訴我一聲，我轉頭就去陪我母親了，也不用大老遠地非跑來吃你這頓飯啊。」

我的火「轟」地一下上來了：「您還怪起我來了？遲到的是您，不是我啊！」

客戶比我聲音更大：「遲到在所難免，你這樣處理問題，就太差勁了！你這樣是要被投訴的！」

我頓時火冒三丈，站起身時扯了一下桌布，桌上的東西跟著跌落在地，碎了。

所有人都有點傻眼，小新立刻拉住我。

直到我趕到工體，坐在洗手間的馬桶蓋上，才漸漸冷靜下來，意識到自己做了多麼愚蠢的事，這簡直不是我……

我面如死灰地捧著臉，聽著外面包廂裡鬧哄哄的聲音，直到顧映真的電話打了進來。

我立刻接起，不等她說話，連忙認錯：「對不起，我錯了。」

顧映真態度嚴厲，每個字都見血：「陳可你還真行呀！你以為你穿一千塊錢的內衣，在歐洲代購限量版的包包，就可以和甲方翻桌嗎？你是乙方！」

我張了張嘴，只能勉強說出三個字：「對不起。」

那一刻我就明白，我恐怕是膨脹過頭了，之前的一言一行，顧映真都看在眼裡。

顧映真接著道：「你失去的不是一個客戶，一筆生意，你失去的是你的職業操守，你讓我很失望！」

我繼續說著：「對不起。」

顧映真最後斥責道：「才做出一點成績就這麼膨脹！你冷靜地想一想，你有什麼本錢膨脹，就因為你交了一個有背景的男朋友嗎？」

正是這句話，彷彿當頭棒喝。

我徹底醒了過來。

第二天，我就帶著小新和一些鮮花水果趕到客戶母親所在的醫院，我將自己的姿態放到最低，站在病房門口。

客戶見到我，臉拉得很長：「是誰讓你們來的？」

我輕聲說：「對不起！我們來看看阿姨！」

小新也急忙遞上鮮花和水果。

這時，裡面傳出一個老人的聲音：「誰啊？」

那客戶忍了忍，不得已只好讓我和小新進門。

但這件事並沒有幫我們挽回什麼，直到我們離開病房，那客戶非常冷淡地說：「謝謝你們來看我母親，但我們的合作沒辦法進行了，我昨天向我們總部做了工作彙報，你們公司已經被拉進黑名單了，解禁期要兩年。」

我沒想到事情會鬧得這麼大，心如死灰：「是我的問題，再次和您說對不起！」

然後，我對那位客戶深深鞠了躬。

直到我們走出醫院，我都駝著背，卑躬屈膝，直不起來。

那一刻，我又想到了精品店裡的那位店員。

以服務態度來說，我遠不如她。

這件事，也為我上了非常深刻的一課，生活或許就是這樣，一時讓我多彩多姿，一時又安排了像顧映真、于揚、甲方客戶這樣的講師為我輪番講授，告訴我，不是所有的錯誤都可以被原諒，不是所有的失去都可以再回來。

當我越明白這些道理，並為此一次次地付出代價後，我才會開始做好人生每一堂課的課堂筆記，並且要求自己一定要把這門功課修到優秀。

人，只有控制得了自己，才能控制得了人生。

很快地，我又變成了夜夜加班，獨自留在深夜辦公室裡埋頭苦幹的那個我。

有時候靜下心來再想，又覺得挫折可以讓人清醒，挺好的。

哦，值得一提的是，除了公事，情感上的我也獲得了一次清醒。

那是一個週末，我早上一醒來，翻了個身，見于揚正逆著光套上襯衫，那六塊腹肌和公狗腰就像偶像劇裡的歐巴們一樣。

如此賞心悅目，我欣賞著，問他：「歐巴，這個週末我們怎麼過？」

于揚扣好襯衫的釦子，走過來掀開我的被子：「別賴床啦，快起來吧，我去烤麵包。」

我拉住他撒著嬌：「歐巴，我來北京三年了，都還沒去過故宮呢，陪我去好不好？」

于揚道：「故宮有什麼好玩？都是人。」

我歪著頭說：「我看橘子上個月寫的北京胡同攻略裡說，故宮旁邊有很多小店，有非常正宗的炸醬麵，還有爆肚豆汁這些，我都沒吃過！」

但這顯然不是于揚的興趣所在，于揚坐在床上，摟著我，聊的都是讓我心驚肉跳的事：「我幫你報了商務英語班和金融管理的班，你以後可能就沒有週末了。」

我詫異極了：「啊？你都幫我報了？那我以後不要過週末了，我要好好學習啦！」

于揚笑道：「所以，工作日大家都在努力，週末你需要比別人更努力，才能走在別人前面啊。」

我立刻把故宮抛在腦後，同時想起自己來北京奮鬥的目的和初衷：「時不我待，我去刷牙啦！」

但說真的，有個工作狂男朋友真可怕。

于揚忍不住笑我說做就做，又扔下一個消息：「這麼有覺悟啊？準備好了去打高爾夫吧，我約了英國大使館的朋友。」

我動作一頓：「啊？那今天不去故宮了嗎？」

于揚沒回應，只是一言不發笑著看我，我便知道，沒戲唱了。

我嘆了口氣，說：「好吧，陪你去打高爾夫。我只是想……哪怕只有一天，能不能只有我們兩個人，沒有其他人。我們可以有只屬於我們的兩人時光嗎？」

但我不知道是出於敷衍，還是他的理解本來就有誤，他走上前吻了我一下，這樣說：「現在不就是？」

親愛的，這怎麼能一樣呢？

緊接著，那天上午，我就用實際行動證明了于揚為我報名商務英語班的先見之明。高爾夫球場上，于揚用純正的英語和外國客戶聊著天，動作瀟灑，渾身都發著光，而我卻因為緊張和自卑作祟，遲遲不敢靠近，只能用球杆戳著眼前的小球進洞。

直到于揚用英語問我：「要不要過來打一杆？我介紹朋友給你。」我壓根沒聽懂，猶豫了一下，用英語回問：「啊？你說什麼？」

也正是那一刻，我覺得我和于揚越來越遠。

話說回來，我和于揚的分歧也並非只有這一件事，嚴格來說大概可以追溯到他不願公開我們之間的關係開始。

我有時會想，他是享受這種單身的狀態，還是腳踏幾條船，還是認為我配不上他，讓他丟臉？

記得有一次，于揚開車來接我，我還在車裡問他：「你從來都沒有說過我是你女朋友，本來是因為剛合作，可是現在呢？」

于揚反問我：「有什麼不一樣嗎？」

我說：「當然不一樣。」

直到他笑著認錯：「好，我以後注意。」

我點點頭，並沒有這麼好敷衍：「那你把我們的合照發到網路上。」

于揚笑了一下，有些無奈：「你知道我最喜歡你什麼嗎？喜歡你聰明，喜歡你懂事，你今天這樣，讓我有點詫異，你怎麼了？」

什麼聰明，什麼懂事，我不想要。

我說：「我想要個名分。」

于揚卻笑起來，拉著我的手顧左右而言他：「寶貝，你怎麼了？大姨媽來了？」

我終於放棄和他糾纏這個話題。沒有結果的。

再一轉頭，窗外剛好有一對甜蜜的小情侶騎著單車，還親暱地摟在一起，那一幕像極了先前的我和張超。

現在，我雖然不再坐在自行車後座，坐上了高級跑車，卻失去了光明正大相愛的權利，成了見不得光的情人。

這樣的關係，難道就是我想要的嗎？

第八章

你越是努力攀爬的階層，越信奉門當戶對的法則

我沒想到會因為計畫買房而和盧家凱成為好朋友，更想不到他很快就晉升為我的男閨蜜。

後來仔細想想，這大概是因為盧家凱既瞭解男人，又瞭解女人吧。

這個週末，我又一次癱在盧家凱位於昌平的大房子，房子是真的好，空間也大，就是太偏僻了。

當然，我們的話題也離不開房子和兩性關係。

盧家凱遞給我一堆房產資料，說：「這個天通苑的新建案，趕快入手，你看現在四周都是空地，三年以後，市中心醫院分部在這裡竣工，這邊是一家國際幼兒園的分部，這邊是個進出口超市，很有前景。重要的是，頭期款你付得起。」

我看著那些資料，忍不住嘆了口氣：「付得起頭期款，還不起貸款呀，我總要吃吃喝喝啊。」

說到這裡，盧家凱就有意見了：「所以你交那什麼男朋友啊？不是富二代嗎？這房子不應該是他買下來送你的生日禮物嗎？」

一聊到于揚，盧家凱就沒有一句好話，我便故意岔開話題：「我們兩個感情也很好，要不然你送我？」

盧家凱嘴上特別大方：「你要是跟我在一起，還需要買房？這房子不就是你的了？」

我立刻翻了個白眼：「你這昌平區大house，我可消受不起，每天上班進城要三個小時吧？」

盧家凱不開心了：「你看你，還搞地區歧視，哪需要三個小時啊，兩小時差不多。」

我嘆道：「那我還是在我公司隔壁買個地下室吧。」

盧家凱又把話題繞了回去：「你這樣簡直是侵佔公共資源，交了個富二代，你什麼都不要？他什麼都不給？你要不要把資源讓給別的女孩？」

我說：「這叫真愛至上，你懂什麼？」

盧家凱繼續毒舌：「我是不懂，每天跟著人家吃燕窩鮑魚的，趁人家出差的時候就來我這吃麻辣燙，你就不是富貴的命。」

在他眼裡，我和于揚就不是同一個世界的人。

我卻一個字都不想聽：「好了好了，別詛咒我的幸福！趕快去做麻辣燙，我來研究一下這個建案和我戶頭的餘額。」

就怕他那個大烏鴉嘴，一語成讖。

也不只是聽者有意，經過盧家凱的烏鴉嘴洗腦之後，我還真有點好奇，在房產投資這件事上，于揚抱著什麼態度。

正巧，後來有一天和于揚一起出門，我們坐在車子的後座，為為在前面開車。

我問于揚：「你覺得天通苑的房子值得投資嗎？」

于揚一怔：「投資？」

我解釋道：「盧家凱那裡有個新建案，價格滿適合的，我想買一間，以後自己住或租出去或再賣出去，都不虧啊。」

于揚有些不解：「為什麼混北京就都要買房子啊？為為也要買房呢。」

為為憨憨地笑著：「我女朋友一直在老家呢，買個房子才好接她來北京結婚嘛。」

我問他：「你買了嗎？」

為為道：「買了，付了頭期款，我家出房子錢，她家出裝修的錢。」

我嚇了一跳，感覺自己又晚了一步：「規劃得這麼好啊！買在哪裡呀？」

為為一臉憨厚：「潮白河畔，靠近河北，遠了點，房價便宜嘛。」

我點點頭，想到那邊的房我也付得起，便說：「那倒也是，你們那邊還有房子嗎？」

為為說道：「上次就幫親戚問了，沒有了。」

我不禁一愣。

怎麼會連那麼遠的房都沒了？連為為都比我更有遠見？

于揚這時插話：「房子有這麼重要嗎？為了一間房子勒緊褲帶，太辛苦了吧？」

我嘆了口氣，有點失落：「你這叫飽人不知餓人飢。」

于揚問我：「房價這麼貴，你哪來那麼多錢啊？」

我有氣無力地說：「借錢、貸款……」

于揚立刻數落起我來：「你說你們這是何苦呢！簡直是被現實綁架了，難怪大家都說北漂不容易，讓自己身上背那麼多包袱，哪可能容易？」

為為憨厚地笑了笑，沒說話。

我也沒吭聲。事實上，我並沒有指望他能買房給我，那畢竟是一棟房，不是一支錶，不是一件衣服。但聽到于揚的話，我心裡仍難免有點涼，至於為什麼，當時的我還說不太清。

無巧不成書的是，幾天後，我在姐妹淘的聚會上翻看橘子新寫的專欄，一下子就明白了什麼。

那專欄的名字滿長的，叫《一個男人愛不愛你，就看他願不願意為你花錢》，橘子還說裡面有以我為原型的段落，但是用了化名。

我有點詫異：「啊？寫了我嗎？」

橘子的言語中難掩讚美之意：「是啊，寫了你男人送的愛馬仕、香奈兒和藍氣球！告訴姐妹們，要依照這個標準談戀愛！」

我忍不住為自己辯解：「你這樣說也太拜金了，人家只是交了個男朋友，剛好男朋友是有錢人。」

笨笨站出來開玩笑：「你這簡直是招惹仇恨，橘子小姐還在不停地倒貼男朋友呢！自己捨不得買這買那，昨天還幫男友換了手機！」

橘子立刻護短：「他手機有問題嘛，我老是聯絡不到。」

笨笨繼續揭短：「是嗎？那上次的電腦呢？」

橘子很快反駁：「他一個搞IT的，沒電腦怎麼工作！」

笨笨反問：「那你想要什麼他都假裝聽不見看不見呢？」

橘子擺擺手，簡直是個男友奴：「唉呦，男人跟我們想的不一樣，買口紅這種事情，怎麼好意思讓大老爺幫你買嘛。」

笨笨「嘖」了一聲：「說左的也是你，說右的也是你，怎麼說你都有理，真是個天秤座。」

橘子笑起來：「不指望男人真的為我們花錢，但是態度要有嘛！你說是吧？」

橘子問話的對象是一直插不上嘴、看她們兩個你來我往有點糊塗的我。

我連忙附和：「是是是。」

沒想到橘子話鋒一轉，落到了我身上：「你買房子錢不夠，跟于揚說呀！」

笨笨立刻阻止，不愧是五百強企業的人事：「別聽她的，沒結婚之前財務最好撇清，容易有經濟糾紛，後患無窮。」

橘子說：「不是要他真的給錢，就是要他表個態嘛，女人要的就是個態度嘛。」

笨笨也點了點頭：「如果是這個出發點的話，可以提一提，促進一下感情。不過說實話，我個人觀點啊，一個男人如果想和你一起安家置業，那這個人還真的滿可靠的。」

我「嗯」了一聲，思索著她們的話，半晌沒言語。

如果說一個男人想和自己一起安家置業就等於可靠，那麼反過來呢？又等於什麼？

無論如何，盧家凱和橘子、笨笨的話，或多或少都在我心裡投射出一些影子，這也促使我嘗試將房子的話題帶入我和于揚的日常中。

那天，我起了個大早，正坐在梳妝檯前化妝，于揚還賴在床上。

他問我怎麼這麼早起，我說：「我約盧家凱去看房子，早點去能多看幾間。」

于揚一愣：「啊？真的要買房子了嗎？」

我說：「是啊，想在北京有一間自己的小房子，以後把我媽接過來住。」

說也奇怪，于揚竟有些遲疑：「……哦，長遠打算，自己買一間也滿好的。那你今天不陪我去雪茄會館了？」

我透過鏡子看了他一眼：「看情況吧，不知道看房子要看到幾點了，而且我不太適應雪茄吧裡那個味道，進去就昏昏沉沉，渾身不舒服，我今天可以不去嗎？」

于揚笑笑，伸伸懶腰也要起床：「好吧，下次教你怎麼品雪茄。」

你說逗不逗，我在說房子，他卻繞到雪茄。

我又把話題拐回來：「你有房地產的朋友嗎？能有折扣什麼的嗎？」

于揚當即道：「我？沒有。」

接著他就說要去沖澡。

我「哦」了一聲，忍不住嘆氣，他又過來抱住我，問：「怎麼一大早就嘆氣呢？」

我望著他的眼睛，這樣說：「還要和銀行貸款，大概付完頭期款，我就家徒四壁要喝西北風了，還要喝二十年。」

于揚笑笑，並不是很認真：「怎麼會呢，我養你啊。」

我繼續「哦」。

于揚非常自然地又將話題轉開：「下午正好要見一位畫家，我跟他要一幅畫送你，掛在你的小房子裡，藝術品最增值了。」

怎麼了，藝術品增值比房子還快嗎？

我又給了他一個「哦」。

于揚卻好像全然沒注意到我的幾個「哦」背後表達的情緒，轉身走進浴室。

我看著他的背影，心裡有點不是滋味，這還是我第一次對于揚有了別的看法。怎麼了，難道我們不是男女朋友嗎？為什麼他聽到我說去看房，連一點房子的資訊都不問，甚至也沒有要借我錢的意思，哪怕只是句客套話也好啊。

很快，我又遇到了無巧不成書的事，依舊關於于揚。

我沒想到，我竟然會從顧映真口中聽到于揚的八卦。

話題的開始，是顧映真問我最近和于揚的關係如何，我不想把私事說得太清楚，還是保留了一些，只說于揚對我很好，也努力，家裡有錢卻比誰都拚，讓我深受感染。

顧映真聽到頗為贊同：「所以說，另一半會影響你的人生，另一半的素質和心態，決定了你人生後半段的方向。我看你最近很努力呢，這樣滿好的。」

我笑笑：「他就是太拚了，我們都沒有太多個人空間，他每天排得太滿了。」

顧映真卻有不同看法：「這就看你的選擇了，他要忙著搬磚頭，就騰不出手來擁抱你，他有時間抱著你，就沒有時間出去賺錢。世界是公平、守恆的。年輕人，奮鬥期辛苦一點好，年紀大了真的拚不動了，到時候拿辛苦拚來的財富享受人生，兩人世界多的是。」

我忍不住說道：「是，但也要能走到結婚那一步啊，我覺得他不急著結婚。」

顧映真詫異極了：「哪有？诶，跟你說也無所謂，前年吧，他和一個女孩求婚，當時這圈子的人都知道，陣仗很大，在世貿天階求婚的。抬頭看那個大螢幕上，全是告白，地上鋪滿了玫瑰花。」

我聽得一愣一愣的，顧映真描述的完全是另一個于揚啊！

顧映真接著說：「以後跟你求婚，一定比這個更酷炫。」

我問：「那女孩人呢？」

顧映真搖頭嘆氣：「求完婚，女孩去歐洲留學，又跟別人好了。」

我更詫異了。

難怪于揚一個字都沒提過，已經訂婚才被戴綠帽，心裡該有多難受。

顧映真那邊接著說：「所以，他能開始和你的這段感情，應該也是真的喜歡你。」

是嗎？原來在別人眼中，于揚會和我開始，就代表他已經從過去走出來了？

說實話，這種情況是我完全沒有遇過的，相比于揚，楊大赫和張超都更單純，和他們比起來，這次的愛情似乎更像是一場博弈。我得承認，于揚的過去挑起了我的好勝心，我不想屈從於任何法則，只想做那個讓其他女人羨慕的灰姑娘，為了搏得王子的迎娶努力一把。

＊＊＊

幾天後，我買了機票，把我媽媽接到北京小住。

跟我一起去接機的是為為，為為幫我媽拿包的時候，我媽問他是不是于揚，得知不是之後又問于揚去哪了。

為為解釋：「昨天很晚才接到消息，我們在福建的一筆生意出了問題，一大早五點半于總就去機場了。」

我也說道：「臨時有事，開公司都這樣，每天都跟打仗一樣。」

我媽沒說話。

接著，為為帶我們去了停車場，我媽一路都在說我瘦了、成熟了，我卻有點心不在焉，滿腦子想的都是，于揚福建的生意出了問題，怎麼沒有跟我說？

當晚，我媽一直閒不下來，做家事、做飯、整理我的衣櫃，還說我太懶，換季不整理。

我一邊嘗試撥打于揚的電話，一邊回應：「啊……我有請打掃阿姨，一個禮拜來一次。」

我媽說：「真奢侈！」

此時，電話那頭出現語音提示，于揚沒有接電話。

幾天後，我媽都快要回攀枝花了，我連機票都買好了，于揚也沒出現，他的電話更沒打通過。

我媽問，在她回去之前能見到于揚嗎？

我只好說：「不知道，為為說沒辦法確定，事情解決完就回來，但是什麼時候解決完說不準。」

我媽說：「那就遺憾了，來一趟不容易，都沒發揮作用。」

說這話時，她的眼神有些意味深長，我一下子就讀懂了那眼神的意思，頓覺難堪，立刻避開。

那天下午，我去了一趟社區裡的二十四小時便利超商，買了一大堆東西。

結帳時，那店員跟我聊了兩句，那一瞬間，我竟然突發奇想地請他幫我一個忙。

我請店員打了通電話到于揚的手機，而且打開了擴音。

沒響幾聲，電話就通了。

店員按照我事前教的話說：「是于先生嗎？有一個雪茄禮盒要幫您送去，您一小時後左右在公司嗎？」

于揚很快回道：「我在，送來吧，是威廉送的嗎？」

店員道：「嗯，是！」

手機很快掛斷，我已經無話可說，此時此刻，任何解釋都不能掩蓋我心裡熊熊燃起的烈火。

但最終，我還是微笑著和店員說了句「再見」，算是把這筆帳記下了。

直到去機場的路上，出現的依然只有為為，他對我媽說，于揚還在福建出差回不來，特地交代準備了一些北京特產，都在後車箱，等一下幫我媽一起辦理托運。

我媽也跟為為客套著：「這麼有心，出差還掛念著，可可，幫我謝謝于揚。」

為為接著撒謊：「于總掛念得很呢，很後悔不能回來陪您，那個出差又推不掉。」

我媽笑笑：「沒關係，你們年輕人拚事業太辛苦，以後要見面有的是機會。」

為為道：「阿姨您有空就常來北京玩啊！」

我媽也跟著寒暄：「好，下次挑個于揚在的日子！」

「于揚在的日子」這幾個字深深刺傷了我，我全程都沒說什麼話，垮著臉，看著為為面不改色地幫于揚瞎扯編謊話。

後來，我媽還跟我說，冰箱裡包了一百個餃子，分了五格，各種味道的，都冷凍起來了，讓我不想做飯的時候可以煮來吃。

那一刻，我覺得自己真是太沒出息了，我媽把我捧在手心裡當寶貝，我卻偏偏因為一個男人的忽冷忽熱無法自制。

我算什麼東西？

我靠在我媽懷裡，心裡五味雜陳。

等我媽上了飛機，我二話不說就撥通了于揚的電話。

他的口吻一如繼往地輕快：「媽媽飛走啦？」

我直截了當地說：「別躲了，你該現身了。」

這句話，等於掀開于揚所有底牌。

那天晚上，我們就在他家裡談判了，結果談判失敗。

我忍不住，我沒出息，哭了。

于揚有些沉悶，坐在我對面，遞給我幾張衛生紙。

他說：「我覺得我們可能是溝通上出了點問題。我對婚姻一直都不是很嚮往，我一直覺得婚姻可能不太適合我，我很怕我做不好。」

我問他：「那你為什麼不早說？」

于揚解釋：「我們本來好好的啊。」

我反問他：「戀愛不就是為了結婚嗎？」

于揚竟然又反問回來：「難道你和我戀愛，就是為了和我結婚嗎？」

我震驚地抬起眼，看著同樣震驚的他。

那一刻，我無話可說。

我沒有多待，很快離開了于揚家，一個人去了KTV，扯著嗓子發洩。

我再也沒有和于揚聯絡過，或許是因為自尊心作祟，或許是因為已經無力挽回，或許是因為自己很清楚地發現，我和于揚之間，不僅僅是不婚主義者和結婚主義者的衝突吧。

他所謂的「戀愛和結婚，本來就不是一回事」，一點都不像是在眾目睽睽之下對前女友求婚的那個他。

大概錯就錯在我不值得、我不是那個她吧。

和于揚分開後沒多久，盧家凱就催促我買房，說他們公司下個月初開盤，要的話趕快辦手續，他還和家人商量過了，要買兩間再轉手。

而且，這是內部放消息，過了這個村就沒這個店了。

我連猶豫的時間都沒有，立刻算自己手上有多少錢，就算只付頭期款還得再借一點，加上銀行貸款，再跟我媽和顧映真借一些才夠用。

我不敢多耽擱，立刻衝向銀行，二話不說就申請了貸款。

沒想到過了不久，盧家凱的電話又來了，他說：「銀行你別去啦！開始限制購買了！」

我立刻傻眼。

只聽盧家凱在電話那頭說：「你沒有買房資格了，買房的事以後再說吧，這次白忙一場了！」

我站在銀行門口，苦笑著。

也許早幾天，只要早幾天，我不理會于揚的話，擅作主張地買了，或許就真的有房了。

一個多月後，我和顧映真一起吃了一頓飯，還聊起我失戀的事。

顧映真很詫異我怎麼還沒恢復。

我說：「總感覺像吃了隻蒼蠅一樣，不是滋味。」

顧映真說：「談戀愛和打遊戲一樣，想要多點技能都是需要過關的。在森林裡冒險，誤吞下的不只是蒼蠅，可能還有蜥蜴。」

這話裡似乎別有玄機，我不明所以地看著顧映真，還看著她從包裡掏出一張鮮紅色的請柬。

顧映真說：「看看吧，小傻瓜。」

我打開請柬，赫然見到于揚和一個叫方思的名字，我的手在顫抖，我渾身都是冷的，像是被人當頭澆了一盆冰水。

我的大腦一團亂，但就算再傻也能算得出來，我和于揚剛分手一個多月他就要結婚了，恐怕當初就是腳踏兩條船。

所以，這就是他不能公開我們關係的原因，也是他不能承諾婚姻和躲著不見我媽的原因。

顧映真這時說：「她是一家公司的總裁，父親是方長林，含著金湯匙出身卻比我們還努力的千金小姐。」

儘管已經明白了一切，我卻還是問：「他們什麼時候認識的？」

顧映真說：「這已經不重要了，他不是不想結婚，是不想和你結婚，這個女孩是比他家資產更雄厚的千金，這才是關鍵字。」

我簡直不敢相信我的耳朵，赫然想到在那些晚上，我陪于揚去工體接待他的客戶朋友，我那麼辛苦熬夜陪伴，僅僅是因為他的正牌女友是個嬌滴滴的大小姐，不該吃這份苦……

思。

我悲憤交加，惱羞成怒，第一時間就衝向方氏企業的大樓，跟櫃台祕書要求約見方思。

祕書問我是誰，我說我是于揚的朋友，姓陳。祕書拿起電話撥通了內線，很快就告訴我，方思沒時間接待我。沒想到，當我提出預約第二天的時候，那祕書竟然又說：「您是陳可嗎？方總說沒什麼見面的必要，請您回去吧。」

我一下子愣住，張了張嘴，什麼都沒說。

于揚，已經將一切都對方思坦白了，我要揭穿他底牌的打算根本無用武之地。

哦，或者說，恐怕方思早就就知道于揚和我的事。反正結婚之前，男人玩玩，玩夠了，就該收心了。

最起碼，于揚對她承諾了婚姻，這就是最好的說明了，不是嗎？

顧映真的話再度在我耳邊響起：「感情和工作不一樣，不是努力就會有結果的。但是不努力，就根本不會有結果。我走了那麼多彎路才明白，感情方面，盡人事、聽天命、不回頭、別計較。放下執念吧，你想依靠感情往上爬，就要允許別人也一樣。」

說實話，顧映真的每一個字，我都無力反駁，而且無比同意。

感謝于揚的身體力行，感謝顧映真的言傳身教，我又上了深刻的一課。但話說回來，負面的情緒該發洩還是要發洩。

我選擇運動，花了一下午的時間在跑步機上奮鬥。

跳下跑步機，我又去跳格子，我的健身教練 Jack 一直在旁邊幫我打節拍，在我累得快要放棄的時候，還對我說：「再堅持一下，一公斤肉就和你說拜拜。要不要再堅持一下？」

我咬牙切齒地說：「要要要！」

直到我體力不支地癱在地上，Jack 拿著毛巾蹲在地上幫我擦頭上的汗。他說：「啊，運動過後的皮膚真的水汪汪的呢，不過你素顏真的超級好看，我有那麼多會員，你絕對素顏第一。」

我自嘲地笑了：「哪有，我累得都披頭散髮了。」

Jack 很體貼地伸出手：「你躺好，我幫你伸展放鬆一下。」

然後，他掰著我的腿呈伸展狀，我們的身體靠得很近，近乎鼻息可聞。

Jack 說：「今天的課就到這裡啦，回去一天三餐都要拍照給我報備哦，如果被我發現偷吃，那我就要加倍虐你嘍！」

我向他保證：「好的，我一定會控制好食量。」

Jack 繼續督促著：「如果自己控制不住自己，就打電話給我，我陪你吃飯，監督你哦。或者哪天我帶食材去你家，幫你做一頓標準的健康餐，你以後就依照我的標準自己弄嘍。」

我上氣不接下氣地答應著。

直到我洗完澡，在更衣室吹頭髮，剛好聽到隔壁兩個女人的議論聲，她們的話題正是Jack。

女人甲：「我聽我教練說：『那個Jack可會勾搭了呢，那天我來上課，和我們一起練瑜伽的那個大姐就和我說，快把你的卡地亞收起來，被Jack看見就要把你當獵物了。』」

女人乙：「那你收起來沒有啊？」

女人甲：「當然沒有啦，結果你看，我都沒報他的課，他還弄到我的手機號碼傳簡訊給我。」

女人乙：「傳什麼，快給我看看。」

我看了那兩個女人一眼，忍不住笑出聲。

等我走出更衣室，來到櫃檯，接待員請我做個調查問卷，還承諾是匿名的。

我看這問卷上的第一個問題——「您對您的私人教練滿意嗎？」

選項——「非常滿意，滿意，普通，不滿意，非常不滿意。」

我問接待員：「這個問卷會對私教有影響嗎？」

接待員道：「會的，會影響他的業績。」

然後，接待員又悄聲引導我：「您作為Jack的會員，如果有一些不方便說的事情，也可以致電我們這支客服電話，最近有一些會員對他的投訴就是這樣處理的。」

我笑笑，沒說話，拿起筆，只想了一下，就在「非常滿意」上面畫了一個「✓」。

顧映真說得對，「你想依靠感情往上爬，就要允許別人也一樣」。
在這個遊戲規則裡，沒有人是乾淨的，因為大家都一樣髒。

第九章
相親是一門技術

又是一個週末，我泡在盧家凱家裡。

沒多久，就接到顧映真的電話，以及她空投來的紅色炸彈。

等我震驚地掛斷電話，從窗邊走回來時，盧家凱也放下 Xbox AR 遊戲，問我怎麼了。

我說：「怎麼辦，顧姐又要結婚了。」

盧家凱也是一驚：「什麼？都三婚了吧？」

我叨唸著：「是啊，我們有個汽車客戶，老外，對姐一見鍾情，窮追不捨，終於把姐追到了。」

盧家凱豎起大拇指：「姐真的厲害，佩服！」

我卻笑不出來：「問題是現在姐要把所有的房產收回去了，要湊到一間別墅的錢結婚。」

盧家凱立馬仗義地提出第二種方案：「所以你要重新找房嘍？不然來我這住好了，我不收你房租。」

我態度堅決：「不，我寧原要城裡一間地下室，也不要五環以外大別墅！」

盧家凱一臉鄙夷：「好啊，故宮裡的九十九間房子都空著呢，你去那裡租好了。」

他話音剛落，我的手機又響了，是我媽，但我沒接。

盧家凱問我怎麼不接，我說：「我媽覺得我婚戀觀有問題，想和我談談。」

盧家凱反倒不懂了：「那你就接啊，你就說，媽我在我新男朋友家裡展望未來呢，不方便跟你閒聊。」

我哀嘆一聲：「我媽要是那麼好敷衍，我猜她跟我爸就不會走到才剛把我生出來就離婚的那一步了，我媽個性就是太認真了。」

盧家凱擺擺手：「都一樣，老家的同學都結婚生孩子了，我媽也在催我。」

我簡直哀莫大於心死了：「李曉芸催得比我媽還急呢，動不動就跟我說快生個孩子吧、孩子太可愛啦！」

盧家凱樂了：「好了好了，再說我們兩個都要哭了，如果真的不行，到了三十，你嫁不出去我娶不到媳婦，我們兩個將就在一起好了。」

我立刻惱怒：「什麼叫我嫁不出去你娶不到媳婦啊，是我挑花了眼，而你多次被甩吧？」

盧家凱一拍腦門，怪聲叫道：「唉呦，我剛才從你臉上看到我姐的影子了。年輕的時候忙事業，硬要有骨氣說要當單身貴族，現在四十了，事業也沒闖出個名堂來，對象也難找了，又突然開始害怕自己老了誰幫她送終，就拉著我這個弟弟開始培養感情。」

盧家凱的姐姐也是個神人，這點我頗有感受。

我說：「難怪她上次突然跟我說叫我去凍卵子呢。」

盧家凱問：「你說她矛不矛盾？」

我卻還認真起來：「凍卵子這件事很多人都在說，要不然我也留一條後路？」

盧家凱一臉受不了：「你還是把那筆錢用來打扮自己吧，有那心思不如多捕捉幾個實體生物！」

顧映真第三次結婚的事，也促使我將看房子這件事再度列入行程，當然，是為了租房而看。

只是我看上的那間什麼都好，就是價格不太好。客廳很大，整個屋子都沐浴在陽光中，一切都很完美。

但我覺得，雖然它貴了點，卻貴有貴的好、貴有貴的理由，如果和其他格局的房子同樣價格，反而不正常了。

再者，房子好，風水就好。

所以我二話不說，就租了。

诶，真的是這樣，剛換了新房子，我在工作上就旺了一把，很快就幫公司拿下一筆大合約，對方是一家紅娘相親網站。

簽約那天，我和對方代表負責人黃琳在咖啡廳閒聊寒暄，我再三跟黃琳保證，一定會把他們優質紅娘相親口號推廣出去。

黃琳還拿出幾張VIP卡，說給我轉送身邊的單身貴族朋友。

單身貴族？不知道我算不算？

我不由得笑了：「哦？還有這個福利？那我可要私藏一張了。」

黃琳立刻稱讚起我：「你這麼優秀，怎麼會沒有男朋友呢！有一群人在拿號碼牌排隊吧？」

我搖了搖頭：「我都不知道要去哪裡才能認識更多單身青年，你幫我介紹一下吧？」

黃琳倒是乾脆：「好啊，這種事我最專業了，你說說你的要求？」

我不假思索道：「以結婚為目的、收入不比我低、長得順眼。」

黃琳笑了：「爽快！我就喜歡你這種不矯情的！最怕那種說要看感覺的，真是害我為難死了。」

感覺？呵，大多數時候，它不如麵包和牛奶可靠。

合約簽訂後，我也在公司裡升了職，高級經理，辦公室門上換了新的門牌，助理小新還送來新印的名片。

小新彙報說：「陳總，這是您的新名片。還有，這次加上我，有十個應屆畢業生，都會進您的新媒體小組，三個月後由您考核成績。這是名單。」

我看著那份名單，不由得想起當初的自己：「這一屆畢業生運氣真好，到處都是即將上市的公司在擴編招募員工，趕上了好時機。我們那時候啊，工作機會好少，找個工作簡直擠破了頭。」

小新：「嗯嗯，我們會努力的。」

小新邊說邊將資料放在我的桌子上。

我注意到她的目光，剛好落在我電腦旁邊那個新的香奈兒包包上。

是啊，香奈兒包，現在的我，已經不再侷限於LV了。

黃琳動作倒是很快，過沒幾天就帶了一位男士和我見面相親。

為了慎重，我特地打扮了一番，穿了一身價格不菲的套裝，脖子上繫著香奈兒絲巾，落落大方。

黃琳說：「等一下到見面地點我和他碰個面就先撤退了，你們喝杯咖啡互相感覺一下，初次見面，喝杯咖啡的時間最好，有感覺的話順勢約晚餐，如果感覺沒到位，只聊一杯咖啡的時間也不尷尬。繼續約吃飯的話呢，建議約一頓火鍋，等位子、拿小菜、點餐、一個桌子上鍋碗盤碟的挪移，都很能看出一個人的習慣和性格。能把一頓火鍋吃得非常舒服的人，日子一定也不會過得差。」

真是聽君一席話勝讀十年書，黃琳三言兩語就整理出一堆門道。

我說：「你這是科學相親，都能出教科書了。」

黃琳接著介紹：「他是一家發展得很好的國產手機華東區的銷售總監，平常喜歡衝浪、滑雪，未來想移民紐西蘭，對生活品質很講究。」

衝浪、滑雪？這些我一竅不通。

這麼一說，我倒忐忑起來：「我真的是完全不會生活的人，等一下要跟人家聊什麼才好？」

黃琳幫我出招：「噯，你就聽他說呀，鼓勵他多說，你就稱讚他啊，哪個男人不喜歡被女人稱讚，尤其被你這種事業成功見過大世面的女人一誇獎，更開心！說實話，我每天介紹男男女女，還滿現實的，女人嘛，要嘛有讓男人中意的臉，要嘛就是自身很有價值，男人一看就不會怠慢。不見得誰都會愛上有能力的女人，但誰不願意和一個事業不錯的自信女人做朋友呢？」

黃琳的話句句有理，就算我和這位男士最終沒成好事，就當多交一個朋友也不錯，畢竟是一個事業有成又懂生活的男人，就權當累積人脈。

我和黃琳介紹的男士喝了一杯咖啡，算是相談甚歡，等我出來時，黃琳立刻迎了上來，問我情況。

我說：「一杯咖啡的時間，我們聊得非常好，我拿到了他們新款手機的商務代理合作。」

黃琳很詫異：「啊？這麼厲害！恭喜你啊！那人呢？有沒有看上眼？」

我笑笑道：「相見恨晚，只是都沒有想一起吃晚飯的感覺。」

說實話，當麵包和牛奶都有了之後，感覺還是很重要的。

黃琳嘆道：「看來是相親失敗了。」

我說：「怎麼會？正好空出時間讓我請你吃頓大餐啊，幫我找男朋友，還幫我介紹了優秀的合作夥伴。」

我一抬手，就勾住黃琳的胳膊向前走。

黃琳這時說：「親愛的，我給你一個建議吧？相親的時候盡量避免有logo的精品，很多男人很介意的，不論懂還是不懂這些品牌，買不買得起，大部分都會覺得有壓力，你看你今天這一身，女人們看了多羨慕啊，但男人們看了，會覺得你身價上億不好駕馭。」

我低頭一看，愣住了：「啊？這樣啊，那我今天真是失策了。挑衣服的時候，光想著款式和色系搭配了。」

黃琳開始跟我科普：「男人哪懂這些啊！審美到不了這一步啦！大部分來相親的男人都不喜歡塗口紅的女人。當然，相親以外的場合，他們是喜歡的。」

我更詫異了：「啊？我這還是托人從韓國帶回來的呢！那素顏來嗎？是不是太不禮貌？」

黃琳接著拆招：「要化那種若有似無的妝容，裸妝最適合相親了。」

什麼，裸妝？

巧得很，我們辦公室裡就有個叫 Mary 的女孩，化著所謂的裸妝。

第二天，我悄然走進辦公室時，剛好聽到 Mary 跟另外幾個小女生抱怨：「北京可真土，大馬路上看不到一個會穿衣服的，反正等公司上海分部做起來，我就要求調回上海。」

小新問：「那你畢業的時候怎麼不在上海找工作呀？」

Mary 理所當然地說：「文化中心在北京呀，沒辦法呀，你以為我想來呀，吼呦，連個生煎包我都吃不到，快氣死了。」

Mary 這樣的人我也見過、聽過不少，嫌東嫌西，卻還是來了，不但來了，還要在這裡紮根。

同事甲說：「生煎包是真的沒有，不過鍋貼也很好吃啊！」

Mary 氣得直翻白眼：「那是什麼啊，連名字都土死了！」

這時，其中一個看到了站在門口的我，咳嗽一聲，那幾個小女孩立刻如同老鼠見了貓，各回各位。

我看著她們那樣，覺得有些好笑，便走到 Mary 旁邊，問：「你是 Mary 吧？上海來的？」

Mary 自信地站起來：「對啊。」

我又向前湊了一步，仔細地看著她的五官，反倒把她給看慌了。

我若有所思道：「你這個妝……滿好的啊……裸妝？」

Mary：「對啊。」

我又問：「在哪裡學的？」

Mary：「網路教學啊，上優酷看！」

我很快就把這項技能學會了。在那之後，從裡到外，從穿著打扮到處理公事，我也能獨當一面，面面俱到，無論是在下屬面前立威、糾正錯誤、帶她們見客戶，都漸漸有了當代都市女性幹練強悍的一面，或者說，我越來越像顧映真了。

就連我說話的神情和語速，都刻意放得有條不紊。

偶爾，我和顧映真在公司遇見，顧映真會豎起一個大拇指以茲鼓勵。那一刻，我就像是表現好被貼了好寶寶貼紙一樣滿心歡喜。

或者應該這樣說，男人之間有惺惺相惜，女人之間也有。

***

只是人一旦站得高了，難免就會遇到一些讓人心煩、不像話的下屬，就好比說那個Mary。

說實話，如果換作當初我還是個初出茅廬的小女孩，大家平起平坐，她再差勁，我都能忍。

但如今，呵呵……

這件事還得從我在辦公室接待一位客戶趙總說起。

我要助理小新特別準備了愛爾蘭咖啡，都是手工磨製出來的。

結果小新剛出門，趙總喝了一口咖啡，就問：「你們那個上海來的小女孩呢？」

上海來的，除了Mary還有誰？

趙總又問：「今天怎麼沒看到她啊？」

我笑了笑：「您和Mary見過？」

趙總說：「怎麼沒見過啊，我們第一次見面時，在樓下那個西餐廳。」

我這才想起來：「哦哦哦我想起來了，她幫我送資料。您怎麼知道她叫Mary？當時你們好像沒說話啊。」

趙總：「當時有給你們名片嘛，她就加了我，滿可愛的女孩子，我家在昆山呀，她在我們那裡唸過高中呢，那個高中就在我家隔壁。」

這麼說，Mary 私底下倒是沒少做「功課」？

趙總的事，或多或少在我心裡起了化學反應。

沒想到沒過幾天，我就在一個相親 party 上再度和 Mary 狹路相逢。

按照黃琳的叮嚀，我那天刻意沒有穿著一身名牌，還選了一件減齡的粉紅泡泡袖，搭配毛茸茸的耳環，背個時尚感強的背包。

黃琳見到我說：「我們沒有任何儀式，就是吃吃喝喝聊一聊，有投緣的就自己加油吧。都是 VIP 客戶，註冊費都滿高的，算是各行各業的精英們了。」

等黃琳離開，我環顧四周，見場內大概有四十多人，一半男一半女，因為都是 VIP 會員，所以品質賣相都是上等。

我在原地站了一會兒，見沒有人和我打招呼，便拿了一杯香檳，走到沙發區坐下。

又等了一會兒，見場內已經有人三三兩兩地聊起來了，只是我依然落單，心裡難免不踏實。

直到場內的很多男賓客的目光，瞬間一致地聚焦一處，我也跟著看了過去，只見一個露著長腿、穿著破洞流蘇牛仔短褲和長款 t-shirt、戴著棒球帽、捧著冰淇淋的女孩突然出現，吸引了在場男士們的目光。

但男人們看的是她的青春時尚，而我卻震驚地發現，那赫然是Mary！

片刻後，Mary也發現了我，大呼小叫地湊過來：「陳總！咦？你怎麼在這啊？」

那一刻，我只想找個地洞鑽進去，卻還得硬著頭皮問她：「你怎麼在這呢？」

Mary大剌剌地說：「我媽幫我報的，說挑好對象早點結婚。」

我挑了下眉：「哦……註冊費那麼高，都是你媽媽付的嗎？」

Mary嘆了口氣：「那倒也不是，她說我要學會獨立，所以幫我付了一半，另外一半都是我從牙縫裡省出來的。陳總你該不會也是來相親的吧？」

現在的小女生可真不得了，難怪有那麼多女孩報名上商學院。

我笑了下：「怎麼了，奇怪嗎？我也想早點結婚啊。」

這時，一位男士走了過來：「兩位美女聊得這麼開心啊。可以認識一下嗎？」

我知道這個男人是衝著Mary來的，便禮貌地站起來，說：「我去接個電話，你們聊。」

在相親party上狹路相逢的事，很快就成了Mary和其他女同事在洗手間裡的八卦話題。

巧得很，那天我也是聽眾，剛好早一步進了隔間。

隔間外，Mary邊洗手補妝，邊說：「我昨天去那個相親的自助party了。」

同事甲問：「怎麼樣？有沒有好貨？」

Mary難掩得意忘形：「就還行吧，去相親，誰不是表現得人模人樣呀？留了好幾個人的電話，看他們怎麼約吧，反正這半個月的晚餐肯定是有得忙啦。」

同事乙給意見：「那你一定要挑個好一點的，擇優錄取。」

Mary非常得意：「那是一定的呀，我花了那麼多註冊費，一定得賺回來啊！诶诶诶，我要說件正經事，你們猜我昨天在那遇見誰了！真是見鬼了呀！」

同事甲忙問：「誰啊？陳可啊？」

Mary一驚：「啊？你怎麼知道？」

同事甲：「小新偷偷和我說的，說老女人的備忘錄上寫著去相親，一個月三次相親。哈哈哈哈。」

同事乙問：「什麼？陳可還需要相親？她條件不差吧！」

Mary理所當然地說：「可是她年紀大啊！表面上不急，我猜回家都抓破頭了吧！」

同事甲：「就是啊！」

還真是……呵、呵、呵！

Mary接著說：「而且你知道她穿了什麼裙子嗎？粉色泡泡袖！毛球耳環哦！我十八歲都不穿那些了！哇，那個淡粉色哦，有夠土的！」

同事甲：「人家總要打扮得年輕一點，要不然怎麼嫁得出去啊！」

接著就是一串刺耳且肆無忌憚的笑聲。

我沒有衝出隔間，給那幾個小女孩一個下馬威。對付這樣的小女孩，我有的是辦法、角度和高度，身為上司，我可以刁難報復她們，也可以決定她們的前途和去留，她們也很快就會知道，除了年輕，她們一無所有。而眼下這份年輕，過不了幾年，也會離她們遠去。

一轉眼，就到了實習生轉正職的審核會議。十個實習生整整齊齊地坐著，都很緊張。

我翻了翻資料，抬頭微微一笑：「緊張什麼？在我小組做事，做得好，就給糖，做不好，就棒打。我可以教你，前提是你能跟得上我的節奏；我可以幫你，但你要對自己的決定負責；我只負責在職場上為你們引路，能走多遠，全憑自己的本事。」

所有人都沉默不語。

我接著道：「其實我個人希望你們都能留下來，這三個月，你們的到來讓我看到了青春的朝氣和力量，也看到了懵懂和不諳世事。回憶起自己剛入職場的種種，你們讓我很有感慨。和我同入職場的很多同齡人，為什麼有的人升職了，有的人卻被忽略甚至被炒魷魚？職場就是一個微型社會，這裡反映出你的品性和三觀。」

我話音剛落，眾人就面面相覷，有的人臉上掛著心虛，像是懂了，而有的人則一臉茫然。

我收起笑，將檔案夾翻開：「好，我來唸一下被錄用的名單，被錄用的人聽到名字後去人事辦理入職手續。鄭偉、王子樂、許昕亮、張影兒……」

聽到名字的人興高采烈地起身出了辦公室，很快就走了一大半，只留下 Mary，同事甲乙和小新四人。

我合上檔案夾，慢條斯理地說：「現在留下的幾位，經過人事部門的審核，可能不太適合我們部門，當然大家都很優秀，或許有更合適的地方可以得到更好的發展。」

她們四個都很震驚，更多的還有慌張。

小新率先哭了起來。

我看了她一眼，想到她對我的三字評價「老女人」，不禁一笑：「小新，很感謝你這一年多對我的照顧，你大三就來我身邊工作實習，我和你感情最深，我把你當親妹妹，很遺憾你當我是表姐。」

但這幾個女孩都沒聽懂這隱喻。

小新委屈道：「經理，我很努力的，我不知道自己哪裡做得不好，您可以再給我一個機會嗎？」

她畢竟在我身邊久了，難免會有點心軟。

我說：「我會抽空寫 e-mail 給你的。」

同事甲和乙也紛紛站起來求情。

我掃過兩人：「我負責傳達，有什麼事情可以去問人事經理。」

Mary 這時不服氣地嗆了我一句：「哼，你是因為那天遇到我，覺得丟臉，所以不想看見我了嗎？」

她指的自然是相親 party。

我心裡覺得好笑，雙手按住桌子，湊到 Mary 眼前，聲音很輕：「你知道公司為什麼肯花很多錢讓我去參加那種相親活動嗎？你釣金龜婿，而我尋覓客戶。」

Mary 顯然沒想到是這樣的答案，張著嘴，說不出話。

半晌，Mary 問：「所以，你是為了工作去的？」

我淡淡笑了，起身往外走：「我為什麼要給你一個交代呢？」

我想，在那四個小女孩眼中，我一定不僅是個老女人，還是個強悍的老女人，簡稱女強人。

而關於我女強人的形象，盧家凱第一時間就提出了反對意見。

那是因為我在他家叫外送，結果餐廳延遲送貨，讓好好的一頓午餐變成了下午茶，我大發雷霆，在電話裡罵了餐廳負責人一頓。

但是再打電話給送餐員，他卻不接了。

盧家凱說：「你都把人訓成那樣了，誰敢接電話啊？」

我正在氣頭上：「送錯地址了就趕快送過來啊！怎麼又拿回去餐廳了呢！這個工作流程是什麼邏輯啊！這不是浪費我的時間嗎！」

盧家凱勸我：「唉呦你看你，這裡不是有一堆餅乾嗎，你先吃兩口，消消氣，還能怎麼辦呢，只能等啦。」

我說要投訴他們。

盧家凱反問：「去哪裡投訴？餐廳派出來的服務生，你投訴了還是餐廳解決啊，你覺得餐廳老闆會站在你這邊嗎？投訴也沒有造成他們的損失啊！」

我氣恨道：「永遠失去我這樣一個客人，就是他們的損失！」

盧家凱說：「好了好了，你是成功學的書看太多了吧。」

這時，門鈴響了，我立刻跑去開門，果然是送餐員。

就在我咄咄逼人地指責送餐員時，盧家凱也衝了過來，一把將我抱起，用腳關上門，還將我摔在沙發上。

他說：「你幹嘛呀！你看你剛才那副樣子，女強人的那副樣子！多討人厭啊！」

盧家凱的話，讓我記了很久。

正巧幾天後，公司宣傳部寫好我的專訪，準備放在官網上，還特別將預覽連結寄到我的信箱，讓我先看一下有哪裡需要修改。

我點開連結一看，那文章躍入眼簾，還有我的一張寫真照。

文章標題：《陳可——通往女強人的成功密語》

我皺了皺眉頭，拿起電話回撥過去：「喂您好，文章我看過了，沒有問題，非常感謝，但是這個標題能不能再改一下？」

宣傳部的同事問我如何修改，我說：「把『女強人』三個字刪掉吧。」

對方又問我，刪掉了要改成什麼呢？

我笑笑道：「嗯……就小女人吧！我本來就是個小女人嘛，算不上什麼女強人，帽子太高了我可不敢戴啊。」

附帶一提，關於小新，我後來還真的寄了一封 e-mail 給她，大概是因為她從大三就開始跟著我，或多或少有點感情，讓我願意多說兩句知心話，希望她能醒悟。

小新：

此刻的你應該哭腫了眼，不知道今天發生了什麼事，也不知道明天要怎麼爬起來吧。我想對你而言，今天一定是很艱難的一天，我想起了我的第一份工作、第一次淚水和一路走來的挫折和委屈。寫下這封信，希望它能幫助你度過今天，迎接明天。

我知道在你眼裡，我這種快要三十歲的女人已經老得如同隔夜菜了，四十歲的女人可以去死了。沒關係，我不介意，因為我二十歲時也是這樣想的。可是親愛的，比老去更可怕的是人老了心智卻還像個孩子啊。

好好工作吧，這是所有並非天生公主的女孩成為公主的最快捷徑。你不需要在我走近的一剎那趕緊關掉聊天軟體，你也不應該在我要求你加班的時候編造出五花八門的理由去姐妹的聚餐和KTV夜唱，你更不可以到處吐槽我的工作bug，你敷衍的、你不重視的、你用負能量處理的，都將作用在你的未來上。

你是如此地幸運，還沒畢業就來這麼好的公司和崗位實習，可是你卻只羨慕我的名牌包包和我的鑽石耳環。我想起我拚命存錢買到第一個LV包包那天的心情，不是為了我終於買到LV而高興，是為我擁有了可以買到LV的能力。你想要的，只要你努力，歲月都會給你，你能犯的錯，也屬於只有二十歲犯了才可以被原諒的錯。

親愛的小新，希望可以讓你深刻地懂得如何成長，祝你好運。

第十章
誰的一生中沒經歷過幾個渣男

時間過得很快，一轉眼，我帶領的小組又進來三個年輕人：許昕亮、張影兒和王伊萌，我們坐著商務車，一路趕往目的地。

除了我，他們三個都因為舟車勞頓而疲倦地睡著了，我拿著剛上市的ipad，翻看著上面的《影視劇組廣告置入行銷方案》，心裡真是一點底都沒有。

不知道什麼時候，張影兒睡醒了，說：「陳總你也休息一會吧，還要一個小時才能到劇組呢。」

我搖了搖頭：「沒關係，等一下到劇組就要工作了，睡著了妝就花了，頭髮也沒有造型了。」

事實上只有我自己清楚，我是因為擔心這個案子而睡不著。

張影兒詫異道：「啊？我都沒想到，那我也不睡了。」

我「嗯」了一聲：「我們小聲點，讓他們好好休息。」

張影兒便將音量放小：「好。陳總，你去過劇組嗎？」

我嘆了口氣：「我也沒有，完全沒有接觸過他們這個行業的人，我們公司也是剛成立這個影劇商務置入部門，還需要慢慢地摸索。」

慢慢摸索，瞎子過河。

張影兒的心思卻在另一件事上：「那我見到明星，我能合照嗎？能要簽名嗎？」

我沒回應。

直到我們趕到劇組拍攝現場，我站在監視器旁，旁觀著場內劇組人員的工作過程，每個人都各司其職，根本顧不了我們幾個。

我也沒有出聲打攪，既然不懂，就先看。

這時，張影兒按照我的要求，把手機遞給其中一個員工並和正在補妝的男演員嘀咕了兩句。

那男演員正在看劇本，心不在焉地點了點頭。

張影兒回來時說：「陳總，沒問題。」

我小聲告訴她：「把廣告資料給導演組和演員看看，和他們解釋一下，商品置入不用口述，只需要展示手機即可，請導演將鏡頭多停留兩秒，演員接電話的時候，手指避開logo，讓logo展示出來就好。」

張影兒很快去了。

我便又往四周看，掃了一圈，剛好對上一個男人的目光，那男人一身日系裝扮，有點品味，相貌俊朗，個子又高，氣質也好。

我們四目相交，互相回以微笑。

這時，執行導演喊道：「各部門準備，十二集二十四場。來，請演員到位！」

正在補妝的男演員起身，走到拍攝的地方。

張影兒立刻遞上了手機，沒想到那演員卻突然翻臉。

「我演的是個總裁，你覺得總裁應該用國產手機嗎？他手裡拿的，難道不應該是那種排隊買不到的限量版手機嗎？」

張影兒顯然對這種情況沒有經驗，慌了：「導演……導演說可以啊！」

男演員便對著導演喊：「導演，怎麼回事啊，不能這麼隨便吧！我們要有點品質吧？」

那導演一看狀況不好，直接把球踢給張影兒：「怎麼回事啊，拍你們置入的戲最煩了，要求那麼多，你們去跟製片人談吧！我這裡沒接到製片人的命令，這場不拍了啊！Pass！」

張影兒一下子愣住了。

我就站在導演身後，立刻轉身打了通電話：「許昕亮，給你半個小時，去星巴克，買三十杯咖啡來現場，要快，記得開發票喔！」

許昕亮動作俐落，很快就拎著三十杯咖啡回來了，我和他一起逐個發給大家。

結果發到男演員那裡，卻被助理攔住了：「大哥在默戲。」

我笑了一下，多拿出一杯：「你也喝杯咖啡提提神吧，真的是太辛苦了。」

演員助理頓時有點不好意思，接過兩杯咖啡，轉身給了男演員一杯，並在他耳邊嘀咕了一句。

男演員沒好氣地對我說：「那個我解釋一下啊，剛才真的是不太清楚你們置入是怎麼回事，我對事不對人。」

我依然在笑，輕聲說：「沒有，您說得對，是我們工作沒到位，昨天和製片人盧總通宵開會，做了資料，太晚了怕打擾您休息，就沒有拿過去給您，打算今天到了現場再和您說的，沒想到第一場戲就要用手機，是我們經驗不足疏忽了！」

男演員有點詫異：「哦？盧總同意了？」

我接著說：「盧總覺得國產品牌需要支持，她覺得您演的那位總裁，從國外歸來，更多一分愛國的情懷，堅持要用國產手機、國產電腦，也鼓勵自己做出類似的頂尖國貨品牌，雖然是國產，但在國外很受歡迎。」

聽到這話，男演員的態度漸漸平緩，話鋒也轉了：「哦，這麼說，這個角色比原來還飽滿了些，角色就是得有力道，心裡有信念，他就能吸引觀眾。」

我笑道：「盧總也是這麼說的！看來是英雄所見略同，我們也是第一次做影劇置入，也是向你們多學習！」

男演員說：「所有的設計，都要遵從角色，從角色出發。」

我便趁熱打鐵：「是的，對了，我們代理了這個品牌，現在正在尋找國內代言人呢，國外代言人預定請貝克漢，年底將全線投放廣告，因此手機品牌非常重視這次和您的合作，還委託我們私下和您的團隊再談一談商務上的合作可能呢。」

男演員明顯有些心動，卻又對我擺高姿態，要我去和助理談。

我又寒暄兩句，終於讓他鬆口，把剛才 pass 掉的戲，安排在下下場拍出來。

一轉眼，我就在劇組拍攝現場外找到了正在委屈掉眼淚的張影兒。

我嘆了口氣說：「好了別哭了，眼淚解決不了任何問題，還會讓人看笑話。」

張影兒趕緊轉過身去不讓路過的人看見。

「好，我不哭了。陳總，代言人這件事不行呀，手機已經決定代言人了，聽說都在走合約了！」

我不由得笑了：「那只是緩兵之計，要不然今天這場戲就拍不了了，我們的損失和劇組的損失都會很大。」

張影兒有點茫然。

我接著說：「好了，你和廠商迅速聯絡一下，請他們趕個工，在手機殼刻上這位大爺的名字，最好在我們離開之前送過來，我們送給演員，後面的戲他就不好意思不配合了。」

所謂禮多人不怪，面子給足了，就等於給了他臺階下。

張影兒立刻去了，我再要王伊萌把剛才演員拿著手機的畫面傳給我，我要轉給廠商看。

誰知，王伊萌竟然說：「陳總，我……我剛才只顧著檢查 logo 畫面，忘了拍了……」

我的火頓時冒了上來。

火還沒發出來，這時，一個男人走來，正是剛才在場內和我相視一笑的那位。

他叫黃越彬。

「我拍到了，傳給你們吧。」

我有些意外：「謝謝你。伊萌，算你走運，你得拿沒被扣掉的薪水請帥哥吃飯。」

但黃越彬的目光卻一直落在我身上：「不必客氣，小事一樁，不如收工去坐坐？」

不知道和黃越彬的意外相識，算不算是一場豔遇？

當然，黃越彬英俊帥氣，又有品味，我沒有拒絕的理由。

那天晚上，我和黃越彬一起去了酒吧，他換了一身清爽的休閒服，更添幾分魅力，就連他剪雪茄的姿勢，都格外從容。

說實話，我心裡或多或少有點心動，尤其是說話時，他會一直盯著我的眼睛，他眼裡訴說著會讓女人胡思亂想的東西，讓我無處可躲。

我還記得，黃越彬是這麼形容我的：「你們今天一來我就注意到了你。因為你走路帶風，呼呼呼地。」

這話直接把我逗笑了。

後來，我們交杯換盞，聊著彼此的人生和背景，我這才知道，黃越彬是從美國留學回來的，專業是廣告導演，還在國外得過無數獎項，只可惜在中國沒有發揮之地，只能暫時在劇組做紀錄片導演。

而且從他的言談中不難知道，他是個博學多聞的男人，可以從天文地理談到哲學音樂，再談到人文關懷，哦，還有因為堅持藝術夢想而不得不面對的窮困潦倒。

那一刻，我突然明白了什麼叫懷才不遇，更有股衝動，想竭盡我所能地向這個鬱鬱不得志的男人伸出我的所有援手。

走出酒吧後，我對黃越彬說：「雖然我不在這個行業內，但是我知道，大藝術家都需要時間。」

越是有真才華的人，往往越晚熬出頭。

黃越彬突然說：「你等我一下。」

然後，他就起身走到路邊，蹲低身體用手機拍一隻蜷縮的流浪狗。

我就站在那裡，看他專心拍攝，心裡蕩漾。

直到黃越彬走回來，給我看他拍的照片：「我正在拍一部關於流浪狗的紀錄片。流浪狗的背後反映的是當下城市人的漠然與孤獨。」

我抬起頭，看著那雙深邃的眼眸，不自主地點了點頭。

話說回來，黃越彬這個男人，和他相處越久，越能認識到他身上的才華。過沒幾天，他就幫我拍了一系列十分有氣質的照片，我很喜歡。

他還帶我去七九八藝術區看展覽，跟我講解那些藝術品。

在穿著上，他更給了我不少意見，有時候明明是我挑衣服的眼光出了問題，他卻說：「親愛的，我能說這家店裡所有的衣服都配不上你嗎？都太沒有質感了，讓它們遠離你吧，以後你買衣服，必須經過我的同意，我幫你搭配每天穿什麼，好嗎？」

聽得我心花怒放。

但我也得承認，女人在被男人迷惑時，或多或少也會做出一些倒貼的行為，尤其是對黃越彬這種男人。

他在女人眼中，既是極品，又是藝術品，既帥又憂鬱，很容易就會讓女人不自覺地掏出錢包。

當然，他也是有技巧的。

比如說那天在一家男裝店門口，黃越彬站著不動，一直看著裡面，臉上的神情還有點憂傷。

我說：「這家店裝潢得真有感覺，進去看看？」

黃越彬道：「真想把這家店裡的衣服都買下來，每一件都是藝術品。」

我笑著要拉他進去，他卻有些黯然神傷地拒絕了：「買不起，走進去感受到的都是絕望和侮辱。」

我一下子就有些不忍心，便說：「我去個洗手間，你能幫我去樓下買杯咖啡嗎？」

等黃越彬一走，我就從包裡拿出卡和錢，直奔收銀台辦了一張儲值卡。

一萬塊，讓黃越彬不那麼難受，當時的我認為這是值得的。

直到黃越彬端著咖啡回來：「喏，咖啡。」

我也遞上了那張卡：「喏，藝術品。」

他抱著我大喊著愛我，還說從來沒有人對他這麼好。

＊＊＊

後來那一段時間，我身邊的同事都在說，最近的我越來越有氣質。

唯有盧家凱，對我的改變有點嫌棄。

那天，我請他來家裡，還讓黃越彬親自下廚。

沒想到盧家凱進門後環顧一圈，見到牆上的電影海報和擺放的那一堆洋酒，直皺眉頭，還問我那些電影我都看過嗎？

我說：「你管我。」

盧家凱嘖嘖有聲：「怎麼還酗酒了呢！唉，這瓶我知道，可貴啦！」

我淡淡地說：「賺錢是幹嘛的，不就是為了花嗎？」

這時，黃越彬繫著圍裙從廚房裡出來，手上還端著一大盤生魚片，往餐桌上一放又回廚房了。

黃越彬喊道：「稍等一下就開動。」

盧家凱又有看法了：「做飯都不開火，這樣好嗎？都是冷盤，吃了不會拉肚子吧？」

我忍不住啐他：「你懂什麼啊，這可是奧地利運來的葡萄酒，法國運來的鵝肝醬，日本空運的鰻魚，這個是德國的香腸火腿。」

盧家凱問：「這個堅果是哪裡來的？」

我說：「算你識貨，這叫鮑魚果，堅果之王，加州空運來的！」

盧家凱邊說「我看看跟通州的堅果有什麼不一樣」，邊捏了一塊往嘴裡送。

我立刻說他：「你能不能有點餐桌禮儀呀！」

盧家凱卻挑剔起背景音樂：「大姐，您放的這是什麼喪葬音樂啊，能不能換個喜慶一點的？」

我立刻制止他：「你小聲點！這是日本的歌舞伎音樂，歌舞伎你知道嗎？」

盧家凱樂了：「你也是昨天才知道的吧？就別跟我在那邊展示學識淵博了。」

我「哼」了一聲，決定討厭他三分鐘。

沒想到盧家凱又問我，黃越彬住我這裡掏不掏房租，這些吃的喝的，到底是我買的還是他買的。

我差點對他下逐客令。

直到盧家凱打道回府，我送他到大門口，一抬眼，就見他對我一個勁兒使眼色，我沒辦法，只好找藉口對黃越彬說，我送送盧家凱，順便到樓下買東西。

一下樓，盧家凱就酸我：「你看你剛才那個小妾的模樣，都不像個正室。」

我問他到底怎麼了。

盧家凱說：「這個黃越彬，和你不是同一種人。」

我又問哪裡不是同一種人了。

他說：「一個四川人，為了愛情連火鍋都不吃了，你可真卑微。」

我完全不以為意：「這叫偉大好嗎？為了愛情，我一個四川人連火鍋都不吃了。」

盧家凱沒好氣道：「你就不能找一個你相處起來不費力、我們相處起來也不費力的男朋友嗎？」

回想起來，盧家凱好像對我的男友們都很不滿，以前對于揚也是。

我說：「太簡單的事沒挑戰性，我不願意做，沒意思。」

盧家凱冷笑：「那就祝你早日踏平北京，改變全世界！」

就這樣，盧家凱沒好氣地走出社區。

我當時心裡就在想：盧家凱，你這神經病，暗戀我吧?!

話說回來，黃越彬的藝術家氣質，有時候也滿折磨人的，透著一股矯情。

比如說有一天晚上，我們在家裡一起看電影，電影的內容晦澀難懂又沉悶，我真的睏到不行，卻又怕黃越彬介意我打哈欠，只能強撐著。

直到我的手機響起，將我驚醒。

我立刻按斷電話，再一抬頭，黃越彬已經打開客廳的燈，怒瞪著我。

我問他怎麼了。

他說：「看電影手機靜音，是對電影最起碼的尊重！你讓這部電影的質感打了折扣！」

我立刻跟他道歉：「對不起對不起！我下次注意，我們繼續看好不好。」

黃越彬卻不依不饒：「我的情緒都被打亂了，銜接不起來了！」

我有點手足無措：「啊？那⋯⋯怎麼辦，我們換一部看？看周星馳的電影好不好？真的對不起，你再生氣我都不知道要怎麼辦了。」

沒想到黃越彬態度一轉，又放低了聲音：「……對不起，我剛才激動了，尊重藝術是我的底線，我希望你能明白。」

我點頭如搗蒜，一直跟他保證我明白。

黃越彬握著我的手說：「我希望你能成為更好的人，雖然你現在就很好。」

我很快就顧左右而言他：「對了，那個手機，他們要拍廣告，我們公司接了這個案子，我可以請你……幫忙拍這個廣告嗎？我實在沒認識什麼人，照理說找你真的大材小用了，但我真的不……」

沒想到沒等我說完，黃越彬就一口答應了：「我可以！你的事就是我的事！」

結果，黃越彬卻在這件事上留了一堆爛攤子給我。

拍攝現場我沒有去，後來也是聽人家在電話裡跟我抱怨、責問，才知道原委。

聽說那天，黃越彬的藝術家脾氣又上來了，四處挑毛病，第一個就拿美術開刀，要把紅蘋果換成青蘋果。

即使美術告訴他，這個方案已經定了，不能改，而且紅蘋果和手機是同色系，很匹配。

黃越彬卻偏要撞色，還說實際操作中如果發現問題，就需要改。

就連客戶代表都看不下去，上去規勸，說方案是公司開會通過的，最好不要動。

美術一看客戶代表都說話了，更有信心，兩人一搭一唱，刺激到黃越彬，他當場就拿起桌上的蘋果砸在地上，還指責人家，說既然拿了錢就要努力做事，一定要尊重自己的職業。

美術也不退讓，不認為自己不尊重職業，而且方案是客戶決定的，這是在懷柔，而且要去哪裡幫他找青蘋果？

沒想到黃越彬卻扯起好萊塢。

兩人吵得不可開交，最後引發眾怒，幾個小夥子圍上去，黃越彬才怕了。

翌日，我就接到了客戶蔡總的投訴電話，一個勁地跟人家賠禮道歉，還要負責場地費用和各部門的損失，還承諾對方，一定會安排好第二次拍攝。

等我好不容易勸完了蔡總，剛喝了口水潤潤喉，蔡總的電話就又打進來了。

蔡總說，無論如何他們都不會再和黃越彬合作，而且今天他們公司就會發一個嚴正聲明，還會將他的名字寫進行業黑名單。

我一時摸不著頭腦，問他：「蔡總，您不是剛掛電話嗎？怎麼就……」

蔡總衝著我喊：「你自己看看他剛才在網路上發了什麼！指名道姓辱罵嘲諷我們公司！」

我心裡一驚，立刻點開微博，見到這樣一則：「悲憤交加！國內廣告業的陽痿都是因為客戶什麼屁都不懂還愛屁話！」

附圖還是客戶的手機放在一盤紅蘋果裡。

我簡直目瞪口呆，第一時間打電話給黃越彬。

但黃越彬根本不接電話，直到趕回家裡，我才看到他留給我的那張紙條，寫著：「對不起，我想我還是沒辦法適應國內的生態圈，我不能再拖累你了，再見。」

就這樣，黃越彬收拾包袱走了。

我氣得一把抓起紙條，撕成渣。

我和黃越彬的關係，就這樣無疾而終了。

那之後幾天，我一直忙著幫他擦屁股，百忙之中才抽出一點時間跑到上次和他一起去的商場，要求停掉那一萬塊的儲值卡。

沒想到，已經刷光了，呵呵。

話說回來，這次失戀對我造成的傷害並不大，也不知是上了年紀，還是經歷了許多人都麻木了，只要第二天早上鬧鐘響起，我的身體就會自動自發地從床上站起來，進洗手間打理自己。

再出來，便又是那個朝氣蓬勃的上班女郎。

這就好像前一晚我才看了一場讓人心碎的電影，晚上還夢到光怪陸離的夢境，但是一覺醒來，這些都被我拋諸腦後。

生活，似乎已經教會了我如何適度悲傷。

至於黃越彬，我後來在那家商場裡又見過他一次。

那天，我帶著幾個手下，依然是為了工作忙碌。

王伊萌不再丟三落四，按部就班地訂好了包廂並和客戶確認好時間。

我稱讚她記性變好了，她說：「這點小事如果再犯錯，我就自己要求離職啦。」

我點點頭，笑道：「慢慢來，工作初期都是打雜的瑣事，但是細節裡藏著魔鬼。」

當然，細節也能決定成敗。

這時，許昕亮遞給我一個報表。

「這是等一下要給客戶看的報表，您再確認一下？」

就在我正要接過資料夾時，眼皮一抬，赫然看見黃越彬，他正和一個女人手牽手地從前方走過。

我不動聲色，目光落在那女人手上的限量版愛馬仕。

那女人自信而優雅，正在和黃越彬聊天，十分親暱，充滿了魅力。

我不由得愣了一會，心想著：黃越彬啊黃越彬，你怎麼這麼渣、這麼無恥呢，乾脆改叫黃鼠狼算了！

是啊，黃越彬就是黃鼠狼，而我就是被拜年的那隻雞，他沒安好心，我卻還沉醉其中。

嗯，還真是活到老學到老，沒想到在情場上經歷這麼多，我還是被這樣一個男人上了一課。

我好一會沒吭聲，一直到黃越彬和那女人的背影走遠了。

許昕亮這時問我：「陳總？您在看什麼呢？那是我們的客戶嗎？」

我輕笑一聲：「不是，你看她背的包，非常貴。」

這件事，我後來也沒忘記在姐妹的聚會上吐槽，我還從網上找到那個包包的圖展示給橘子和笨笨看。

「那天我看見黃越彬和一個女的摟著，我才知道他是跟我一起的時候就先找好下一個才跟我分手的，我本來氣血攻心都想衝過去打他了，結果我看見了這個，那女的背的這個包，我回家一查。四十五萬一個！四十五萬！」

橘子和笨笨看我越說越激動，趕緊拉住我的手安慰。

橘子：「寶貝，萬一是假包呢？別放心上。」

我幾乎把牙齒咬碎了：「不！那女的有背真包的氣質！她拐走了黃越彬，我服！」

笨笨一頭霧水：「啊？你是不是氣傻啦？」

我搖頭：「不！我服！輸得心服口服！是我技不如人！」
是的，我心服口服，但我服的不是黃越彬的登高望遠，踩著我的肩膀往上爬，一山還有一山高，而是服那個女人。
那個比我優雅、比我有氣質、還比我有錢的女人！
這場戰爭，我輸的不是黃越彬，而是那個只露一個背影的女人。
橘子和笨笨面面相覷片刻，似乎半晌才明白我在說什麼。
橘子勸我：「這就對了，我們也去拚一個四十五萬的包！我們也去培養背這麼貴的包都不怕的氣質！」
笨笨也說：「我剛看到一句話，送給你：『你若盛開，清風自來』！加油！」
我用力點頭，四十五萬、四十五萬、四十五萬……
我滿腦子想的都是，總有一天，老娘也要風輕雲淡地買一個四十五萬的包，談笑間檣櫓灰飛煙滅！
對了，還有感謝黃越彬，謝謝這個混蛋，讓我長了見識！

第十一章

北京的月亮真的比老家的圓

我們公司要進行團隊建立活動，下個月要去香港迪士尼，得知消息後，整個小組都興奮了。

我預留了幾天時間讓下屬們回老家辦好手續，卻沒想到一問之下才知道，除了我之外所有人都辦完了。

我覺得有點尷尬，卻也沒有辦法，只好請三天假，回老家一趟。

一下飛機，還沒進家門口，我拉著行李箱走在街上，就忍不住打電話給家鄉的朋友們，要約火鍋，要約吃串串[11]，要聚會，要 high。

回到家，我心滿意足地睡了很長的一覺，感覺像一輩子都沒睡這麼久了，而且懷裡還抱著童年時代就一直陪伴我的大熊玩偶。

11 串串：又名串串香，四川特色傳統美食。用竹籤串起各種食材，放進火鍋中涮著食用的小吃。

直到我媽走進來，拉開窗簾，讓陽光透進來，說：「起來吧，吃點東西，連睡十二個小時不餓啊？」

我愣了：「啊？我睡了十二個小時？」

我媽說：「睡得可沉了，你們工作這麼辛苦啊？」

一說到工作，我就緊張，連忙四處摸：「天哪，我該不會睡到失憶了吧？我是誰，我在哪裡，我的手機呢？」

我媽從她的口袋裡拿出手機：「幫你充滿電了。」

我嘴裡碎碎唸著：「我同事肯定找不到我急瘋了。」

只是當我打開手機，見到的卻是一片空白，裡面居然沒有一通未接來電或者簡訊。

我問我媽：「媽你幫我接電話了嗎？怎麼一個顯示都沒有。」

我媽說：「沒有啊，我沒動，它也一直沒響。」

我簡直不敢相信，又仔細看了一遍手機，直到我媽喊我出去吃飯。

吃飯前，我坐回床上盤著腿，點開名為「奔跑吧，大伙們！」的微信工作討論群組。

「大家早安。」

立刻有同事跳出來回：「陳總，現在已經下午一點啦！您是剛醒嗎？」

我說：「沒有沒有，一早爬起來忙到現在，哈哈午安午安，有什麼需要我看的嗎？」

那同事說：「暫時沒有，我們努力自力更生，您就安心休假吧，have fun!」

我回覆了一個「OK」，下床去吃飯。

沒想到，我才離家幾年，就對這裡的一切都不適應了。

比如洗個澡，我手裡抓著家裡一瓶不知名的洗髮精，使了半天力也擠不出東西來，沒辦法，只好對我媽喊：「媽！媽！沒有洗髮精了！一點點都沒有了！」

我媽的聲音很快傳進來：「你灌點水到瓶子裡，還能用幾次！」

「啊?!」

沒辦法，我只好往裡面灌點水，結果根本搓不出泡泡來。

我媽又急著上廁所，急急忙忙地催我。

我只好加速洗頭，連頭皮都要抓破了，飛速地洗完，趕快將浴室讓給她。

我媽還叨唸著：「你吃完飯再洗澡不行嗎？」

我沒說話。

事實上，起床之後立刻洗澡，早已是我這幾年養成的習慣了，每天一覺醒來，意識還模糊，身體已經會自動做出反應，按部就班地做它該做的事。

一旦節奏打亂，我會焦慮。

再說老家這邊入境大廳的辦事效率，又慢又艱難，簡直令我無法想像。

我在稀稀落落人數不多的隊伍裡焦躁地站著，時不時就往前看，心急如焚，再看別人，一個個都很悠閒，大家好像早已習慣這樣的辦事效率，只有我是熱鍋上的螞蟻。

我叨唸著：「怎麼這麼慢啊！辦個證件怎麼還聊起天了？」

但是根本沒人搭理我。

直到排在我前面的人漸漸散開了，我往前一看，見牌子上寫著「休息中」。

我驚訝了，上前問：「啊？怎麼休息了呢？現在還沒五點呢！還沒到下班時間呢！」

視窗人員說：「我們不用整理一下今天的資料嗎？明天再來吧！」

我更加著急了：「啊？你幫我加快辦理一個好不好，我從外地回來辦的，還要回去上班呢！」

但窗口人員理都沒理我，直接離開了。

我頓時氣湧如山，立刻撥電話給李曉芸。

李曉芸很快就在入境大廳裡幫我找人單獨辦理，只是她拉著我去辦公室時，我還垮著臉，心裡有氣。

李曉芸勸我：「幹嘛呀，不要臭臉，我們這裡就是這樣，不找人都辦不妥。」

我忍不住吐槽：「真麻煩！」

李曉芸笑道：「你們北京是國際化大都市，肯定哪裡都比這裡好，你就適應一下好不好嘛！」

我終於沒再吭聲。

李曉芸敲了敲辦公室的門，問：「朵朵，你在嗎？」

原來那個窗口的服務人員叫朵朵。

「啊，曉芸你怎麼來了？」

李曉芸說：「我閨蜜來辦港澳通行證，非常急，明天就得回北京上班了。」

朵朵回道：「這麼著急怎麼不早點回來辦嘛。在北京怎麼不能辦？沒弄個北京戶口啊？」

我心裡的火又猛然湧上來，差點就發飆了。

但李曉芸一把把我拉住：「就是說啊！他們公司變態！摳門！不早說！不讓人活！折騰死人了！只好來找你幫忙了啊！」

朵朵說：「唉呦。那不然辦個急件？」

就這樣，李曉芸拉我進了辦公室。

那天下午，我和李曉芸去看電影。

看到一半，我又開始焦慮了，直接從電影院裡走出來。

李曉芸跟在我後面，問我：「幹嘛呀？還沒演完呢！」

我忍無可忍道：「電影院裡聊天接電話我都忍住了，居然還有人吃串燒、嗑瓜子！有沒有水準啊！」

李曉芸說：「他們做他們的，我們看我們的吧。」

我接著抱怨：「唉，最讓人生氣的是我隔壁那男的，一直跟他女朋友爆雷刷存在感！」

李曉芸回道：「我聽到了！他說『你猜他怎麼了，跟男主角作對，肯定會死，哈哈』。」

顯然，李曉芸也早已習慣了這一切。

我頓時有點無奈：「算了，時間也差不多了，我們吃飯吧。」

我和李曉芸手挽著手走在路上，正準備趕去和同學們約好的局，我問她有哪些人要來。

李曉芸說：「不知道，是驍驍主揪。哦對了，王佳佳有和你聯絡嗎？」

我說：「沒有啊，她也在嗎？」

李曉芸說：「她在深圳啊，她去年離開北京去深圳了，你不知道嗎？」

我有點驚訝：「不知道啊，她沒和我說，她去深圳幹嘛？」

李曉芸跟我敘述：「她說在北京待得很壓抑，賺得太少，開銷太大，去深圳換個環境重新來過。」

我更意外了，王佳佳還真有魄力。

李曉芸接著說：「我發現你們這些在北京的老同學之間，怎麼反而沒有像跟我們一樣常聯絡啊！」

我還能說什麼？

只能說，北京真的太大了……

聚會上來了不到二十個同學，一個大包廂，坐得零零散散，還有的人推著嬰兒車直接把孩子帶過來了。

李曉芸一向人緣好，和大家談笑風生。

這時，這幾年都沒見過面的王濤，帶著一個女人出現了。

他和大家寒暄了一圈，直接坐到我對面，他身邊的女人看上去落落大方，頗有氣質。

李曉芸問：「王濤你介紹一下呀，這位我們怎麼稱呼啊？」

王濤笑道：「我媳婦，萬芳，做即席翻譯的，北京人。」

李曉芸嘴可甜了：「大嫂好！你是電視上國家領導出去訪問時，站在旁邊的那種翻譯嗎？」

王濤頗為得意：「對，她經常陪同領導人出去訪問，也做一些比較重要的國際會議的即席翻譯。」

萬芳也跟著道：「我們兩個上週剛公證完，這次請假回來見王濤爸媽，明早回北京，後天要飛美國。」

除我之外，所有人都發出了「哇嗚」的驚嘆聲。

王濤卻只是對我投來一個眼神，透著炫耀，透著鄙夷，讓我一下子有點消化不良。

我也馬上體會到同學會的意義和存在價值，它就是我們長大之後的一帖興奮劑，混得好的人在這裡刷存在感，混得不好的也在這裡找存在感。

算起來，我們畢業也才五年，男同學們大多已經禿頭，有了啤酒肚，女同學們成群討論著鯽魚湯到底能不能幫助發奶。

我在旁邊，根本插不上話，我和他們格格不入，只是表面掛著隨和的微笑，內心裡卻難免鄙夷他們的生活。

但也許，他們也是這樣看待我。

這就是我的老家，攀枝花，是我土生土長的地方，有我融入不了的尷尬，我知道我再也回不來了，事實上，我也真的不想回來了。

還有一件事，值得一提。

就是那天我和李曉芸去做美甲，我們正挑選著樣式，美甲小妹看到了我的 iphone，便問我：「诶，你也是 iphone 啊？」

我說：「哦，是啊。四代。」

美甲小妹說：「我也是！」

然後，她拿起了自己的手機，又看了一眼我的手機：「咦？你的手機怎麼只有一個鏡頭啊！」

這話把我問傻了：「啊？iphone都是一個鏡頭啊。」

美甲小妹驚呼起來：「怎麼可能！兩個啊！你那是假的吧？」

我當時就震驚了。

李曉芸這時說：「怎麼可能嘛！她是在三里屯apple store買的呀！我老公的都是她幫忙買的呀！」

美甲小妹立刻一副「唉呦我是不是說錯話了，這個用假手機的女人怎麼回事，還騙自己姐妹呢」的神情。

然後她笑了笑，說：「唉呀，我也不太清楚啦，我去幫你們拿色卡哦！」

等她離開，李曉芸問我：「蘋果到底有幾個鏡頭啊？」

這話把我問得更不爽了：「一個啊！我會騙你嗎！你上官網看看啊！」

李曉芸忙說：「哦，我沒說你騙我，你看你現在脾氣怎麼這麼大啊，等一下做個貼水鑽的好不好？」

我吸了口氣，心裡還是有氣：「貼鑽的做事不俐落，我做素色好了。」

這時，美甲小妹的手機響了起來，來電聲音的音質堪比音箱，而且還放著流行歌《愛情買賣》。

我忍不住說：「你聽她那個手機聲音，就是個山寨手機啊！」

李曉芸問：「聲音有什麼不一樣嗎？」

我說：「蘋果手機怎麼能放這種廣場舞的音樂啊！沒有支援這個功能啊！」

可是李曉芸根本聽不懂，疑惑地看著我。

當時的我，只覺得生無可戀。

＊＊＊

第二天，我去了家樓下的小賣店，以前經常光顧，老闆和我很熟，一看到我就打招呼。

「呀！丫頭回來了？」

我說：「嗯，回來辦港澳通行證。」

老闆：「要買點啥？」

我不假思索地問：「有萊雅的洗髮精嗎？」

老闆一臉茫然：「啥牌子？沒聽過，好像沒賣，看看其他的唄。」

但我瀏覽了一圈，一個都不認得，反覆仔細看了半天，拿了幾瓶準備結帳。

結帳時，老闆問我：「丫頭，你一年也就回來一兩趟，你媽媽不想你呀？」

我說：「她有時候也會去北京陪陪我。」

老闆眉開眼笑：「上次你媽媽回來，還幫我帶北京的那個點心了，好吃得很。」

我也跟著笑：「喜歡吃的話，下次再幫您帶！」

老闆突然問：「北京是好啊！丫頭，北京的月亮真比咱們這圓嗎？」

這個問題可問倒了我，我不知道怎麼回應，也不想回應，只好趕快拿錢包，習慣性地抽出一張信用卡付帳。

老闆說：「不能刷卡，有現金嗎？」

我又開始找現金。

等我付完錢走出門口，剛好聽到老闆和正從後面出來的老闆娘對話。

老闆說：「北京回來的就是不一樣，說話都是您啊您啊的，真有禮貌！」

老闆娘搭話：「那以後讓小川也去北京。」

老闆又說：「北京都不用現金了，都用那個機器刷信用卡的，我們也弄一個？」

老闆娘捨不得：「弄那個幹嘛？一個機器好幾千。」

買完洗髮精和沐浴乳，我第一時間就回家裡洗了個澡，都是全新的，心情也跟著好起來，聽著水流聲，都想跟著哼首歌。

我媽在外面喊：「怎麼又洗澡啊，上午不是洗了嗎？」

我愣了一下：「啊？回家洗一次，睡得好啊。」

這也是我這幾年在北京養成的習慣，晨間洗澡對我來說是充電，讓人迅速恢復精神，而晚上，是為了消除疲勞，為了沖掉在外面沾了一天的髒污和疲倦。

我媽這時說：「不洗就睡不好了？」

我說：「哦，不洗就去睡覺，我會失眠！」

沒多久，我媽的聲音又傳了進來：「你床頭放個蠟燭幹嘛？又沒停電！」

我說：「那是薰香，幫助睡眠的！」

我媽抱怨著：「還搞起失眠了！哪來那麼多毛病啊！」

是啊，我怎麼這麼多毛病啊？

不知道什麼時候，工作上的壓力和緊張，讓我成了睡眠障礙者，睡得淺、睡得慢，有時候還徹夜不眠。

在家幾天，我媽眼裡的我，身上毛病越來越多。

比如說吃飯的時候，我習慣性地一手拿筷子，一手滑手機。

我媽數落我：「吃飯就吃飯，拿著手機幹什麼啊？」

我頭也沒抬：「我剛在淘寶買了洗髮精和沐浴乳，三天後到貨。」

我媽有點驚訝：「怎麼又買洗髮精、沐浴乳，你不是買了嗎？」

我說：「那是應急用的，不好，用了起頭皮屑。我買的這個是國外的，純植物萃取。」
我媽說：「我用了怎麼就沒事，你不用幫我買國外的那些。」
我回道：「我回來的時候用啊！」
我媽的聲音揚了起來：「你一年才回來幾天啊！」
我也不由自主地提高音調：「回來幾天也得把頭髮洗乾淨啊！」
我媽很無奈：「吃飯吃飯。」
我放下手機，又開啟一個新話題：「我明天幫你安裝路由器，把 wi-Fi 裝好，這樣手機就可以上網了。」
我媽說：「我不用上網，那個路由器我知道，報紙上說那東西對身體有輻射，不要。」
這下，換成我感到無奈了：「那都是謠言！你每天傳給我的那些微信養生連結，全是謠言，你也信？」
我媽理所當然的：「怎麼不信？大家都在傳啊！」
我說：「媽，你怎麼跟廣場舞大媽一個樣了，你為什麼拒絕更好的生活呢！」
我媽理直氣壯的：「我現在的生活就是最好的生活啊，是你在干擾我！你原本過的也是這樣的生活，去了幾年北京，就不知道自己是怎麼回事了！在首都，就比我們高級是嗎？」
我這下才詞窮了。

什麼？原本的我，過的也是這樣的生活嗎？

受到我的感染，我媽也開始用淘寶了。

那天晚上，我和我媽一起在客廳的沙發裡看手機，心不在焉地聽著電視劇裡的聲音，誰都沒有看進去。

我媽問我淘寶網怎麼連結信用卡。

我頭也沒抬：「你把信用卡號輸入就好了。」

我媽又說：「可是要上傳身份證，我拍身份證了啊，可是相簿裡怎麼找不到呢？跑去哪了？」

我依然聚精會神在工作上：「你那支手機我也沒用過，你自己找找。」

我媽說：「我如果找得到還用問你啊？你幫我看看。」

我失去耐心：「媽你等一下行不行！我在看合約呢！出錯就麻煩了！」

糟了，剛才看到哪裡了？

我媽連忙將電視關小聲。

我盯著合約，說：「媽你不用管我，你看你的電視，我等一下幫你弄手機。」

我媽說：「沒事沒事，好好工作。」

我對著微信錄語音訊息：「合約我看了一下，我等一下把幾個要修改的地方寫好回你，稍等一下。」

我媽又將電視的聲音關得更小。

我看了她一眼，起身去了洗手間。

我坐在馬桶上，乾脆打電話過去：「我媽在看電視，我跑來廁所跟你說，其實這次合作，我們要強調的幾個重點不外乎是要把權益最大化，我前幾天把劇本都看完了，整理了幾點，你記錄一下：第一，女主人開的咖啡廳，可以用商品名字命名。第二，劇本裡出現的所有等車的戲，你都找出來，在車站放產品看板……」

只要一聊起工作，我就經常忘記時間，忘乎所以。

也不知道聊了多久，我聽到手機的提示音，看了一眼，連忙說：「我手機電量剩不到百分之十了，你先把剛才說的那些做紀錄，我把手機充好電之後我們繼續往下說。」

我邊說邊站起身，一開門就嚇了一跳。

我媽就站在門口，看著我。

我問：「媽你站在這麻？要上廁所你敲門啊！」

我媽說：「你怎麼進去那麼久啊，半個多小時啊！給你，用用看這個。」

她說完，就遞了一個東西給我。

我定睛一看，居然是瀉藥……

天哪！

「媽！我沒便秘！」

「沒便秘你還蹲那麼久！」

我被我媽問得啞口無言。

第二天，我又和李曉芸一起去了出入境辦事大廳，結果被當頭潑了一盆冷水。

那個叫朵朵的服務人員前一天家裡突然有急事，急急忙忙就走了，根本沒有交接工作，眼看週末到了，辦不了，最快也要下禮拜了。

我詫異極了：「什麼?!她為什麼不交接工作啊！」

對我來說，這簡直不可思議。

但那位辦公室裡的大姐卻理所當然：「人家家裡有急事啊！」

我鬱悶極了。

就這樣，我錯過了這次香港迪士尼的團隊建立活動。

當我送同事們奔向機場時，我將自己的空行李箱遞給張影兒，叮嚀她幫我代購。

張影兒滿口答應。

我和大家擁抱告別，又杵在原地一會，看著大家的背影。

李曉芸的電話這時打了過來：「你的港澳通行證在我手裡呢，我幫你寄最快的快遞，明天一定讓你收到！」

我又好氣又好笑：「不用了！我都已經目送同事們飛走了！我去不了啦！」

李曉芸說：「唉呀反正都辦好了嘛，就先寄給你，以後去就方便啦。你看你的工作多好，還有機會去香港呢！我連個飛機都沒坐過呢！羨慕死你了！」

說起香港我就火大：「唉！你說我們那邊的辦事效率，慢得跟烏龜一樣啊，我原本沒覺得北京有多方便，現在覺得真的……幸福是比較級，我愛北京！」

幾十分鐘後，我灰心喪氣地回到社區，大老遠就看到門口聚集了一群人，嘰嘰喳喳地討論著，還擋著路口。

我有點好奇，走上前，正聽到大家圍著社區內停放的一排車議論著。

「誰啊」、「缺德」、「有沒有水準」、「報警」、「被劃的都是外地車牌」，這些聲音不絕於耳。

再走近一看，起碼連續五六輛車，都被人惡意地拿銳器劃了很明顯的一條痕跡，可見是有人一路邊走邊劃的，而圍在一起的有車主們，有圍觀的三姑六婆，還有電視臺的記者。

這時，記者舉著麥克風，後面跟隨著攝影大哥，向我走過來。

記者對我說：「您好，我們是生活頻道，今天社區裡發生了外地車普遍被劃傷的事件，您怎麼看這件事情？」

我立刻擋住臉：「不好意思，我還有事，您採訪別人吧。」

與此同時，一個義憤填膺的阿伯在一旁喊了起來：「記者朋友，我要說幾句話！我們這個社區裡，有很多外地合租戶，把好端端的一個房子隔成五六間，非常不安全！不衛生！我住在他們隔壁，每天被吵得睡不好覺，外地人來我們北京，我們很歡迎，但不能破壞規矩啊！你看看，這一排停的都是外地車，你都買得起車了，幹嘛不買正式的停車位啊！」

身為外地人的我，一句話都沒說，默默走開。

第十二章 三十歲沒有床伴是可恥的

三十歲以前的我，一心都在事業上，感情也屢屢受創，我還以為大家都是如此，把心思放在一邊，另一邊就會疏忽。

就比如說男人、感情，甚至是一夜情。

忙碌工作之餘，偶爾我也會去酒吧小酌幾杯，自然會有豔遇，會和異性有交流。

那天晚上，就是一個在工作上和我有過短暫交流的男人，把我送出酒吧，還一路送我回家。

等我醉醺醺地下計程車時，他還扶了我一把，說：「你喝多了。」

顯然，這句話背後的意思是，我喝多了，走不了，他得一直扶著我回家。

我說：「沒有，謝謝你幫這麼大的忙，以酒明志啊！你幫我這一次，以後我能出什麼力，你儘管找我，我就住這裡，你隨便找我。」

這話也很明白，請他止步。

男人說：「你可不是這麼隨便的人。」

我覺得好笑，帶著醉意上前一步，瞇著眼看那個男人：「誰說的？別假裝很瞭解我，我們才見過幾次？」

男人說：「三次，第一次在你公司，第二次在我公司，第三次在今天的酒吧。」

我問：「然後呢？」

他說：「每一次，我都清楚地記得。」

曖昧的氣息在我們之間瀰漫著。

我很直接地問：「你是不是喜歡我？」

他反問：「你說呢？」

然後他一把摟住我的腰，問我：「我可以把你送上樓嗎？」

我呵呵笑著，同時思索著這種可能性。

直到計程車司機等得急了，喊道：「要不要走啊?!」

我一下子回了神，把他的手從腰上拿開：「司機大哥等得急了，快回家吧。晚安！」

就這樣，我第n次拒絕了豔遇，拒絕了和男人的可能性。

在經歷過前幾次感情上的挫折後，我把心思都放在工作上，結果證明，這種選擇似乎是對的，我在工作上得到了很大的成就，代價只是犧牲與渣男的糾纏以及不必浪費時間。

女人要拚事業，就要犧牲家庭和愛情，天底下沒有兩邊都佔便宜的好事。

只是我沒想到，我的屬下居然可以兩者兼顧，啪啪打我的臉。

那天，我帶著張影兒、許昕亮、王伊萌和客戶見面，來者是一家母嬰用品公司的兩個人，他們還帶了一桌子的產品。

合作敲定之後，客戶被張影兒送了出去，我對許昕亮和王伊萌說：「這些產品，伊萌，你問問公司裡有沒有人需要。問問有孩子的女員工，送給大家吧。」

許昕亮突然道：「不用啊！都給我吧！我用得著，這個牌子的紙尿褲品質很好，很貴呢！」

我當時就震驚了：「你要這個幹嘛？轉賣賺錢？」

許昕亮理所當然地說：「給我兒子用啊！」

這件事可真是太玄幻了，我說：「什麼?!你兒子？你什麼時候有兒子了？」

許昕亮說：「我一直都有啊，我大學畢業就結婚了，我兒子一歲半啦。」

我已經開始懷疑人生了：「你才多大啊？你怎麼會有兒子？」

許昕亮說：「我二十四了啊，結婚生子是合法的。」

二十四，二十四，我二十四歲的時候剛來北京吧，那時候我才和初戀楊大赫分手，連住的地方都很簡陋，三餐不飽，更不要說結婚生子了……

更何況，許昕亮的孩子都一歲半了，這就說明他老婆二十三歲就生了，二十二歲就懷孕了！

這時，王伊萌說：「時間太緊迫了，我得趕快找對象。」

我又詫異地看著她：「你不是才二十三？」

王伊萌叫道：「但他兒子都一歲半了啊！」

拜託，該叫的人是我好不好！

一股巨大的壓力從辦公室傾瀉而來，將我整個人籠罩。懷孕生子，我足足晚了人家八年。

那天傍晚下班後，我站在門口等計程車，四周都是人，計程車要用搶的。

這方面我搶不過，早就被擠在外面，沒想到這時高飛打電話來，又刺激了我一把。

他問我最近藥梅有沒有和我聯絡。

想到藥梅，我們大概有一年沒聯絡了，我在忙工作，而藥梅呢？

高飛說：「她生了個孩子，查到我老家地址，送去給我媽了，說是我的孩子，但是我打電話給她，她居然停話了，跟我搞消失，我都不知道該怎麼辦了啊！」

這太讓人震驚了！

藥梅居然幫高飛生了個孩子，而且還滿不在乎地丟下孩子失蹤了？

我詫異地叫出聲：「啊？藥梅生完孩子跑了？」

我怎麼記得，當初藥梅當高飛的情人，圖的不就是他的錢和在公司的升職加薪嗎？高飛也很不解：「是啊，到底是不是我的孩子啊！她這是什麼意思？要錢還是要人，怎麼都不交代一下啊？我真的傻眼了！」

我也傻眼了……

掛上電話，我突破重圍，攔下一輛計程車。

沒想到司機卻搖下車窗說：「下班了！不載了！」

我說：「大哥，我加一百！」

就這樣，我才有機會上車。

北京的司機很多都愛聊天，我和今天這位司機大哥聊的就是車、塞車，以及買車。

大哥說，我們公司在的地段太塞了，大家都不愛過來。

我說：「難怪，上個月有一天怎麼樣都招不到車，我實在沒辦法了，在公司附近飯店睡了一晚，隱形眼鏡戴了一整晚沒換。」

大哥說：「你看看，受這些委屈，如果你問我，自己有一輛車還是比叫車方便！尤其遇到急事，你說自己有車多好。」

自己有車，我還沒有駕照呢……

我說：「嗯，我得先去學開車。」

大哥卻說：「姑娘不是北京人吧？那你得有買車的資格啊！」

我又愣住了。

好像除了現在的職位，我什麼都沒有。

生育比別人晚，考駕照比別人慢，連辦個港澳通行證都能把我累成狗。

哦對了，還有婚姻。

我很快又在姐妹的聚會上受了一次刺激，因為笨笨要閃婚了。

我們找了一天，湊在一起商量婚禮細節，桌子上攤的都是我們找來的資料。

橘子說：「你可要幫我們安排帥氣的伴郎啊，不然不去了。」

笨笨說：「這我哪能決定啊，我到現在還沒見過我老公的哥們呢。」

這主要是因為笨笨和她的老公才剛剛認識一百一十七天。

我說笨笨有魄力，笨笨說：「緣分來了擋不住，那就遵循天意啦。」

我卻沒那種好心情：「這次五一假期，我要參加五場婚禮，荷包大失血！」

在我這個年紀，身邊的熟人差不多都在結婚，不然就是生子，像我這種單身的，只有出錢湊熱鬧的份。

橘子笑了：「那你慶幸吧，本來我也想在這時候結婚呢，我媽不同意，我也沒輒。」

我問她媽為什麼不同意。

橘子說：「你覺得一個北京老太太會同意寶貝女兒嫁給一個玩搖滾的嗎？我男朋友到我家吃了頓飯，一捲袖子，嘿！滿手刺青，我媽端著餃子走過來，連連後退。」

笨笨說：「那等你媽冷靜下來再說吧，北京老太太接受能力也很強的。」

橘子聳聳肩：「可不是嗎。」

然後，橘子話題一轉：「诶，邀請名單上怎麼沒有王佳佳啊，要不要約她？」

笨笨真是語不驚人死不休：「我聯絡她了，她在香港呢，回不來，幫她老闆生了個私生子，正在坐月子呢。」

我和橘子一起尖叫出聲：「什麼?!」

笨笨卻很淡定：「佳佳想得開啦，知道自己需要什麼，也滿好的。」

的確想得開，之前才聽說她在深圳，這麼快就跑到香港去了。

不過想想也是，私生子在大陸不方便報戶口，去香港生、去美國生，這樣的事還滿多見的。

橘子那邊還在叨唸：「不過我就做不了這種事，我內心還是不夠強大。」

我卻一句話都說不出來，連王佳佳都比我快了一步。

俗話說，福無雙至，禍不單行。

老天爺刺激我還不夠，還要來個雙響炮。

在接到李曉芸電話的前一刻，我才從醫院出來，手裡拿著檢查診斷書，心情有點沉重。

接起李曉芸的電話，她興高采烈：「寶貝，跟你說個好消息。」

我有點心不在焉：「啊？說。」

李曉芸：「我又懷孕啦！感覺這次是個兒子！」

我一愣，我記得李曉芸和老公田子一直有避孕：「怎麼又懷了呢？」

李曉芸卻喜上眉梢：「老天爺送禮了唄！我又有一年什麼都做不了啦，本來還要去泰國玩呢，都沒出過國，這下又去不了了。」

我邊聽著電話裡李曉芸開心的聲音，邊往車站走，途經公車站的看板，抬眼一看，見到的是時尚芭莎關愛乳癌的紅絲帶廣告海報，我腳下一定，站住了。

李曉芸問我：「怎麼不說話？你在哪呢？」

我有氣無力地說：「我剛才去拿公司體檢的報告，說我有乳腺纖維瘤，你說我要怎麼辦啊！該不會把我胸部切了吧！」

李曉芸飛快地說：「哪有那麼嚴重，那種是乳癌！你這個是小毛病！」

我還是有點不能接受：「我怎麼會長這個瘤呢？」

李曉芸安慰我：「你不找個男朋友，也不去做胸部保養什麼的嘛！你別害怕，女人到了年紀就這樣那樣的，生個孩子，就什麼毛病都沒有了！」

我問：「真的？」

李曉芸回答：「真的呀，你這就是陰陽調和出問題了，趕快找個男人啦！就算沒有男朋友，你也得有個暖床的呀寶貝！」

儘管如此，莫名的恐慌依然撲面而來。

好像一夕之間，世界上所有的人都在忙著安居和繁衍，除了我。大家都說，女人得結婚、得生孩子，無論結果是什麼，過程必須有，而且越早開始越好。

但這激烈的大風吹遊戲到頭來總會留下一個落單者，我不想成為那個可憐人，更不想被當作怪人。

無論如何，在三十歲之前，我也要完成婚姻大事！

＊＊＊

只是，在找到男人之前，要先參加笨笨的婚禮。

那天，笨笨穿著婚紗，哭得淅哩嘩啦。

我和橘子穿著伴娘禮服，也哭得一塌糊塗。

看到笨笨和新郎緊緊抱在一起，我說：「太感人了，笨笨的老公真不錯，這麼細心這麼浪漫。」

橘子也抹著眼淚說：「都是笨笨調教出來的，你以為笨笨真笨呀，馭夫有術呢！」

我點點頭：「改天跟她討教討教。」

在這方面，我的確技不如人。

橘子一針見血地指出問題：「首先，你要有個男朋友。」

我依然看著笨笨，說：「我覺得他已經在來的路上了。」

這時，笨笨拿起大聲公，突然宣佈：「接下來是丟捧花的橋段，本來應該是把這個祝福扔出去給有緣人的，但是今天，我有個私心，我想把這個祝福直接送給一個人。」

我有點愣，和橘子面面相覷。

然後，就聽到笨笨接著說：「很可愛、很善良、非常有能力，是我的好閨蜜，可是她還沒遇到一個好男人，我希望我的福氣可以帶給她運氣，現場的單身男士，也希望你們能夠抓住這個機會！不要錯過這個好女孩！她的名字叫陳可，她是一九八五年生的，她屬牛！摩羯座！」

我聽得一愣一愣的，這不是我的資料嗎，不祥的預感撲面而來。

笨笨一說完，就拚命朝我揮手，全場的人瞬間全看著我。

我下意識地往後退，想要跑，橘子卻一把把我抓了回來。

然後就在大庭廣眾之下，笨笨一手舉著大聲公，一手遞著捧花，哭得梨花帶雨，大聲喊著：「陳可，你一定要幸福啊！」

我滿臉黑線，瞬間石化，連表情都擠不出來了。台下發出了雷鳴般的掌聲，我卻覺得自己像身處一部奇幻電影。人一走好運，就容易得意忘形，恨不得把愛灑遍人間。剛結婚的笨笨就是如此，而我恰好是那個被愛砸中，更被愛刺激得體無完膚的倒楣鬼。

在笨笨的婚禮上，我成了大家爭相圍觀的中心，丟了滿場的臉。晚上回到家裡，我躺在床上，孤枕難眠，抱著我的枕頭，腿間夾著被子，翻來覆去，整個人都很不好。還是睡不著，我只好起身從床頭櫃裡拿出薰香和薰香專用打火機，點燃。接著，我目光一瞥，看到被我放在床頭櫃裡的女性情趣用品。

人家枕邊有男人，而我枕邊只有它……

我惡狠狠地打開手機，發了一則動態：「我要找對象！歡迎幫我介紹！大我十歲以內的都能接受，收入要在我之上，北京戶口優先！接受閃婚！」那則動態上，還配了一張圖，正是笨笨送給我的捧花。

但是沒過幾天，我就把這件事拋諸腦後了。一天早上，我睡眼惺忪地走進浴室，點開ipad裡的新聞節目，剛好聽到這樣一個名詞：空巢青年。

「當人們還在為缺乏陪伴的『空巢老人』唏噓不已時，最近流行起另一個詞卻讓人更感悲涼——『空巢青年』。他們大多背井離鄉，獨居生活，長期缺乏感情寄託，缺少家庭生活，雖然在大城市奮鬥打拚著，但大城市的繁華和壓力讓他們有著難以言喻的孤獨和艱辛。他們一個人起床、一個人吃飯、一個人逛街、一個人睡覺……」

我聽著那段新聞，機械性地刷著牙、洗臉、保養，然後坐在餐桌前吃早餐，有點木然的腦袋這時才醒悟過來，有點納悶地發現，新聞裡說的就是我……

這時，我媽打電話來，她說：「起床啦，問你啊，你還記得幾年前介紹給你的趙勝斌嗎？就是趙局長的兒子。」

我慢了半拍才想起來。

我媽又說：「我前不久才聽說，他現在也在北京做生意，聽說混得還不錯。」

我問：「所以呢？」

我媽試探：「我安排你們見面？」

我立刻起了反彈心理：「唉喲你一大早的操什麼心啊，不要不要！」

我媽叨唸我：「你看你，朋友圈都發動態了，還清高個什麼勁，我聽說他現在……」

我很快將她打斷：「媽，我約了學車要來不及了，得出門了，下次再聊，拜拜拜拜。」

說起催婚，就不得不說這個我新認識的男人——何志。

我們是在駕訓班認識的，一起上第一堂課，一起看教練示範怎麼倒車入庫。

何志問我：「你也第一堂課？」

我說：「是啊，我以前都沒有摸過車。」

何志說：「沒關係，我也是從零開始。」

這時，教練從車裡下來，訓斥我們兩個：「我要你們觀察車胎的走向和我打圈的方向，你們兩個倒自己聊起來了！有看清楚嗎？」

我和何志一起偷笑著，沒吭聲。

教練又說：「來吧，上車，我帶你們練幾次！以後你們兩個共用一輛車吧！一起上課，學的東西一樣，不用再換人浪費時間，還能互相督促。」

我們一起說「好」。

然後，教練拿出粉筆在地上畫線：「看好啊，等一下倒車到這個地方，向左打輪，一圈半趕快停，然後回半圈。」

何志卻突然問我：「我能留一下你的電話號碼嗎？以後看看怎麼約一起上課？」

正合我意，我說：「好，我叫陳可。」

「我叫何志。」

我們很快交換了微信。

我問：「那明天你能來上課嗎？」

何志說：「明天不行，週日我必須回我爸媽家。」

我一下子明白了，他是個北京人。

我說：「哦，這樣啊……你北京口音沒有很重啊。」

何志說：「還沒說幾句話嘛，再說幾句就出現了。你哪裡人啊？」

我剛說了一句「四川人」，教練就又開始訓人：「你們兩個是來學車，還是來聊天？」

我和何志又一起笑了。

沒兩天，盧家凱又來我家，推薦我通州的房子，他還帶了一張展示圖。

他說：「通州，未來的副都心。」

我卻有點發愁：「房子是好房子，但我沒有那麼多錢，而且我在海淀上班，買東邊的房子不適合啊。」

盧家凱勸我：「你換個想法，把它當作你的投資，房價一漲你再賣掉，這筆錢，你不賺嗎？」

我說：「這地段的確挺吸引人的。但我沒有那麼多錢啊！」

盧家凱突然說：「我有個主意，我們兩個平分買這間房子，以後賣掉的錢也平分，怎麼樣？」

我一怔，問他這樣算不算違法。

盧家凱保證合法，還在我的催促下拿出計算器。

盧家凱：「來，我算給你聽，多年經驗傳授給你，讓你知道什麼叫投資和穩賺。」

我全神貫注地聽著，畢竟在房子這件事情上，我也慢了人家一步，不敢怠慢。

我決定買房子之後，第一時間就打了電話給我媽。

那天，我媽正在上社區大學的書法班，和班上幾個老姐妹切磋技藝。

我和我媽說了這件事後，她說：「啊？我在練書法呢，啊？要買房啊？好事啊！媽媽支持你！媽媽贊助你一筆！裝潢要不要我過去盯？一卡皮箱入住的呀，太省事了。好好好，媽媽明天贊助你一筆錢，我先掛了啊。」

然後，我媽就在大家羨慕的眼光下，雲淡風輕地拿起毛筆，繼續寫，好像一點都不在意四周發出的讚嘆聲和那些羨慕的目光。

當然，這也是我媽後來跟我形容的。

幾天後，我和盧家凱一起去了房地產公司。

我也簽下了人生裡第一份買房合約，這意味著以後在北京，我也有房產了，心裡難免激動，有點想哭，有點想笑，真是五味雜陳、百感交集。

盧家凱問：「你那是什麼表情，想笑還是想哭？」

我形容道：「剛才簽字的一瞬間，我心裡那一大塊空地，感覺都快被填滿了。」

盧家凱一愣：「啊？空地？心裡為什麼還有空地？」

我說：「就是突然覺得，有了安全感。」

盧家凱點頭道：「還有緊迫感，趕快賺錢吧，房貸等著你呢。」

我揮揮手：「那都沒什麼，我現在知道了，只要我努力，就可以過得越來越好，所以也不慌了。以後有一天，我一定可以住進有花園的大房子，花園裡種花種菜，再養隻狗。」

盧家凱開始開玩笑：「到時候您不介意的話，把我也養進去，我可以和狗住一個房間，我不挑！」

我瞪了他一眼：「不好意思哦，我挑！」

盧家凱翻了個白眼：「大姐，您別忘了，我也是房主之一，這房是我們兩個合資投資的！」

哼，我才不理他！

我很快就拿著屬於我的那份房產合約，揮手離開了。

那之後的日子，我整副心思都在學車上。

跌跌撞撞，吃了不少苦，受了不少罪，考試的時候也提心吊膽，不知道自己將來會不會是三寶。

哦，在這期間，我和何志也培養了一點革命情感。

排隊拿駕照那天，我在隊伍裡遇到了何志，何志已經拿到了駕照，看到我又折回來，陪我一起重新排隊。

他說：「拿到駕照可真不容易，一起吃頓飯慶祝一下吧？」

我遺憾地搖了搖頭：「今天不行啊，今天公司例會，一群人等著我回去開會呢。」

何志說：「哦，看來是個主管呢！難怪每次練車你都忙著用電話，你做什麼工作的啊？」

我說：「說起來很複雜，大概算是新媒體、網路方面吧，也會接觸影視行業。」

何志眼前頓時一亮：「都是最時興的職業啊，前途無量！」

我笑笑，問他：「那你呢？」

何志說：「我是稅務局的。」

聽起來也不錯，我說：「哦，那蠻穩定的，鐵飯碗！」

何志抱怨道：「唉，就是無聊。那今天不行的話，我們再約一天慶祝？」

就這樣，我們敲定了下週的某一天。

有了房屋權狀，又有了駕照，我的心一下子踏實了不少，好像偌大的一個空缺，終於被餵飽了。

為了訓練上路技巧，盧家凱充當我的上路老師，我開著他那輛破車，帶著他，在北京馬路上兜著風。

盧家凱很愛鬼叫：「壓線了壓線了！走直一點！唉呀看鏡子看鏡子！你開車怎麼不看鏡子啊！」

我說：「你怎麼跟教練一樣啊，你在旁邊一直喊我都不會開了！」

盧家凱理直氣壯地說：「這是我公司的車，可不是我的，你愛護一點！」

我懶得理他，轉移話題：「好久沒有認真仔細地看看北京了，原來北京還是那麼好看，不對，是更好看了。我記得我剛來北京的時候，國貿這一區還沒都蓋起來呢，你看現在，多好看哪！」

盧家凱聊著過往：「那時候這裡還叫作大北窯呢，我第一次聽這地名還以為是那種地方呢。」

我樂了：「那你聽到公主墳、小西天[12]，不就想歪了嗎？」

盧家凱接著道：「我聽到奶子房、騷子營[13]，就想上廁所。」

我簡直樂不可支：「你確定你聽到奶子房只想上廁所?!」

盧家凱沒好氣地轉開話題：「前面出口右轉，上四環晃晃！」

我說：「你這輛車不是敞篷的，要不然你還能站起來把頭伸出去喊一喊呢，電影裡都

---

12 公主墳、小西天：皆為北京地名。

13 奶子房、騷子營：皆為北京地名。

這樣演，超熱血的。」

盧家凱立刻搭腔：「還要一條小手帕，迎風揮舞，大聲吆喝著：北京，我終於來了，北京，我愛你！」

他表演得聲色俱佳，看得我一樂一樂的。

我也跟著喊道：「努力賺錢！買車買房！馬上我們就算是北京人了！」

盧家凱卻當頭一盆冷水潑下來：「我們只是在北京有資產的外地人，沒有北京戶口，你就不是北京人，未來你孩子的教育，享受的都不是北京人的待遇。」

這番話，又立刻將我打回原形。

車窗外那原本燦爛的日光，似乎也黯淡下來。

盧家凱手裡好像時時刻刻都準備著一個小錘子，只要我稍微有點得意忘形，那小錘子就會叮叮咚咚地在我頭上奏樂。

唉，你說，怎麼有這麼討厭的男人呢?!

第十三章
愛情和麵包你只能二選一

今天，北京的霧霾特別大，窗外灰濛濛的。

張影兒、許昕亮和王伊萌正在幫我的辦公室放黃金葛和竹炭包。

我聽到張影兒說「今天霧霾真嚴重」，就有點焦慮：「再找人問問，除了竹炭包、黃金葛，還有什麼解決辦法，我們多買一點，辦公室裡分一分給大家。」

三人異口同聲：「好。」

這時，有人敲門。

我說：「有客人來了，你們先去忙吧。」

她們三人這才放下手裡的東西，魚貫而出。

而門口剛好站著一個男人，正是魏奇，李曉芸的堂哥。他比我大幾歲，人長得又高又瘦，相貌堂堂，今天還穿著一身休閒西裝，笑容裡滿是真誠和親切。

我將他請進門：「您好，是魏奇嗎？請進來坐。」

魏奇說：「對，是我，不好意思，今天這天氣路況不好，來晚了。」
我笑笑：「這種天氣您還專程來一趟，我心裡實在不好意思。」
魏奇拿出名片遞給我：「不知道曉芸有沒有和你介紹過我的情況？」
我看了一眼，說：「她簡單地說了一下，說你來北京一年了，經營一家空氣淨化系統的公司？」
魏奇接話：「是的，小本經營。」
他可是及時雨啊，我說：「哪有，你這可是現在最重要的需求。」
說話間，魏奇從包裡拿出一本型錄：「希望天氣能逐漸好轉，也希望我自己能盡點微薄之力吧。」
我接過來看著：「霧霾真的是個大問題，這類型的產品，應該更快推廣出去，給大家一些解決方法。」
魏奇笑了：「謝謝謝謝，我初來乍到的，尋找管道很艱難，幸虧曉芸幫忙介紹了你。」
我說：「我們的工作就是把好產品推廣出去，從這個角度看我也得好好感謝曉芸！」
別說推廣了，單單是此時此刻的我，就很需要啊。
幾天後，我就感冒了，咳嗽得很厲害。
我正在家裡休息，手機就響了，是何志的訊息。

「小可，我們的駕照慶功宴得安排一下時間啊，明晚有空嗎？」

我有些意外，也明白何志主動邀約是什麼意思，窈窕淑女君子好逑嘛。

就在我正想著要不要接招的時候，突然有人敲門了。

我將門打開，原來是房東，還帶了些水果來。

無事不登三寶殿，我心裡有點詫異。

我說：「嗯？阿姨您怎麼來了？您快進來坐。」

我邊說著，邊咳嗽。

房東阿姨說：「是不是感冒了？幫你帶了點水果，你們年輕人工作太辛苦了，要多補充維他命。」

我一看那些水果，突然升起一種不好的預感：「嗯，您這是……？」

房東阿姨開門見山：「唉！阿姨要和你說對不起！我兒子要結婚了，這個房子要收回去當婚房了，所以想來和你商量商量。」

我有點傻眼：「啊？想要什麼時候收回去呢？」

房東阿姨扔下一枚重彈：「希望下週，因為還要再裝修一下，媳婦懷孕了，我們想在孩子出生之前，把這個家整理好。之前我們簽了兩年的約，我賠償你一個月的房租，你看這樣可以嗎？」

這個房東阿姨還真是急性子，弄得我措手不及。

我有些為難：「……阿姨，您別急，兒子成家是好事，我可以搬，但是下個禮拜有點太趕了，我時間上可能沒有那麼充裕。」

房東阿姨卻說：「媳婦懷孕了心情不好，一直在說這間房子的事，兒子就跟我們著急，我們也想表示一下，就想快點處理好，我也知道這是給你添麻煩，所以我這裡有這份社區裡可以租的房子的資料，我跟好幾家仲介公司打聽來的。」

房東阿姨說著，從包裡拿出一張紙來，記錄著其他租房資訊，等於幫我把退路都想好了，這讓我簡直無話可說。

我嘆了口氣，說：「好，我看看，謝謝阿姨想得這麼周全，那我在社區裡找好新房子就搬。」

房東阿姨又一個勁地道歉：「不好意思啊，實在是不好意思啊！謝謝諒解！」

等我將人送走，回到屋裡立刻發了封簡訊給何志：「沒問題，吃什麼你決定吧？」

等我大病初癒，恢復上班，辦公室裡已經煥然一新，不僅多了幾台空氣清淨機，還有送給我的一大把花束。

我正在驚訝，還沒抽出卡片看，這時電話就響起來了，正是魏奇。

「是我，魏奇，你到辦公室了嗎？」

我說：「嗯，我剛到。」

魏奇聲音和煦：「想和你說聲謝謝，有個叫笨笨的，說是你的朋友，在我這裡訂了一組家庭空氣清淨系統，還訂了一百台清淨機給他們公司。」

我說：「哦，她有和我說，她最近比較關注霧霾的預防問題，我就把你的產品推薦給她了。」

對我來說不過是順手的事，姐妹之間互相推薦，舉手之勞。

但這對魏奇來說卻是巨大的驚喜：「這可是一筆大單啊，謝謝你！可以請你吃飯答謝嗎？」

我笑道：「不用太客氣，我剛到辦公室，已經看到你的心意了，我們是朋友，你又是曉芸的表哥，都是自己人啦。」

我邊接著電話，邊撥弄著漂亮的鮮花，頓覺心曠神怡。

這時，我掛在電腦上的聊天軟體突然震動了一下，點開一看，是李曉芸的留言。

「兩件事。第一，我老公要去北京出差了，去了讓他請你吃飯吧！第二，我極力撮合你和魏奇，我問魏奇了，他說喜歡你，你喜歡他嗎？你們好配啊。」

我有點詫異李曉芸的迅速，事實上，我也的確感受到魏奇對我的好感，一手拿著電話，一邊看著李曉芸的留言，心裡覺得喜滋滋的。

電話裡，魏奇接著說：「自己人更應該多約約啊，明晚可以嗎？我過兩天又要出差了，剛好曉芸老公田子也在，我們一起熱鬧一下。」

其實我心裡已經答應了這個局，但是無論如何還得擺擺姿態，便故作沉吟地說：「明晚……我看一下啊……哦，可以，明晚沒問題！」

魏奇的聲音聽起來高興極了：「好的，那我訂好餐廳傳給你。」

等我掛上電話，心裡風光明媚，想了想，轉而又給何志打了個電話。

電話一接通，我就開始瞎扯：「喂，何志，我得跟你道個歉，公司臨時安排了一個公關局，我明晚必須在，我們的晚餐再改個時間好嗎？」

何志有點失望，卻仍然說：「沒問題，反正我一直在北京，你有空隨時約。」

你看，這就是桃花運，要嘛不來，要嘛一來來兩個。

晚上，我低調地赴了魏奇和李曉芸老公田子的晚餐約，只是沒想到田子還帶了一個女同事，也是鄰家可愛女生的感覺，和李曉芸同一種類型。

我忍不住多看了那女同事一眼，咳嗽了幾聲。

魏奇問我：「怎麼咳嗽了？吃藥了嗎？」

我說：「沒事，我一換季就咳嗽，正在吃藥呢。」

魏奇說：「好，多喝點熱水啊。」

他邊說邊給我倒了一杯熱水，同時目光專注地看著我。

我笑笑，把話題落在李曉芸身上：「田子，曉芸這一胎狀況還好嗎？」

田子說：「好啊，就每天躺在沙發上嗑瓜子看電視，一動也不動的，上一胎也是，一躺就是十個月。」

魏奇笑道：「以後你們就兒女雙全了，有福氣啊！」

田子卻有點發愁：「唉，我現在更羨慕你啊，一人吃飽全家不餓，又有自己的事業，什麼時候在北京買房啊？」

魏奇說：「北京的房價實在太驚人了，我現在還是創業初期啊，一步步來，反正我相信房子會有的、車子會有的、愛情會有的……」

這時，田子的女同事起身幫我們倒水，但很明顯她經驗不足，杯子裡倒得滿滿的。

田子的脾氣一下子暴躁起來：「你倒這麼滿，等一下手稍微一動就灑出來了。」

女同事弱弱地說：「哦，不好意思……」

我說：「沒關係的。」

但田子依然在生氣：「注意點！這杯給我吧！」

魏奇也說：「沒事沒事，好兆頭，說明圓滿，就像田子和曉芸的生活一樣，來，我們以水代酒，敬田子和曉芸圓滿的生活一杯。」

這客套話說得才是圓滿，終於把尷尬圓過去了。

田子繼續說：「別光羨慕我了，你們也得加油啊，曉芸每天就掛念著你們兩個的終身大事啊，你們兩個……要不要乾脆……合併一下同類項啊？[14]」

這個田子，果然不會說話，又一下子把場面弄得更尷尬。

我和魏奇互相看了一眼，他尷尬地笑，我笑得尷尬，誰也沒接話。

等吃飽喝足，我們一行人站在路邊招計程車。

魏奇說：「陳可我送你回去吧，我的車就在馬路對面。」

我有點詫異：「啊？不用不用，我自己叫車就好，我還要去望京那裡見個客戶，不太順路。」

田子幫腔魏奇：「哪有什麼順不順路的，只要想送，哪裡都順路。」

魏奇也說：「對，就給我一個順路的機會吧！」

但我還不想這麼快把關係往前推進，便說：「真的不用了，我自己叫車吧，下次有機會請大家去我家做客啊！」

魏奇有點失落。

這時，田子說：「好吧，那曉芸啊，啊不對，悅悅，你去攔輛計程車。」

田子喊錯了名字，被稱作悅悅的女同事立刻露出一個奇怪的眼神，看了田子一眼，十

---

14 合併同類項：數學方程式中的簡化法，將未知數符號相同的項目合併，例如 2X-5Y+6X 簡化為 8X-5Y。

分不情願地去攔車了。

那個眼神，也讓我感到很奇怪。

但具體的感覺，我卻說不上來。

等我上了計程車，已經備感疲倦，輕聲咳嗽著靠著後座，正準備休息一下，李曉芸的微信就追過來了。

李曉芸：「田子說你沒讓我哥送你回家啊！你為什麼拒絕他，沒有道理啊！」

我慢吞吞地回：「我沒有拒絕，只是沒有靠近。」

李曉芸問：「什麼意思呀？聽不懂。」

我想了想，才說：「我也說不清楚現在的心情，可不可以過幾天再和你說？」

李曉芸這才感覺出不對：「寶貝，你怎麼了？」

我說：「這幾天有點累，休息一下就好了。」

李曉芸說：「嗯，不是要逼你，我表哥絕對是一級棒的好男人，超級大暖男，你多接觸試試看嘛！」

我嘆了口氣：「我沒說他不好，我只是……忽然不知道自己到底想要什麼了，覺得……我是不是年紀大了，變得瞻前顧後、畏首畏尾……」

是啊，要是換做以前，無論是和楊大赫、張超一起，還是後來的于揚、黃越彬，恐怕我都不會像現在這麼猶豫，感覺來了，就開始。

至於現在，連我自己都不知道為什麼，好像在這方面，我越來越慢熱，越來越保守，警覺心也越來越強。

我是否還有精力再去應付一次感情的來來去去，再來一次和以前一樣的新陳代謝？我不知道。

李曉芸聽得一頭霧水：「完全聽不懂你在說什麼，唉我先不跟你說了，我要去幫女兒洗澡了。」

帶孩子、做家事，這就是李曉芸現在的日常。

掛上電話，我望著窗外的夜色，腦子漸漸放空了。

＊＊＊

只是，我還來不及想清楚自己要不要開始一段新感情，就突然成為證人，目擊李曉芸是否要結束一段感情的關鍵。

聚會的一天後，我在商場裡看到了田子和悅悅，他們手牽著手，親密甜蜜地依偎在一起，還互相餵著爆米花。

我的身體快速做出反射動作，立刻轉頭離開，找了一個夠隱蔽的地方，拿出手機拍照。

但等我掌握了物證，走到大馬路上，卻又猶豫了。

我看著手機裡那些證據，面臨著要不要充當劊子手的決定。

等我反應過來，我的電話已經撥了出去。

李曉芸很快接了：「什麼事？」

我卻沉默了。

李曉芸「喂」了兩聲，我才如夢初醒：「哦，沒事沒事，我只是突然想起來，田子是不是胖了啊！」

李曉芸說：「啊，是胖了，怎麼啦？」

我說：「你要管管他啊。」

李曉芸說：「我管他？我一天到晚都快忙死了，我正在講睡前故事給女兒聽呢，我不盯著，等一下婆婆又要唸我啦。」

這時，我就隱約聽到電話那頭李曉芸的女兒在喊「媽媽、媽媽」，稚聲嫩氣的，我決定還是不要說了。

李曉芸突然問我：「那你打電話給我幹嘛呀？」

我反問：「你還記得當初為什麼選擇田子嗎？為什麼嫁給他？」

李曉芸說：「噯，你還不了解我嗎，誰對我好就嫁給誰囉，反正到最後都只剩下柴米油鹽過日子。诶不是，你大半夜的感慨什麼啊？」

我想，既然對她好就好，田子的確對她不錯。

我說：「沒事，就想你了。」

李曉芸那邊很急：「唉好啦好啦，我晚點再打給你，我去幫女兒洗澡，先不跟你聊了啊！掛囉！」

很快，她就率先掛斷了電話。

而我，卻呆呆地站在原地，定格了。

來北京快七年了，我和曉芸遙遙相對，時而彼此羨慕，時而彼此抗拒，我們總覺得別人的花園裡充滿荊棘，而自己的泥沼裡暗含寶藏，這大概是所有女人共同的樣子，我們希望每個人都過得很好，更希望過得最好的、選擇最正確的那個人是自己。只是那時，我陷入麵包和愛情的選擇裡不能自拔。

就在我猶豫要不要開始一段新感情的同時，我的感冒也突然加重，把我打敗。

我裹著厚衣服縮在沙發裡，覺得自己實在支撐不住了，便拿出手機，找一個可以送我去醫院的男人。

先是何志。

但我看著他的電話號碼，想了想，卻放棄了。

我很快打給魏奇：「喂，你在北京嗎？」

魏奇說：「我昨天剛到湖南，這邊有一個展銷會，只待兩天。」

遠在湖南，看來是遠水救不了近火了。

我說：「那你先忙，沒事。」

魏奇卻不放心：「啊，你沒事吧，聽你好像還是有點咳，我幫你快遞一些藥過去好嗎？」

我覺得好笑，快遞過來還不如我下樓買得快：「哦不用不用，沒事，不行的話我等一下去趟醫院就好了，好得快，不要緊。」

魏奇感到很抱歉：「對不起，不能陪你去醫院，我一回去就去找你。」

我說：「……不要緊，你先忙工作，拜拜。」

我很快就掛了電話，接著就把憋著沒咳的幾聲一股腦咳了出來，越來越嚴重。

我再一次翻出了何志的電話，但最終還是沒打。

後來，我是一個人去醫院的，掛了急診吊點滴。

吊到一半，我想去洗手間，便拿著點滴瓶去了。

只是洗手間沒有掛點滴瓶的地方，我左手高舉著點滴瓶，只用一隻右手，怎麼樣都解不開牛仔褲的釦子。

我感到很煩躁，只好打開隔間門，正好看到一個同樣很虛弱的老奶奶。

我請那位老奶奶幫我解釦子，同時吸著鼻涕。

但等我走回到隔間前，裡面卻已經有人了，另外幾個也都滿了，我沒辦法，只好一手舉著點滴瓶，一手抓著褲頭，再狼狽不過。

除了感冒，還有很多時候，很多事情，是一個女人應付不過來的。

感冒病毒還沒有遠離我，我就已經開始登高爬低地收拾起行李，房東阿姨催得很緊，這對我來說簡直是雪上加霜。

搬家，是我一個人推著三輪車獨自完成的，我的咳嗽彷彿更嚴重了。

我撐著最後一口氣，一直到新房子裡，將最後一個箱子搬上樓，拖進屋，然後一屁股坐在地上，只覺得整個腦袋都脹大了。

我發著呆，仰著頭，空前地絕望。

然後，我「哇」地一聲哭了。

那兩天對我來說，簡直是一場噩夢，彷彿永遠都不會醒來。

直到很久以後，我才意識到，我不是請不起搬家公司，也不是沒有人陪我去醫院，但那一剎那，我潛意識裡選擇了孤獨，選擇了一個人。

我哭到一半，電話進來了，是張影兒。

她問我感冒好點沒。

我吸吸鼻子，故作鎮定，說我沒事。

張影兒說：「剛剛魏奇魏總來找您了，他說他出差剛回來，我跟他說您請病假了。他帶了好多蛋糕過來給我們吃，都是一小塊要四十多塊錢的那種，買了好幾盒。」

此時，魏奇的微信也傳來了：「感冒好了嗎？我陪你去醫院看看吧？」

如果這些慰問能早一天，我大概會感恩戴德。

一天前，正是我最脆弱、最需要被人扶一把的時候，哪怕只是幫我解開牛仔褲。

可是現在，這種遲來的安慰，我一點都不覺得開心。

後來，還是盧家凱來幫我收拾好亂糟糟的新屋。

而我，穿著衣服就躺在浴缸裡，看著他收拾。

等他收拾告一段落，我忍不住抱怨：「你看看你關鍵時刻回老家，你都不知道那拖車有多重。」

盧家凱居然還吐槽我：「我覺得你還可以，還沒有活到不需要男人的地步，你還是個女人。」

我又沮喪又無力，覺得渾身精力都被放空了：「我一直夢想有個浴缸，這麼多年，換了那麼多房子，我終於有了一個浴缸，可是為什麼一點都不開心了呢？」

盧家凱繼續吐槽我：「嗳，你本來聽到快遞敲門就激動，現在要收到什麼禮物你才會跳起來啊？年紀大了，見得多了，哪還能每天都充滿好奇充滿熱血啊。」

我看著他：「見過世面了，就矯情了，自己的心啊，就難伺候了。」

盧家凱說：「你的快樂已經建立在你更努力得到的更好的東西上了。」

更好的東西？更努力？

他的話讓我若有所思，那些是什麼呢，我感到很迷茫，可我想，盧家凱說的對，我的確越來越貪心了，所以再看到以前那些「小願望」，連心動都不會了。

這之後，還有兩段小插曲。

一個是某天，我正在發愁為什麼考到駕照卻又排不到車號，生活對我來說為什麼總是個死循環，盧家凱又開始了他的老生常談。

他說：「你趕快找個好人家嫁了吧，然後生個baby鞏固地位，孩子讓爺爺奶奶外公外婆帶，你還能再戰事業，你的煩惱就會降到最低值。」

我有氣無力地說：「哪有那麼好的事？麵包和愛情，現實和理想，你永遠只能二選一。」

一樣，也是死循環。

盧家凱說：「有一樣就選一樣，總比什麼都沒有強。」

這時，門鈴響了。

盧家凱把我從浴缸裡扶起來，我病懨懨地去開門。

快遞送來了一個禮盒，拆開後裡面有一個可愛的招財貓擺飾。

盧家凱還翻出一張賀卡，大聲朗讀起來：「喬遷快樂，很是想念，何志？你很行呀！是不是那個北京人！」

那瞬間，我突然覺得我的人生又滿血復活了。

至於另一個小插曲，是有關遲到一步的魏奇。

我沒有告訴他我搬家了，他跟李曉芸要了我以前房子的地址，拿著水果和花去拜訪，卻撲了空。

後來，他打了個電話給我，我沒接。

作為聰明人，我想，他已經明白是什麼意思。

至於那些鮮花和水果如何處置，那是他的事，這個人再也與我無關。

第十四章

嫁人別嫁媽寶男，只當妻子不當媽

我和何志結婚了。

婚後，我住在何志北京的房子裡，就像大多數夫妻一樣，將婚紗照掛在我們的床頭。

剛結婚，一切都很新鮮，幹勁十足，我沉浸在新婚的甜蜜中，每天都洋溢著飽滿的幸福感，準備早餐，打掃家務。

儘管何志的房間佈置，一看就是沒有生活情趣的直男，醜、舊、空。

何志在家的時候，我也會讓他參與做點事，比如將蘋果和水果刀遞給他，讓他削皮切塊，我要做個水果沙拉。

但何志卻像是切馬鈴薯一樣把大蘋果切成了小方塊。

我問他怎麼不削皮。

他說：「我沒弄過這個啊！我吃蘋果不削皮啊！有皮都是我媽削啊！」

何志是個名副其實的媽寶。

但不管怎麼說，我總算結婚了，就在我三十歲這年，就連做夢都能笑醒，多年的高壓終於能讓我鬆了口氣，那是種一個大齡女子嫁出去了，而且嫁得不錯的心情，勝過樂透中獎。

這時候，我還幾乎認定自己人生趨於圓滿了，甚至逐步開始規劃自認為更美好更圓滿的未來。

這個圓滿的未來，當然包括懷孕生子。

我時時刻刻關注著備孕的事，連在公司裡上洗手間都會用手機搜尋「備孕須知」。

當然，洗手間依然是每家公司內部八卦的集散地。

就像此時，我坐在隔間裡，聽著外面兩個女員工在聊我。

女員工甲：「聽說陳可嫁了個北京人！」

女員工乙：「是啊，還是個公務員呢！」

女員工甲：「命真好！」

女員工乙：「人家自己也厲害啊，他們部門的業績多嚇人啊！張影兒跟我同時進公司，她的獎金都快超過我的薪水了。」

女員工甲：「我們老大就不行，工作能力不行，長得也沒有人家陳可好看。」

聽到這話，我忍不住摸了摸自己的臉。

人哪，總是只能看到別人好的一面，各種心酸苦楚，往往都只有當事人自己知道。

洗手間裡的兩個小女孩對我羨慕不已，事實上只有我自己知道，何志這個媽寶到底是什麼德性。

那天晚上，我帶著兩個下屬去見客戶，幫兩個小女孩擋酒，喝得有點多，是她們把我架出飯店。

何志就等在門外，迎上來。

他說：「我帶她回家，你們也趕快回家吧。」

他還把我接過去，讓我靠著他的肩膀。

何志還安慰我說：「老婆沒事啊，我們回家，我來叫個車。」

然後，他掏出手機，打開網頁。

但是過了很久，我都沒等到本該到來的車。

我只好睜開眼，一看，何志竟然玩起了手機遊戲。

我說：「老公，你不是要叫車嗎？」

何志這才大夢初醒：「啊？對耶，我怎麼叫車叫到打起遊戲來了，嘿！叫車叫車啊！」

過沒兩天，我要回一趟攀枝花。

等我提著箱子準備出門時，何志還在打遊戲，他跟著我走到門口，目光始終沒離開過手機。

我看著他不可自拔的樣子，問：「老公，你真的不送我去機場啊？」

何志隨口說：「你們公司叫車不是能報帳嗎？你叫車過去吧！」

我只好說：「好吧。那我走了啊。」

何志依然沒抬頭：「去吧。到了跟我說一聲啊，跟媽媽問好，跟曉芸和田子問好啊！」

我看了他一眼，皺了下眉：「那你……這禮拜，照顧好自己啊。」

何志叫我放心，要我儘管走。

李曉芸剛生完第二胎。

我回到攀枝花第一時間就是去婦產醫院看她。

李曉芸面色慘淡，毫無生氣，我拉著她的手，幫她撥好淩亂的頭髮。

旁邊，是田子在削蘋果，他手法嫻熟，整個蘋果皮都沒斷過。

田子將蘋果遞給李曉芸，李曉芸說：「我不想吃蘋果，我想吃橘子。」

田子說：「那我下樓買。」

田子前腳走，我後腳就說：「生個孩子可真受罪。」

李曉芸笑道：「放心好了，再痛你也能忍，身為女人的強大，你自己都不敢想像。」

我對她豎起一個大拇指：「為母則強，我現在啊，真的佩服你。」

這時，有人敲門進來。

見到來人，我登時一驚。

竟然是悅悅！

這膽子也太大了吧?!

李曉芸熱絡地跟悅悅打招呼：「悅悅來啦？悅悅快坐。」

悅悅將手裡的鮮花放在床頭，乖巧地坐下：「大嫂辛苦了！」

李曉芸說：「不辛苦，我只負責生，田子負責養，最辛苦的是他。」

悅悅就乖巧地聽，乖巧地笑，臉上看不出一點蛛絲馬跡來。

我默默觀察著，看看李曉芸，看看悅悅，我心裡明明知道一切，卻一個字都不敢說。

悅悅這時問：「大嫂，寶寶呢？」

李曉芸說：「抱去體檢了，等一下就抱回來了。」

悅悅自來熟地說道：「哦，好，我滿想看看寶寶的，取好名字了嗎？」

李曉芸說：「田子太不可靠了，挑燈夜戰地翻了好幾天字典了，今天還說孩子不如就叫田愛芸。你聽聽，多土啊！」

我聽到這話，笑了：「不土啊，滿有寓意的，爸爸愛媽媽，多有愛啊。」

李曉芸說：「也是，那就隨他吧。什麼田愛芸，誰不知道他愛我啊，還非要說出來。」

我繼續笑，同時還注意到悅悅臉上的尷尬。

李曉芸突然問：「悅悅，你找到對象了沒啊？田子那天才在跟我說，要我幫你想想呢？」

悅悅一愣。

李曉芸接著問：「你喜歡什麼類型的，我們還有北京的姐姐呢，北京的也幫你介紹介紹。」

悅悅有點遲疑：「我……我就在這裡找就好。」

李曉芸卻把悅悅當成自己人一樣叮嚀：「在老家找其實還不如在北京這些大城市找呢，在老家啊，所有人都三不五時就見到面，你家裡什麼情況，你從小學到高中的表現怎麼樣，你交往過哪些對象，你爸媽人怎麼樣，你這人什麼脾氣個性，大家都太瞭若指掌了，更不好談。」

悅悅遲疑地應聲。

李曉芸又道：「是呀，要不然大城市離婚率怎麼那麼高，小地方的離婚率就很低啦，父母都在後面盯著看呢，誰敢輕易辜負誰呀。你說是吧？」

悅悅訥訥吐出三個字：「好像是。」

李曉芸滔滔不絕地說：「所以在老家更要規規矩矩做人，等到哪天想離開這裡，也沒那麼容易的，起碼要像這個姐姐這麼優秀有能力，才能出去闖啊。」

聽到這裡，我心裡已經明白了一切。

原來李曉芸早就知道田子和悅悅的醜事，她不挑明，卻在話裡話外都暗示清楚了，我這個看上去傻呼呼的閨蜜，原來自有一套生活智慧。

我突然對李曉芸有點刮目相看，更多的還有心疼。

不一會兒，田子買橘子回來了，見到悅悅突然造訪，臉上明顯掛起了不悅。

悅悅站了起來：「田子哥，我來看看大嫂，看看寶寶。」

田子聲音很冷：「哦，那個報表你做完了嗎？」

悅悅小心翼翼地：「還沒有。」

田子說：「今天要做完，做完了給老楊，他在等。」

悅悅嘴裡說著「好」，人卻沒動。

直到田子瞪了她一眼，悅悅才像是突然明白了：「那我先回去寫報告吧。大嫂，我過幾天再來看寶寶吧。」

李曉芸也笑道：「好，隨時過來啊！」

悅悅說：「嗯，那我走了。」

田子語氣依然不好：「走吧一起下去，我正好去繳個費。」

說著，田子和悅悅就一起走出了病房，我壓著火氣看著他們兩人離開，吸了口氣，又假裝不經意地看向李曉芸，她已經若無其事地剝起橘子了。

這時，我的手機響了，是何志的電話。

他第一句話就是：「老婆你什麼時候回來啊，我想你了，你不在我一個人都不知道要吃什麼。」

我說：「冰箱還有燉好的牛肉，你弄來吃啊！」

何志聲音委屈：「我懶得弄，在跟我爸媽吃。」

我「嗯」了一聲說：「我再陪曉芸兩天就回去，你要好好的。」

何志說：「嗯，你也是，想你呀。」

我沒吭聲，掛上電話，剛好對上李曉芸掃向我的目光，但她也沒吭聲。

我回攀枝花的這兩天，我媽一直變魔術似地幫我煲湯，還說如果想生孩子，就得堅持喝湯，滋養身體。

自從我嫁給北京人，懸在我媽心裡幾十年的大石也終於落下了。

我接過我媽煲的湯，說：「難得您下廚，我一定要嚐嚐。我還滿想趕快生一個，以後我和曉芸的下一代還能一起長大。」

我媽有點小得意：「唉呦，那就難了，你在北京，她在老家，孩子們都見不到啊，叫他們家孩子努力考去北京吧！」

看看我媽如今的心境，還真是不同以往。

我看著覺得好笑，剛好喝了口湯，立刻皺起眉：「媽你這在哪裡學的？」

我媽說：「網路啊，你不是幫我裝了wi-fi嗎？」

我感到很無言：「這哪是助孕湯啊？這是不孕不育湯吧！你泡銀耳怎麼都不洗啊？裡頭都是沙子！」

飯後，我挽著我媽的手臂走在馬路上，街坊鄰居投來的都是羨慕和誇讚的眼光，我媽昂頭挺胸，我也覺得驕傲、自信，幸福感簡直爆表。

街坊四鄰們都知道，我媽把我養大，我獨自北漂，過沒幾年就在北京奮鬥成大公司的高階主管，還自己買了房，更嫁給土生土長的北京人。

而如今的我，看著自己土生土長的家鄉，好像突然才發現，這座城市建設得更繁榮了，原來這裡這麼美，為什麼我以前一點感覺也沒有呢？

我想，大概是因為以前的我沒有像現在這樣沉浸在幸福裡吧？幸福的人，看什麼都是美的。

＊＊＊

幾天後，我拎著大包小包回到北京。

何志沒有來接機，我依舊一個人叫車回家。

一進家門，我本來以為迎接我的是一室溫暖，是何志的笑容，是一杯溫水，結果迎接我的，卻是一屋子的煙霧繚繞。
那味道簡直可以嗆死人。
我一路往裡屋走，赫然看到客廳裡，一群何志的狐群狗黨圍著飯桌在打麻將。
我愣了一下，迅速恢復鎮定。
何志抬了下眼，說：「回來啦？我以為你明天回來呢。」
他那幾個朋友看到我，客氣地喊了一句「大嫂」。
我說：「哦，我有打電話給你，你手機是不是沒電了？」
何志說：「嗯，沒電了，沒找到充電器啊！你帶走了吧？」
我無奈道：「還有一個在臥室抽屜裡。」
何志說：「哦，沒找，沒電就沒電吧，你幫我充一下吧。」
他邊說邊舉起手，把手機遞給我。
我看了一秒，無力地接過：「那我去臥室整理一下行李箱。」
然後，我就提著行李進了臥室。
剛下飛機，大包小包，風塵僕僕，我只覺得疲倦、勞累，只想睡覺，只想休息。
可是直到第二天凌晨一點，那桌麻將還沒有散，而且搓麻將和說話的聲音都太大了，不知道有沒有吵到鄰居。

我從床上坐起身來，拿手機傳了封簡訊給客廳的何志：「老公，明天還要上班呢，你們早點結束吧。」

但過了好一會，何志都沒回我，也沒有要起身的意思，我在屋裡聽著，依然在打牌，好像還新開了一局。

沒辦法，我只好戴上耳機，打開電腦，開始修改工作方案。

沒想到笨笨居然還在線上。

我問笨笨：「你怎麼還沒睡啊？都幾點啦？」

笨笨說：「我跟我老公在夏威夷呢。你怎麼還不睡啊！」

看看人家，再看看我。

我說：「我老公約了一群哥們在我家打牌，聲音超大，我睡不著，心情不好，真想把他們轟出去。」

笨笨勸我：「在家裡打牌，總比他在外面找女人好啊！親愛的，婚姻得忍耐。」

我抱怨道：「但我早上有個提案的會啊，很重要啊，何志也要上班呢。」

笨笨接著勸我：「你現在也不能出去損他的面子啊！解決問題需要講究方法的。」

我只想大吼大叫：「睡不好的我渾身煩躁，沒有心情講究方法。」

笨笨說：「那就跟我聊一下，轉移一下注意力，我給你看夏威夷，比照片還美呢！」

說起夏威夷，我就忍不住抱怨何志：「我也想去旅遊，可是何志最討厭旅遊了，我總不能一個人出去吧。」

笨笨說：「那下次和我們一起呀，愛好不一樣的夫妻有很多的。」

剛說到這裡，何志突然進了臥室，當著我的面拉開抽屜拿現金，那是我們這個月預備的生活費。

他還問我：「你怎麼還不睡，不用等我啊！」

我詫異地看著他：「你拿錢幹嘛？」

何志理所當然地說：「用啊！唉，幾個哥們難得湊齊，小賭怡情。」

我一陣無言：「何志，你們幾點能解散？」

他說：「再玩幾把，你要是睡不著，幫我們煮點吃的吧？這麼晚了沒有外送了，我餓得胃都痛了。」

說實話，我當時真想一個大耳光搧過去。

可是一轉眼，我就想到笨笨要我忍耐的話，沒辦法，我又起身幫他們煮泡麵、切水果，還拿出我接待客戶時的落落大方，微笑應對。

這次，我算是給足何志面子。

這天晚上，我是戴著耳機、帶著煩躁的心情入睡的。

第二天一早，又要照常早起，開始新一天的奮鬥。

但我沒想到，第二天早上，我打開房門的剎那，看到的根本不是收拾好的客廳，而是一地的人仰馬翻。

何志他們四個人有的睡在沙發上，有的乾脆躺在地上，一個個打呼震天，旁邊的煙灰缸裡早就塞滿了煙頭，還有好多直接插在西瓜皮上，甚至是吃飯的碗裡。

我皺著眉，忍著噁心，去了洗手間打理自己，準備上班。

這一晚的事，在我心裡留下不小的陰影，卻沒想到這不是偶然事件，而是日常。

之後的數日，我經常在晚上下班回家後看到雷同的一幕，我結束一天的工作，很累，卻還要裡裡外外地端茶送水。

第二天起床，還要在客廳裡翻山越嶺，躡手躡腳。

如此周而復始，他們日以繼夜，片刻不停，而我臉上厭惡煩躁的表情也越來越深。

我問自己，這就是我要的婚姻生活嗎？我開始懷疑了。

到了週末，我好不容易抽出點時間去美容院做SPA。

幫我按摩的女孩看起來瘦小，力氣卻很大，把我按得哇哇亂叫。

她說：「姐，這樣就是肝經不暢通，你是不是最近睡得不好啊？沒有按時睡覺對吧？」

我說，最近的確沒有好好休息。

小女孩又問我幾點睡。

我說：「凌晨一兩點睡著吧，但是睡得不踏實。」

那小女孩很驚訝：「那可不行！晚上十一點到凌晨一點，是肝臟排毒的時間，一定要休息，肝臟不好的話，很容易得肝炎、肝癌、肝硬化、糖尿病、乳腺增生。」

我聽了更加心煩：「好了好了別說了，說得我更痛了，我一定要好好睡覺，好好養肝護肝。」

小女孩說：「是呀，姐，一定要愛惜自己的身體呀！」

結果，等我回到自家樓下，抬頭一看，窗戶打開著，從裡面冒出陣陣青煙。

我就知道，這群人還沒走。

我知道，我不能再沉默了。

我在職場上殺伐決斷，遇過無數難題，都被我一一解決，這樣的我，怎麼能在家裡這點小事上就失去了果斷，瞻前顧後？

笨笨說，婚姻要忍。

我卻覺得，這種忍耐最後會將我殺死。

我忍耐的結果是什麼呢？我的一忍再忍，是何志的變本加厲。

想到這裡，我做了決定。

我先到社區外的小賣店裡買了一瓶高粱，擰開瓶蓋，將酒精倒在手心，在手臂上擦了一遍。

然後，我就面無表情地回了家。

我帶著酒氣，裝出醉醺醺的樣子進門。

那些何志的兄弟見到我，依然客氣地喊「大嫂」並和我打招呼。

我問：「都在啊？」

何志開口就說：「我們還沒吃飯呢，你幫忙做點吃的吧？」

我忍著心煩，忍著差點脫口而出的尖叫，啞著聲音說：「啊……我今天去應酬了，喝……喝多了，不好意思，我得先睡一下，胃很不舒服。」

何志這才說：「好吧，那你躺著吧。」

我看了一眼桌上散落的現金，沒吭聲，回了房間。

客廳裡打牌的聲音越來越大。

直到夜色降臨，我傳了封簡訊給何志，這是我給他的最後通牒：「老公，我胃實在很痛，你們今天就解散了吧。」

但何志的回覆卻是：「乖，別鬧，趕快睡。」

我吸了口氣，知道這個男人已經無可救藥了。

我緩緩舉起手機，撥打了一一〇：「喂，我要檢舉。」

幾分鐘後，外面傳來了敲門聲。

「開門！警察！」

緊接著，客廳裡就響起一片嘈雜聲，很快地警察就進了門，像是搜查土匪窩一樣把何志四個人全部撤離。

客廳再度恢復了寧靜祥和。

自始至終，我都坐在臥室裡，沒有出去，假裝酒醉睡了，同時感覺自己終於喘了口氣。

然後，我再次想起了遠在攀枝花的媽媽，和她身邊那些鄰居對她的羨慕、對我的誇獎，以及公司同事們在背後的議論。

我對自己說，這個男人是我千挑萬選的，是在我最脆弱的時候找到的那根浮木，如果他經過這次的事可以改過，不再聚賭，我還會原諒他，原諒他那些生活上的無能。

第十五章

在房屋權狀上添加名字沒有那麼容易

警察來過家裡後，我和何志還聊過這個話題。

那時候，他一如往常地癱在沙發上玩遊戲，而我正在逛淘寶。

我將語氣放軟：「老公，這件事鬧得多不愉快啊，以後就別玩了吧？」

何志卻惡狠狠地：「肯定是對面那戶檢舉的，非得找機會收拾他不可！」

我心裡一驚：「不是對面的吧？」

何志反問：「那還會有誰？這個人太不光明正大了，有本事來敲門啊，打什麼一一〇啊！」

我心想，還不是因為和你說了多少次還不聽？

我嘆了口氣，替對面鄰居說話：「……我覺得應該不是對面的，對面鄰居人還滿好的。」

何志卻斬釘截鐵：「一層兩戶，不是他是誰！我就不信，今天晚上還要打，氣死對面的！」

我傻眼了，完全沒想到何志居然是這種態度。

「啊？今天晚上還要打啊？」

何志說：「打！不過不賭錢了！」

我感到很無力，便坐到何志旁邊，柔聲說：「老公，其實這段時間，我身體滿難受的。」

何志立刻放下手機，關切地看著我：「你怎麼了？哪裡不舒服？是不是懷孕了？」

我小聲說：「……沒有，可能是因為一直沒有好好休息，最近工作上也常常出錯。」

何志問：「為什麼沒辦法好好休息呢？」

唉，這不是明知故問嗎？

我說：「……老公，我們家隔音不好，你們每天打牌，連續打半個多月了，我有點吃不消。」

何志一愣：「啊？你不早說，抽屜裡有耳塞啊。」

我有點無奈了：「……我已經戴耳塞了，但是還是不能好好休息。」

聽到我這話，何志才彷彿突然明白了點什麼。

他問我：「你是不是不喜歡我那些哥們啊？」

我的語氣很勉強：「每天家裡烏煙瘴氣的，你那些哥們有的打著赤膊，我真的……」

何志恍然大悟地說：「你說吳俊呀？你直接說呀，叫他把衣服穿上啊！要不然你和我說，我跟他說，你怎麼憋在心裡都不說話呢？」

我說話？我怎麼說話？我沒有說過話嗎？

我直接或間接地說過多少次，不要再打了，他有聽進去過嗎？

我很無奈地說：「……我們商量一下吧？你看這樣可以嗎？我幫你們找一個環境更好的棋牌室怎麼樣？有那種專門的棋牌室，設備齊全，空調、隔音設備都比家裡好。錢我出！」

沒想到何志卻急了：「不是啊，你什麼意思啊！幹嘛折騰我們？那你怎麼不去飯店住呢？」

我目瞪口呆地看著何志，這個邏輯完全出乎我的預料。

什麼？他還有理了？

何志看到我愣住了，馬上把話語權搶了過去：「老婆，那些都是跟我從小光屁股一起長大的兄弟，吳俊要出國了，後半輩子就不在北京了，他就喜歡打麻將，以後去了紐西蘭，誰能陪他玩啊？所以我們才聚在一起連續玩幾天，讓他玩到吐血，他以後就不掛念了，明天送他去機場，以後就不會有這種事了。你為什麼不能遷就一點呢？有幾次你跟我兄弟擺臉色，我也不舒服啊！」

我聽他這麼說，也有點上火：「那請問我怎麼做你才舒服呢？」

何志說：「你跟我們一起玩幾局不行嗎？你教教大家四川麻將怎麼打不行嗎？」

我笑了一下，是氣到笑的：「我從來沒有摸過麻將，我不會打，今天晚上我剛好加班，就不回來了，祝你們玩得愉快。」

然後我就站起身。

何志看我不高興了，就走過來抱住我親了一下。

「你看你幹嘛呀幹嘛呀，多大不了的事啊，高興點。」

他一哄起人，又是另一副樣子。

我一想，畢竟我們才是夫妻，那些都是外人，我何苦因為一個即將遠行的外人跟自己老公賭氣？

就這樣，我很快就被何志哄過去了。

這天晚上，我約了顧映真一起去酒吧。

酒吧裡，我說了自己的事情，聽顧映真幫我出謀劃略，這方面她是過來人，比我有經驗，也比我有話語權。

顧映真這樣說：「遇到困難，征服它或者放棄它，不要被它壓抑出更多煩惱。」

我「嗯」了一聲，心裡漸漸安定下來。

顧映真接著說：「別一直陷進情緒裡，要想解決方法。」

聽到這話，我問顧映真：「姐，你之前那兩段婚姻是遇到什麼問題呢？」

顧映真笑笑，說：「以前會覺得，都是對方的問題，我怎麼那麼委屈，我怎麼那麼倒楣，遇到這樣不幸福的婚姻。現在我才明白，問題都在自己，但是即使我抱著自省的心情再次回到之前的婚姻裡，我一定還是失敗者。」

我問為什麼。

顧映真看著我，苦口婆心：「其實我們是同一種人，你還年輕，可能不願意承認，但我已經可以接受我自己了，我就是永遠都不滿足，我希望同行的人要嘛跟上我，要嘛帶領我，只要兩個人的節奏出現問題，就會痛苦，就會拉扯。我的理想是活出我自己的精彩人生，而不是只做誰的妻子誰的媽媽。我這樣註定得不到更多來自男人的呵護和寵愛，可是活到這把歲數了，老娘不care了，我可以把自己調整得很好，以後不論和誰一起過，日子都不會多差。」

顧映真的話讓我陷入沉思。

我想，我是理解的，我只是不願承認，直到現在有這樣一個好姐姐跟我說了這麼多，她的話也在我心裡投下一枚重彈。

活出自己的精彩人生，而不是只做誰的妻子、誰的媽媽。

顧映真說得沒錯，我們是同一種人。

而且，我當初選擇和何志結婚，多半也是因為周圍的壓力。

我正想得入神，這時，顧映真又說：「有欲望的人，是可敬的，也是可憐的。」

然後，顧映真舉起酒杯，和我碰了杯。

顧映真的第三任丈夫，對她非常好。

正如顧映真所說，她不care了，她把自己調整好了，和誰都能過得好。

幾天後的一個晚上，我和何志一起躺在床上，我的床頭櫃上擺放的是熱牛奶，何志的床頭櫃上是碳酸飲料。

他依然在玩遊戲。

我問他：「下週要不要和我一起去顧姐家作客？她說這次就不辦婚禮了，在家裡辦個party。」

何志頭也沒抬：「好啊，我倒要去看看這個女人是何方神聖。」

我忍不住誇起顧映真和她老公：「顧姐的厲害，不是我們這些凡夫俗子能參透的。他這任老公，資產上億，不但把所有房產上都加上顧姐的名字，還給顧姐公司股份。」

當然，我這話是意有所指的。

何志卻沒聽出來：「他老兄大方啊！」

我嘆了口氣，幽幽地看了何志一眼。

何志見我用餘光瞄他，這才反應過來：「噯！人家比我有錢，一定比我大方啊，我窮啊！」

我說：「又沒跟你要！」

何志卻起勁了：「你看你說這話，酸溜溜的，別人有，我們也不能差，想要什麼，儘管說吧！」

我笑笑，說：「我什麼都不想要，不過有件事想和你商量一下，你看，我現在已經開始準備懷孕了，以後有了孩子，這間一房一廳肯定會不夠用，我們要不要賣了這間房子，然後買一間兩房的？是不是要弄個寶寶房啊！」

何志連忙附和：「嗯，那倒是，那我們把這間賣掉，再看看買間學區房？」

我說：「我也是這麼想的。這間房子賣掉，起碼能付新房子的頭期款吧？我們再想辦法還貸款。」

何志頓時有點發愁：「我這份工作，大概貸不了多少款啊。」

我說：「我還行，我能貸多一點。」

何志答應得痛快：「好，我跟我爸媽商量一下，這房子屋主是我爸，要由他賣房子。」

我笑眯了眼，軟著聲音說：「還有件事啊老公，你看，我都要準備懷孕了，你們就別打麻將了吧？搓麻將的聲音真的很大，我睡不好。」

一說到孩子，真是什麼都能妥協。

何志忙說：「好，那就不打麻將了！」

就這樣，麻將的事總算塵埃落定。

但我沒想到，更大的難題就在前方向我招手。

第二天，我正在公司開會，婆婆的電話就打進來，一通接一通。

我沒辦法，只好按靜音，繼續主持會議。

直到下班，我回到家，揚聲和屋裡的何志說話，問他那些狐群狗黨是不是真的不來了，沒想到話音剛落，就看到坐在沙發上的何志爸媽。

我愣了一下：「啊？爸、媽，你們來啦？」

婆婆立刻問我：「打電話給你怎麼老是不接啊？」

我說：「開了一天的會，手機切靜音了。」

婆婆顯然帶著怒氣：「那開完會總有時間回一通吧，回家路上回我一通不行嗎？」

那時候我已經忙得忘了。

沒辦法，只好道歉：「媽，對不起，我……忘了，對不起！」

婆婆接著指責：「你心裡就只有工作，沒有這個家啊！」

直到公公出來打圓場：「沒有那麼嚴重，小可，等小志上來，我們出去吃飯吧。」

我問：「哦，他人呢？」

公公說：「他去樓下超市買煙了。」

婆婆又把矛頭指向我：「你怎麼讓小志一直抽煙呢，結婚之前不是說好要督促他戒煙嗎？」

我無奈道：「那他也得聽我的啊。」

婆婆卻不依不饒，開始責怪：「你說話這個樣子，他哪會聽你的啊？什麼叫狐群狗黨啊？有人這樣說自己男人朋友的嗎？」

我嘆了口氣：「媽，我那是玩笑話，開玩笑的。」

婆婆卻盛氣淩人：「剛好聊起來了，我們坐下談談，你想換個大房子，把這個房子賣掉？」

我說：「是啊，我們想說以後生了孩子，房子就不夠用了。」

婆婆冷笑：「倒也不是不可以，但是依照你們商量的方法，這間舊房子賣的錢付新房子的頭期款，再每個月繳貸款的話，那新房子權狀的名字怎麼列？」

這一點我完全沒想過，我下意識說：「啊？我和何志吧？」

婆婆開始跟我算帳：「你看，是不是要何志、何志爸爸和你，三個人的名字？」

我一下子有點算不過來，但是想想又覺得哪裡不對。

「新房子的貸款，我以後可能出得更多。」

婆婆質問我：「那你什麼意思？」

我說：「……新房子算是我和何志的夫妻財產吧？用這間舊房子的錢買，那應該算是何志和我一起買房，那樣的話，爸爸的名字就不一定要寫進權狀吧？」

婆婆聽了直翻白眼：「算得還真清楚啊小可。」

我也有點生氣了：「不是我要算計，不是您來找我算的嗎？我也是剛才才想清楚的，之前我都沒想過。」

在這個婆婆眼裡，我就是個外人，即使嫁給何志也是個外人，是要防範的人，是她要針對的階級敵人。

＊＊＊

但無論如何，他們是我的公公、婆婆，我還是起身先幫他們泡茶、切水果。

誰知道等我將水果放下，公公又開始了：「小可啊，你們剛結婚沒多久，你就提這個要求……」

我說：「這也是為了這個家長遠打算啊……」

婆婆建議：「你要是想要兩房，你們去我們那間房子住，我們兩個來這間一房的住，你看這樣可以嗎？就不用買房子了。」

我嘆道：「媽，你們那間房子不適合我和何志，我上班在西北，很不方便。」

婆婆冷哼：「反正你就是要買房。」

我覺得簡直有理說不清：「媽，不是我非要買房，是我們想有更好的生活，也要為以後的孩子著想，這沒有什麼不妥的吧？」

婆婆說：「買房本身沒問題，但你這筆賬，精打細算的，出發點有問題。」

我突然明白了一個道理，眼裡有屎的人看什麼都是屎。

婆婆的神情讓我無比受辱，她分明是在批鬥我、譴責我。

我終於忍不住，說：「哪裡有問題？您是覺得我騙婚？騙房？您把爸爸的名字加進來，你們占三分之二的房產，您打的不也是利己的算盤嗎？我們是一家人啊！是您把我當外人啊！我真的沒有那麼多心機啊！」

婆婆立刻急了：「你什麼意思，我有心機？」

真是死纏爛打，有理說不清。

這時，何志買完東西進來，看到我們吵起來，連忙上前。

「這是怎麼了，別吵別吵！」

我正在氣頭上，臉色一定很難看。

而我婆婆戲更多，直接哭天喊地了：「我就說別找外地的，來歷不明的，你就不聽話，你看看，你自己看看！」

這是什麼話，難道找本地的就來歷清楚，就聽話？

但我知道，這話不能說，此時此刻只能停損。

我說：「爸、媽，對不起，我情緒有點不好，今天我們先別討論這個話題了，我還得回公司加班，你們去吃飯吧。」

話音落地，我就往門口走，何志根本拉不住我。

我怕我再不走，會真的當場爆發。

我往樓下走，身後還傳來何志和父母的喊叫聲。

何志說：「媽你剛才說那是什麼話啊！人家薪水賺比我得多！人家沒貪圖我什麼！」

婆婆說：「你長點眼吧，你表哥不就是被外地女孩騙婚的？你自己看看被人騙成什麼樣！」

騙騙騙，我在這個婆婆眼裡，就是個騙子！

我一晚沒回家，第二天早早去了公司。

我在自己的辦公室裡，公事上有點心不在焉，一直在發呆。

我的手機一直在響，是何志的電話。

我盯著那個名字，沒有接。

直到張影兒敲門進來：「姐，我剛才在樓上碰到姐夫，他叫我請你下去一趟，他在公司旁邊的咖啡廳等你。」

我應了一聲，見張影兒一臉好奇，便假裝說：「難怪，我關靜音了，打了好幾通電話給我都沒聽見。」

我很快去了咖啡廳。

何志一見面就跟我道歉：「昨天我媽話真的說太重了，我也不知道這件事怎麼會說著說著就變這樣了呢？」

我無奈地搖頭：「因為你溝通有問題，現在搞得一團亂！」

何志說：「哪裡一團亂了，你是我老婆，那是我媽，你們兩個不打不鬧不就好了？」

呵，事情要是都這麼簡單就好辦了。

我說：「我討厭被人誤會，惡意地誤會。」

何志有點著急：「我媽不是那意思！唉呦喂，我真是服了！」

我淡淡地說：「昨天我一出門，你媽說的話，我都聽見了。」

何志連忙跟我解釋：「你聽我說，我也沒想到情況這麼複雜，我媽是老古板，我也沒辦法啊，要不然就加上我爸名字吧，一家人這是何必呢？我又不會跟你離婚。這房子說到底不論權狀上的名字是誰，還是我們的呀！除非我們……對不對？」

我笑了，苦苦地笑：「我們什麼？你說啊。」

何志搔搔頭，卻不說了。

他不說，我也知道。

到了這一步，是他們一家人一致對外，對我這個外人。

我很快就和盧家凱一起去看房，買房一事迫在眉睫，無論我和何志一家人意見是否相同，這房子我都要買。

我們看了一間已經裝潢好的一房一廳，盧家凱問我：「怎麼樣？樣品屋，投資或自己住都很適合。」

我說滿好的，真的越看越好。

盧家凱說：「我在十二號樓買了一間，但這個比我那個更好，這棟是樓王，採光更好。」

我笑了：「價格也好啊。」

盧家凱翻了個白眼：「那你買不買？」

我就一個字：「買！」

盧家凱說要帶我去買房處看看，我告訴他，我媽下週會來一趟北京，到時候再去。

盧家凱沒聽懂，問我什麼意思。

我說：「屋主是我媽，這就不是我的婚內財產了。」

盧家凱詫異極了：「什麼？你什麼時候變成這麼有心機的女人！你這是隱匿婚內財產啊！你是不是在計畫離婚哪?!」

我立刻啐他：「呸！我送我媽一間房子，我又沒要老公和我平分一起送，你覺得這叫隱匿財產啊？」

盧家凱說：「這麼說的話，我要羨慕你老公，都沒有因為娘家的事增加他的經濟壓力，上哪裡找這麼好的老婆啊。」

我沒好氣地說：「謝謝，在這裡就能找到，我就在這。」

盧家凱又開始碎嘴：「嘖嘖嘖，婚前你可不是這樣護著自己口袋裡的錢啊，我記得婚前我要你把我們合買的房子賣了，免得結婚後再賣就變成你的婚內財產，你還罵我現實，罵我是黑仲介呢。」

我也反唇相譏：「我現在非常感謝你幫我出那餿主意，讓我在婚前賣掉那房子。你真是我的貴人。」

盧家凱嘖嘖有聲：「你結這婚，很有意思。」

我瞟了他一眼：「你看出什麼意思了？」

盧家凱意味深長地評價道：「你婚姻很幸福。」

第二天，我就去了銀行，將幾張金融卡裡的錢匯到同一個帳戶，還辦了一張理財金卡。

同時，我也在整理我的心情，回想起曾經一切都在自己掌控中的生活，會在結婚之後終將失去嗎？

不，絕不。

在房屋權狀上加上名字，看來沒有那麼容易，但我希望被真正地認可，我希望我在婚姻中不是一個乞討者。

更重要的是，我在北京這座城裡竭盡全力地努力著，我希望得到這座城市真正的接受和尊重。

說到尊重，何志很快就給我來了一記回馬槍。

我一回到家，就看到他和幾個男人在家裡圍坐著，這回倒是換了一批人，卻換湯不換藥。

何志見到我說：「老婆回來啦？這是我們同事，來幫你介紹一下！」

我走上前，盡量壓抑著心裡的不悅，和大家客氣地寒暄。

然後，我對何志說：「何志你來一下，你幫我把臥室的窗戶打開，早上出門的時候卡住了。」

直到何志跟我進了臥室，弄好窗戶。

他一回過頭，我就送上了怒瞪的目光。

我問：「你不是答應過我再也不玩了？」

何志滿口道理：「是啊，你不讓我打麻將，沒說不讓我打德州撲克啊，撲克牌沒有噪音！」

我一句話都說不出。

和這個男人，和這家人，我再也無話可說了。

後來，我和盧家凱也聊過權狀上的名字一事。

我問他，如果他女朋友要求在他的權狀加上她的名字，他會怎麼想。

盧家凱說：「那這個婚，我不結了。」

我很詫異，問為什麼。

盧家凱說：「我在充滿希望地規劃我們的未來，她卻在評量我們關係破裂後的保障，我心裡不舒服。」

我說：「可是這個女人要跟你生活一輩子了，她是你的妻子啊，給她一個心理安慰、一個承諾，不應該嗎？」

盧家凱很理想主義：「我的承諾就是永遠在一起，絕對不劈腿，根本不會走到離婚分房產的那一步啊！」

我冷笑著：「誰能保證自己不劈腿啊！你就繼續說大話吧！不怕心裡暗打算盤，怕就怕用山盟海誓當包裝。」

盧家凱立刻頂回來：「這又是哪來的話？我們兩個要結婚之前，坐下來一五一十地分析如果離婚了怎麼分家產？這不傷感情嗎？」

我也不示弱：「難道要糊里糊塗地在同一個鍋子裡吃飯？等到吃到沙子磨破嘴了再談

怎麼辦，就不傷感情了嗎？」

盧家凱嗓門突然變大了：「什麼啊，女人結個婚要的也太多了吧？太貪心了吧？把婚姻當什麼了？難怪有錢男人都不想結婚！這就是算計！」

我馬上就火大了，也不知道是對他，還是對何志：「我告訴你盧家凱，你老婆是要懷胎十個月生孩子的，她把她最最珍貴的歲月奉獻給家庭、婚姻、孩子，她可能錯過了最好的事業發展期，未來根本沒有什麼經濟保障！如果你出軌了，這個家散了，她以後要怎麼辦？有多少女人能抓住機會再重生？那是偶像劇，不是現實！」

盧家凱一臉莫名其妙：「我就算再怎麼混帳王八蛋，也不可能離婚了不管她啊！」

我說：「女人要的其實就是個態度而已，給個態度又怎麼了？」

盧家凱也說：「在男人看來，娶你，愛你一輩子，就是最好的態度。」

簡直是雞同鴨講，不屬於同一個語言體系。

就這樣，我們不歡而散。

第十六章

離婚的女人是喪家之犬

我和何志最終還是協議離婚了。

我對何志一家人徹底灰心，但我也很冷靜，不想以吵架和爭辯誰是誰非為收尾，在這件事情上，沒有人對，也沒有人錯，只是價值觀不同，只是信任不夠，只是尊重不足。

不是同一個世界的人，就不該進同一道家門。

我既然走錯了門，就該退出來，把機會留給適合他們家的人。

在律師事務所簽字那天，我和律師都很從容。

當律師將擬好的離婚協議推到我和何志面前時，我立刻認真仔細地逐條審核了一遍。

何志卻一直盯著我。

直到律師識相地離開，何志才從椅子上站起來，幾乎用央求的語氣對我說：「不要離可以嗎？我改，我都改，以後我都聽你的。」

我想告訴何志，這不是他改不改的問題。

他不能換掉他的家人，他只能換掉我。

而我，不願等到相看生厭的那一刻才離開，我寧可我自己先看清事實，退位讓賢。

我簽好字，將協議遞給何志：「換你簽字了。」

何志一直在問我：「你這樣是為什麼呀！為什麼呀！」

簽字過後，我又回到公司。

婚姻沒了，可是工作還在，我的職位還在，我的辛苦成果還在。

只有這一切，才屬於我。

笨笨來了我的辦公室，陪我聊天解悶。

她問我為什麼，都想好了嗎？

我說：「我也說不清到底是為什麼，不是出軌，好像也不是財產糾紛……」

事實上，無論是何志打牌打麻將，還是在權狀上多加一個名字，似乎都不是我做這個決定的最終原因，但不可否認，它們都是這條路上的推力。

我說：「可是你知道嗎？結婚一年了，每天，他進門就脫掉襪子光腳走在地板上，我真的受不了，我怎麼說他都不改，我覺得我們家每天都有一股腳臭味，我每天都不想回家……你是不是覺得我很難搞？」

笨笨搖搖頭，心疼地看著我，耐心地聽我抱怨。

我低聲說：「想到要離婚，我也很惶恐，我就要變成一個離婚的女人了。但是相比起來，我更討厭過去一年的自己……」

一邊是自己不願成為的那種離婚的女人，一邊是自我厭惡的自己。

到底哪個更討厭？

笨笨再次問我：「你確定你想好了嗎？」

我哽咽了：「……沒有。」

笨笨也紅了眼眶。

我快要離婚了，身邊所有朋友都很擔心我，彷彿我是個定時炸彈，而他們都不願去做那個引爆的人，卻又希望我能引爆，發洩出來。

第二天，我去盧家凱的家裡吃火鍋。

盧家凱也一直盯著我看，好像生怕我出事。

我催促他：「你盯著我幹嘛，你吃啊。」

盧家凱卻問出一個非常現實的問題：「如果真的離了，你要住哪裡？」

我說：「唉，通州那房子剛裝潢好，但不想住，太遠了，你幫我在朝陽公園附近找一個吧。」

盧家凱卻把話題轉開：「我看到一個馬爾地夫七日遊，你要不要去，我請你。」

我詫異極了：「鐵公雞拔毛了，有什麼企圖吧你？」

這簡直不是盧家凱了。

盧家凱說：「你就去吧，海灘上，比基尼一穿，各種度假照片網路上一發，堵住他們的嘴。」

我接著他的話說：「告訴他們，我離婚了，但我不是你們想像裡的喪家之犬，我會越過越好？」

盧家凱說：「就是這個意思！你們女人發動態不就在幹這種事嗎？」

膚淺……

我說：「馬爾地夫太花錢了，你把那筆錢給我，我們去趟北戴河，拍出來的照片也差不多。」

盧家凱沒好氣地回我：「那你在護城河旁邊拍，更符合你的氣質。」

我把筷子一撂：「大哥，我眼看著就要變成大齡失魂婦女了，你就不能說點好聽話嗎？」

盧家凱說：「唉沒事，不過就是離婚嘛，大不了我們將就在一起！不是都約好了嘛！」

那我真是寧願跳河。

「去去去，再幫我拿瓶香油。」

盧家凱立刻起身，哼唱著《愛的代價》去廚房拿香油了。

第二天，笨笨又來了我的辦公室。

她淚眼婆娑地看著我，好像比我還難過，她還說：「親愛的，你做什麼決定我都支持你，愛才是最重要的……」

然後，笨笨就淅哩嘩啦地哭起來。

「我真的超級超級擔心你……」

她是怕我想不開嗎？

我趕緊走過去擁抱她，我們的角色徹底顛倒了。

笨笨抽泣著說：「其實，何志打了電話給我們所有人求助，他想挽回。」

我意外極了，沒辦法，不知道該說什麼，只好安撫笨笨。

我和何志，還是去了民政局。

清官難斷家務事，他找再多人遊說，那些人也不能替我跟他過日子。

等我和何志一起從民政局出來時，我才算徹底鬆了口氣。

何志說，想要一起吃最後一次飯。

我說：「不吃了，等一下還有個客戶要見面。」

何志問：「連頓拆夥飯都不願意吃嗎？」

既然都拆夥了，飯就更沒必要了。

我說：「算了，有機會再吃吧。」

何志卻好像還有點不甘：「我們要是有個孩子，一定不會走到今天這一步。」

我立刻想到了我媽，她就是在生下我之後，和我爸離婚的。

我說：「要是有個孩子，帶著孩子離婚，我們會更辛苦。」

何志沒再繼續這個話題，他指著一個方向，說：「我車停在那裡，你還有些東西沒拿走，我都帶來了。」

我跟著何志走到車旁，他從後車箱拿出一個很重的行李箱。

他說：「你……要好好的，少加班，多運動，有什麼事儘管找我。」

我「嗯」了一聲。

何志看著我，一言不發，直到我躲開他那複雜的眼神。

我說：「走了啊。」

何志沒說話，只是看著我。

我只好轉身離開。

離了婚，我第一個想到的就是我媽。

坐在計程車裡，我心裡難過，馬上聯絡了她。

我說：「媽，我離婚了，今天去領了離婚證。」

我媽也很平靜：「好的，我知道了。」
我問：「你不想問我理由嗎？你不罵我嗎？」
我媽卻說：「二十多年前的某一天，我就是現在的你。」
恐怕身邊這些人，只有我媽最瞭解我了。
我說：「媽，我心裡很難受，可是不知道怎麼說。」
我媽這樣回道：「沒有非離不可的婚，也沒有非在一起的人，但是自己做的選擇，永遠不要後悔。向前看。向前看。」
嗯，向前看。
這句話，我記住了。

離婚後第一件事，就是安置住處。
我租了新的房子，每天早晨拉開窗簾，陽光就會柔和地灑進來，一室溫暖。
然後，就是斷捨離。
我想讓房子空曠一些，看起來心情也會好，就把自己洗好的舊衣服捐贈給貧困地區，再重新換上一切，每一件都是自己精挑細選購買的，屬於我現在的品味，有我認為相得益彰的價格。
以前年紀小，不懂事，巴不得屋子每一個角落都塞得滿滿的，不停地買買買，好像堆積在一起就是幸福感和安全感。

現在年紀大了，就明白斷捨離的重要，不用多、不用濫，只希望停留在身邊的是對的、有用的、有意義的。

這種知道自己適合什麼，需要什麼的篤定，是一路跌跌撞撞歸納出的經驗，我們終將透過受傷來做出更多不受傷的選擇。

只是我沒想到，我剛斷捨離一段婚姻、一段過去，就接到了另一段過去打來的電話——楊大赫。

接到他的電話時，我很驚訝。

他只說了一個字：「我。」

即使多年不見，我依然立刻就聽出來了。

楊大赫說：「我在北京呢，跟田子要了你的手機號碼。」

我「哦」了一聲。

楊大赫繼續說：「你晚上要幹嘛？有空吃個飯嗎？我和我……我老婆請你吃個飯吧，好多年沒見了。」

我依然是「哦」。

然後，我們都沉默了。

直到我問：「幾點？」

楊大赫說：「七點吧？我人生地不熟的，不知道什麼好吃，你選個地方吧？」

我也只回了一個字：「好。」

吃飯前，我特地去髮廊做了髮型，還從包裡拿出幾支口紅，問我的造型師哪個顏色和我現在穿的衣服比較搭。

造型師說：「這個顯得成熟有女人味，這個顯年輕，這個現在流行，韓風，最漂亮了。」

我果斷做了決定：「那塗顯年輕的。」

晚上，我去赴約了，楊大赫和他老婆已經先到了，都在等我。

我見到兩人的身影，快步走過去，有點尷尬，卻又不尷尬地寒暄：「不好意思，晚到了。」

楊大赫說：「沒事，北京很塞，大家都知道。」

我和楊大赫對視了一眼，卻又不約而同地挪開了眼睛。

楊大赫這時說：「介紹一下，苗苗。」

我看向苗苗。

那是個看起來很溫柔懂事的女人，很居家也很賢慧。

苗苗對我微笑著，起身幫我倒水。

我發現，我沒辦法討厭她。

楊大赫突然問：「怎麼沒帶你老公一起啊。」

我說：「哦，他……出差了。」

苗苗也突然說：「你頭髮真好看。」

我有點詫異：「啊？是嗎？」

苗苗說：「我一直想弄這種頭髮，但是我們那裡做不出這個樣子來，不知道是技術不好還是我頭髮太軟了。」

楊大赫開始吐槽自家老婆：「她過年的時候做過一次，弄完了被說像雞窩，氣得她除夕晚上嗚嗚地哭。」

苗苗叫著：「唉呀你還說！就是你說像雞窩，別人都沒說啊！」

苗苗氣得用小拳頭捶楊大赫。

她那樣子一點都不做作，全是幸福。

我看在眼裡，卻忍不住嫉妒、難過。

但是除了這些，我還有點寬慰，畢竟我也不想看到楊大赫過得不好。

我問：「你們這次來北京是旅遊？還是出差？」

楊大赫說：「不是，在北京的老同學，就數你混得最好了，想跟你諮詢一件事。」

我問是什麼事。

轉眼就見苗苗從包裡拿出一個資料夾來，她背的是香奈兒的包。

苗苗打開資料夾，遞給我：「是孩子上小學的問題，這是我們孩子的一些情況，還有我們想上的幾個學校的資料。」

我詫異極了：「啊？你們孩子都要上小學了？」

楊大赫說：「五歲了啊，轉眼就得上學了，苗苗說想全家搬到北京來，讓孩子在北京上學，北京教育環境好。」

苗苗接著說：「嗯，想上那種國際學校，孩子接觸的東西不一樣，見多識廣，以後好發展。」

這次，我不只詫異了。

我說：「這方面我還真的懂得不多，這個我回去研究研究，我和別的家長再問問？」

楊大赫說：「不著急不著急，你幫我們問問看吧。」

這時，他的手機響了。

楊大赫說：「你們點餐吧，我吃什麼都行，我去接個電話。」

等他離開，只留下了我和苗苗，我們兩個人對視著，傻笑著。

苗苗突然說：「我是大赫媽媽住院時候的護士。」

我這才想起來和楊大赫分手時的那段小插曲：「哦，對啊，阿姨生過一次病，所以你們那時候……」

苗苗連忙解釋：「不是的，大赫沒有出軌，我們是在你們分手以後過一年才交往的。媽媽一直在床上躺著，生活完全不能自理，大赫怕你知道媽媽病得這麼嚴重會放棄北京，去吉林陪他盡孝，他覺得自己不能那麼自私，他說你太喜歡北京了，你一直想在北京發展。」

＊＊＊

苗苗跟我說了很多楊大赫在醫院照顧媽媽期間的事，他媽媽最初因病得太重，連那年生日都是在病床前過的，也多虧了苗苗的鬼靈精，時常能緩解低沉的氣氛。

我聽到苗苗的描述，完全愣住了，這和我想像中的完全不一樣。

我不知道如果當時沒有苗苗，楊大赫是否還能熬得過來。

苗苗還說：「媽媽的治療費用也滿高的，後來我就在家裡照顧媽媽，大赫出去跑生意，慢慢地沒幾年就穩定回來了，可是媽媽沒享到福，還是走了。」

我突然覺得眼眶很熱，卻努力忍住。

直到楊大赫舉著手機回來，他正在和孩子視訊。

楊大赫：「俊俊聽話，爸爸媽媽也正在吃飯呢。」

楊大赫回來對苗苗說：「兒子在發燒，鬧著不吃飯。」

苗苗連忙接過手機和兒子視訊：「俊俊，爸爸媽媽現在和你一起吃飯，我們看誰吃得快好嗎？吃完飯讓姥姥獎勵你看《佩佩豬》。」

然後，苗苗和楊大赫便頭靠著頭，對著鏡頭叮嚀著。

坐在對面的我，始終在笑，但只有我自己知道那有多勉強。

這頓飯，吃得我心裡不上不下，有些心酸，有些無奈，有些苦澀。

好不容易熬到尾了，我們三人一起走出餐廳。

楊大赫看了看我穿的外衣，他說我穿得太少，這樣還不冷得感冒嗎？

我正說著：「還可以，不冷。」

楊大赫就指著路邊掛著吉林省長春市車牌的一輛Land Rover，說：「上車吧，送你回家。」

我說：「不用，我已經叫車了。」

楊大赫堅持著：「我們送你回去吧！」

我也很堅持：「真的不用，車就在旁邊，馬上就到。」

楊大赫嘆了口氣，說：「那好吧，你等一下。」

然後，楊大赫就打開後車箱，提出一個大袋子，裡面裝的像一件大衣。

苗苗笑道：「這是送你的禮物，希望你喜歡！」

我有點驚訝：「太客氣了，還帶這麼大的禮物。」

苗苗說：「是我們自己店裡的，你回去試試，看看喜不喜歡！」

這時，一輛車從遠方駛來。

我一看車牌號碼，便說：「我叫的車到了，那我先走了！」

楊大赫叮嚀著：「到家了說一聲哦！」

我已經坐進車裡，跟他們揮手再見。

回到家裡，我將袋子打開，發現那是一件很厚實的貂皮外套。

我把它穿在身上，站在鏡子前安靜地看著自己。

那一刻，我也不知道自己在想什麼。

緊接著，微信就傳來了，是楊大赫。

楊大赫：「到家了沒？試試衣服，你以前最鄙視的貂，其實沒那麼難看！」

我回道：「嗯，真的很暖和。」

然後，我的眼淚終於流了下來。

此時此刻，內心的孤寂，無法言喻。

這個城市在改變，眼底的風景在改變，這個城市裡的人們也在改變。

我們都變得不認識彼此了，也回不去了。

這天晚上，帶著這樣的心情，我入睡了。

第二天一早，我準時走進辦公室，我的辦公桌上已經擺滿了向日葵，旁邊還有小卡片，是我的下屬們集體寫的，顯然我離婚的消息已經傳遍了。

卡片上寫著這樣一句話：「失去並不可怕，展望美好未來！我們愛你。」

這年冬天，我印象中格外地冷，冷得刺骨，冷得寒心，任憑我穿多少衣服、貼多少暖包，都壓不住那讓人顫抖的寒意。

我每天每天都在提醒自己，一個主動離開不適合婚姻的女人，一定不是一個失去者，既然已經做出選擇，就要為自己的選擇負責。

你問我，到底有沒有在長夜裡號啕大哭？你問我，離婚後是否曾經後悔？你問我，會不會害怕之後遇不到更好的人？

呵，別問了，我怎麼可能告訴你呢？我已經學會了把情緒調到靜音模式。

值得一提的是，我離婚的事，就像我剛結婚時那樣，成為公司上下在洗手間裡討論的話題。

同樣地，我又當了一次自己八卦的聽眾。

那天，我拿著手機坐在馬桶上，微信裡是朋友們傳來的訊息，她們各抒己見，各有立場。

橘子說：「離就離吧，你這條件還怕找不到新的人嗎！你別難過啊！」

李曉芸說：「什麼個性不適合就離婚呀，聽都沒聽過這種理由啊，一定有什麼具體的事，他到底幹了什麼你非要離婚不可呢？」

顧映真說：「恭喜你，真正學會了停損。心情低落可以來找我喝酒。」

我笑著看著這些，感覺又要掉眼淚了。

離開何志，我不難過，我沒哭，可是看到朋友們的關心，我卻忍不住。

這時，門外傳來了小女孩們的評論。

員工甲說：「嘖嘖嘖，你有沒有發現，女強人的婚姻都不順利，男人都討厭堅強的女人。」

員工乙說：「大概在家裡太強勢，男人受不了，在外面找別人了吧。」

員工甲說：「一定是，不然怎麼會離婚呢？而且我聽說陳可本來就是單親家庭的，我跟你說，單親家庭出來的孩子，就是不OK，個性有問題。」

這兩個小女孩的想像力真豐富，平常大概沒少看電視劇。

直到張影兒的聲音突然出現：「別亂講了，他們結婚一年了，我們可姐那麼拚，加班完都是可姐叫車一個個把我們送回家，再自己回家，姐夫也不願意親近我們，約他聚餐從來都不出現。可姐那麼辛苦，又那麼優秀，非常有資格、有條件再找一個對她好的男人！」

聽到這裡，我笑了。

是的，我相信，我的確有資格找到一個對我好的男人，就像顧映真所說的那樣，把自己照顧好了，和誰都能過得好。

第十七章
只有女人看得見綠茶

我離婚的事，對李曉芸衝擊很大。

她似乎有點過不了這一關，跟我作對了很長一段時間。

比如說，那天我們在網路上聊天，最初的話題明明是說李曉芸剛把我媽送上飛機，因為我媽要來北京看醫生，她眼睛不太好，我這次要帶她去北京的大醫院做一次檢查。

結果不知道為什麼，李曉芸話鋒一轉，就問我最近怎麼樣？還好嗎？接著就嘆氣。

我說：「你嘆什麼氣，想說什麼就說吧。」

李曉芸立刻問道：「不是啊，我就真的想不通你為什麼要離婚，只要生個孩子，你想要的東西有哪一樣還會沒有啊！」

就像李曉芸不懂我一樣，我也不懂她的邏輯。

我說：「都已經離婚了，我們不要討論這個話題了好嗎？」

難不成還要我跑回去重婚？

李曉芸又轉戰到我個人身上：「我覺得你去了北京以後，變了好多，變得很奇怪！」
我無力道：「唉呦你就別再批評我了，能不能鼓勵我一下呢？」
李曉芸這才收手：「好吧，你別傷心，大不了再從頭來，總會有一個男人在等著你。」
男人？還是算了吧！
我開玩笑問：「誰？閻王爺喔？」

我和盧家凱一起到機場接我媽，一路上，我媽都對著盧家凱笑，特別古怪。
等回到家裡，盧家凱又搬著我媽的行李放到屋裡，我媽笑得更開心了。
我媽說：「家凱，等一下阿姨請你們出去吃個飯。」
盧家凱說：「阿姨您別跟我客氣啦，我等一下還有事，我明天再過來接您去醫院。」
我媽有點詫異：「哦，不耽誤你上班吧？」
盧家凱忙說：「不耽誤，我都請好假啦！」
我媽又流露出那種越看越中意的眼神。
直到盧家凱說：「阿姨那我先走了，您好好休息，想去哪裡玩、想吃什麼，您就叫可可和我說，這幾天全程陪您！」
我媽笑開了花：「好好好，诶，快回來，拿點臘肉回去弄來吃。」
盧家凱揮手：「阿姨我就不拿了，您就放這裡吧，我想吃隨時來找可可就好了。」

這話是說得有那麼一點曖昧，我和盧家凱熟了，大家都覺得沒什麼，只是毫不知情的我媽禁不住，聽了會多心。

這時，我開口了：「我送你下去吧，順便去趟超市。媽你先自己整理啊，我馬上回來。」

我媽說好。

然後，就目送我們出了門，嘴角的笑容一直沒淡。

下了樓，我和盧家凱走出社區。

我實在忍不住，就把我媽的紙窗捅破了：「我媽那個眼神，大概是把你當我男朋友了。」

沒想到盧家凱反倒挺大方：「沒問題啊！阿姨開心就行，要不要我再好好演一下你的男朋友，讓她徹底安心啊？」

聽到這話，我心裡是高興的，但我嘴上還得硬著：「我謝謝你啊！」

說實話，比起以前我身邊那些男人，盧家凱的確不錯。

結果沒想到，我正這麼想著，對面就走來一個女孩子，又瘦又高又美，尤其那兩條腿，真的是，連我身為女人都忍不住嘖嘖稱奇，男人看了還不喜歡得要死啊？

奇怪的是，那女孩一直對著我們笑，還迎面走過來。

我正納悶，盧家凱就快走了幾步，越過我，很快和那女孩牽起手了。
天哪……這是什麼情況？
我在原地石化了。
盧家凱回過頭來說：「來，介紹一下，這位是陳可。」
那女孩的聲音又柔又嗲：「我知道，家凱老是跟我誇獎你，你好可可姐，我是柳夏夢，和家凱住同一個社區。」
同一個社區？近水樓臺？
我有點詞窮：「哦……你們這是……」
盧家凱說：「還來不及跟你說呢，我們兩個上週才……這是我女朋友！夢夢！」
我卻已經被這突如其來的消息天打雷劈了。
「啊……夢夢你好你好。」
我剛打完招呼，這兩人就甜膩地站在我面前你儂我儂，看得我實在受不了。
我立刻說：「我去超市了哦！」
柳夏夢說：「啊？可可姐，再見！」
盧家凱也說：「急什麼啊，那明天見囉！」
直到我走出老遠，再回頭一看，盧家凱和柳夏夢還靠在一起，你看著我，我看著你，像是藤纏樹，樹繞藤，半天也走不出社區口。

我登時氣湧如山，直打顫，這下我看那女孩怎麼樣都不順眼了，瘦得跟竹竿似的，也不嫌她全身都是骨頭碰到不舒服！

我一瞬間忍不住，就拿出手機，傳了簡訊給盧家凱。

「有病啊你！」

有這樣一種女孩，唸書的時候大家都遇過，所有女生都討厭她，她沒有女生朋友，但所有男生都喜歡她，爭先恐後地獻殷勤。

是的，這種女孩就叫綠茶。

女人看得見綠茶，男人卻看不見，這是一種神奇的生物。

我回到家裡，開始打掃，我媽一個勁在耳邊嘮叨。

「家凱是哪裡人啊？我好像以前就聽你說過他。你們認識很多年了吧？」

我說：「嗯，跟我同一間大學，同一屆的。」

我媽說：「那多好啊，都很熟悉了，瞭解彼此。」

我停下動作，沒好氣：「我不瞭解他。」

我媽還被蒙在鼓裡：「我看人家家凱對你真的不錯。」

我「呵呵」兩聲。

我媽說：「你別擦了，滿乾淨的呀，以前沒發現你會這樣，你有潔癖了？」

我說：「我一直都有潔癖，看不下去噁心的人的事情。」

我媽聽不懂：「你在說什麼？出去吃飯吧？你去換個衣服？」

這時，我放在茶几上的手機響了，我媽拿過來一看，立刻激動地遞給我。

「家凱打的家凱打的。」

我接過電話，沒好氣地問：「幹嘛？」

一抬眼，我媽正盯著我，沒辦法，我只好走進洗手間。

然後，我又問了一句：「你不陪女朋友，打電話給我幹嘛？」

盧家凱立刻就問：「你傳那個給我是什麼意思啊？你怎麼了？」

我說：「沒事，有感而發。」

盧家凱立刻說：「神經病啊，你又不急著回家，也不跟夢夢打一下招呼就跑了，你不喜歡夢夢啊？」

我在心裡冷笑：「我哪有資格不喜歡別人啊！」

盧家凱卻說：「夢夢跟我誇了你一番呢，她好喜歡你。」

看，就是這種女生，男人那種單細胞生物是get不到她們的隱藏屬性的。

我說：「哦，謝謝她喜歡我。」

盧家凱又開始說我：「你能不能不要陰陽怪氣的，太莫名其妙了，你到底怎麼了！」

我說沒怎麼了。

盧家凱說：「那你現在不說，以後就不要說。」

呵呵，我心裡的醋瓶子都要打翻了。

但是我要怎麼說，怎麼承認？我難道不要臉了嗎？

於是我嘆了口氣，說：「……盧家凱我警告你，不要在我素顏沒打扮的情況下把我介紹給陌生人。」

盧家凱立刻樂了：「哈哈哈哈哈哈哈哈陳可你有病啊！你是女明星喔？你素顏還能看啦！」

我覺得更生氣了。

我媽在北京看病的事，全是盧家凱開車幫忙打理的。

等我媽看完病，要打道回府了，還是盧家凱開車來送的。

在他來之前，我還在叮嚀我媽：「媽你回去以後，拿這個診斷書，李曉芸幫你聯絡了一個眼科醫生，依照這裡的治療方式，你先試試看。定期再來北京複診。」

我們一起拿著行李往外走。

我媽這時說：「好，你看，家凱已經來了。」

我媽手指著的方向正是盧家凱，他靠著車，在等我們。

我沒好氣地揮了揮手，結果從盧家凱後面，浮現出了柳夏夢的臉。

今天的柳夏夢，打扮得比前幾天還好看，軟萌萌的。

我看了頓時怒火四起。

該死的直男！該死的綠茶婊！

去機場的路上，我和我媽坐在後座，柳夏夢坐在副駕駛座上。

我媽左看看，右看看，沒看懂。

我想，我不能告訴我媽那是盧家凱的女朋友，不然我媽叨唸的、催的，還是我。

嗯，盧家凱這個擋箭牌還是得先繼續用。

於是，就在盧家凱介紹的時候，我把他的話打斷了：「這是家凱的妹妹，夢夢。」

柳夏夢竟然也沒覺得尷尬，轉過頭軟萌萌地和我媽打招呼。

「阿姨你好……」

加糖的聲音立刻酥軟了我媽。

我媽說：「唉喲，你有十八歲嗎？」

柳夏夢回答說：「唉呀哪有那麼年輕呀，我年紀好大了，我都二十六啦。」

我媽說：「看不出來，頂多十八。」

我瞟了我媽一眼，說：「媽你瞇一下吧，眼睛休息一下，到機場我叫你。」

柳夏夢趕緊把自己副駕駛上的靠枕遞到後座來。

「可可姐，這個給阿姨墊著吧。」

我接過：「好，謝謝。」

「不客氣。」

我瞪著她坐的副駕駛座，那裡以前是我的位子，現在被人霸占了。

但我卻得忍著氣不能發作，要讓自己看起來心平氣和一些。

直到晚上，我媽已經上飛機了，盧家凱拉我一起去吃串燒。

當然，還有柳夏夢。

柳夏夢這才問我：「可可姐，剛才為什麼說我是家凱的妹妹呀？」

她這句話問得非常真誠非常柔和，絲毫聽不出一點責怪，就是單純問問題的神態。

我吃著毛豆，輕描淡寫地說：「我剛離婚，我媽心理壓力大，看不下去別人成雙成對的。」

柳夏夢恍然大悟：「哦，這樣啊，可可姐，你別難過，你條件那麼好，想追你的都大排長龍了吧！」

我在心裡呵呵呵。

「排隊？沒錯，排隊追我的人，比旁邊賣兔頭門口排隊的人還多。」

盧家凱問：「哪裡有賣兔頭？」

我說：「隔壁右轉那家，很有名，每天只做一鍋，賣完就關門。」

盧家凱說：「那我去買一點啊！好不容易來一趟。」

柳夏夢立刻可憐兮兮地拉住剛起身的盧家凱，聲音發嗲：「怎麼會有人吃兔肉呀！太殘忍啦！」

我已經在心裡笑翻天了。

我也裝腔作勢起來：「是呀，怎麼可以吃兔兔，兔兔那麼可愛！」

誰知柳夏夢完全沒聽出來我是在戲謔她。

柳夏夢對盧家凱說：「我屬兔啦，你又不是不知道，你要吃我呀？」

靠，盧家凱不就是想吃你嗎？

我快噁心到吐了，趕緊喝了口啤酒，咕嚕咕嚕壓壓驚。

盧家凱這時還在說：「兔肉其實還滿好吃的。」

柳夏夢說：「唉呀你不要講了，眼淚都要流出來了！」

說著，就流露出一副好怕怕的樣子，靠在盧家凱的肩膀上。

盧家凱立刻憐香惜玉：「好好好，不吃了不吃了。」

我放下啤酒，高聲喊：「服務生，來杯綠茶！」

服務生問：「啊？綠茶？飲料可以嗎？」

我說：「都可以，綠茶就可以，給這位先生來一杯。」

盧家凱一臉茫然：「給我綠茶幹嘛啊？」
我起勁了：「吃兔兔配綠茶，這才是盧家凱的最愛啊！」
盧家凱更糊塗了：「什麼意思？」
我接著尋他開心：「你生日快到了吧？我送你一支錶！」
盧家凱這才有點明白我的話：「不用，我去年買了支錶！」
自從我離了婚，就懶得回家，不愛回家。
我寧可一個人在辦公室裡吃泡麵，看看書，聽聽音樂，等到晚了回到家裡，倒頭就睡。
那天，我又在辦公室裡加班了，我手邊就有一碗泡麵。
張影兒幫我端咖啡進來的時候，我說：「你快回家吧，別陪我熬了。」
張影兒跟了我這麼久，也是個聰明女孩，她看我電腦都關掉了，旁邊放了一本打開的書，又有泡麵，大概就明白了什麼。
然後，張影兒從口袋裡拿出一張卡。
張影兒說：「可姐，樓下開了一家美甲美睫店，這是他們送我們的會員卡，你等一下去看看吧？現在流行嫁接睫毛，就不用每天刷睫毛膏了，超方便的。」
我抬了抬眼：「是嗎？這個發明太棒了，聽說現在還流行半持久眉，就省得自己畫來畫去了，有時間我也去紋一個。」

張影兒說：「這個主意好啊，十點關門，我先去預約一下哦！」

我說：「好，我半個小時以後下樓。」

離婚了沒有老公婆家，身邊的閨蜜、哥們都有各自的生活，我實在不想去打攪別人，只能活得像隻縮頭烏龜，躲在美容美髮SPA店裡，縮在各種書籍電影裡，以前那些我沒時間去做的事，現在全都做完了。

從害怕孤獨到接受孤獨，再到享受孤獨，我也終於明白，人生的路，一個人來，一個人走，有緣同行就珍惜，無緣同行也不要放棄信心。

向前看，向前走，管它前面是什麼，最糟的結果還能比現在還糟嗎？

***

幾天後的一個晚上，我又去美甲店做美甲。

剛一坐下，我和坐在旁邊的女人就互看一眼。

然後，我和美甲師溝通：「我要11毫米的那種的。」

美甲師回我：「好的。」

沒想到旁邊的女人，突然一隻手抓住了我，把我嚇了一跳。

那女人喊：「陳可！」

我定睛一看，這才發現她竟然是藥梅。

我也喊：「藥梅！」

藥梅說：「媽呀，我們幾年沒見了啊，怎麼在這遇到了！」

我也說：「你換了髮型，我都沒認出你！」

藥梅擺擺手：「噯！不做了不做了，我們找個地方聊天吧！去喝點酒？」

我立刻答應了。

藥梅穿著很lady的小裙子，踩著高跟鞋，還背著Dior的包包，整個人都顯得優雅富貴，扭著小蠻腰走在我前面。

她帶我去她的工作室。

她說：「這是我的工作室，也算是個小會所，什麼都有，還珍藏了幾瓶好酒呢，等一下嚐嚐。」

我四處看了一下裝修，和她現在的打扮一樣優雅富貴。

「不錯，這裡裝潢得滿有感覺的。」

藥梅開始炫耀：「是不是，找了一個大設計師弄的呢！這幾把椅子，是黃花梨的！」

門口的櫃檯小妹看到我們來了，立刻起身迎接藥梅。

藥梅頓時又換上了一副女老闆的姿態，腰杆立得很挺，說話氣勢十足，十分官方。

「Lisa，這是陳總。」

櫃檯小妹說：「陳總您好。」

我說：「你好。」

藥梅又說：「去拿幾瓶我的藏酒過來。」

櫃檯小妹很快去了。

再看藥梅，儼然一副成功女性的典範，工作室的牆上還掛著藥梅新出版的小說的廣告。

作者名字叫什麼「蔔妖炎」？

我覺得自己真是沒文化：「上面水下面人，這個字怎麼唸啊？」

藥梅哈哈大笑，笑得前翻後仰，樂不可支。

她說：「還是唸梅！大師算的，大師說藥梅這名字不吉利，所以改名叫「不要沒」。」

我恍然大悟：「所以這叫不要沒?!這三個字還滿有網路感的呢！」

藥梅說：「你說對了，我的書在中文網站點擊率前三名呢！」

我和藥梅聊著天，她的坐姿越來越隨意。

直到那個櫃檯小妹拿著酒出來，藥梅又趕緊合攏了剛才開叉的腿，優雅地保持微笑。

藥梅對那小妹說：「你再去幫陳總拿一套我的書，送給陳總。」

櫃檯小妹問：「要限量版的那套嗎？」

藥梅說：「對，限量版。」

看到藥梅人前人後反差這麼大，切換自如，我竟有點忍俊不禁。

等櫃檯小妹拿書的時候，我又環顧起前後左右藥梅的大幅海報，這些照片拍得確實不錯。

我問：「你怎麼當起美女作家啦？」

藥梅又叉開了腿：「現在文化產業多賺錢啊！」

我說：「可是寫小說，也沒那麼簡單吧？」

藥梅笑道：「你知道寫手嗎？只要肯花錢，什麼水準的寫手都能找到。我這個寫手就不錯，正在幫我寫第三本小說呢。」

這時，櫃檯拿了一套限量版小說過來，遞給藥梅一隻簽字筆後又離開了。

藥梅打開扉頁開始寫：「我給你來個限量簽名版啊！」

藥梅大筆一揮，提筆忘字：「惠存的惠是哪個惠來著？」

我說：「謝謝惠顧的惠。」

藥梅又問：「那是哪個惠？」

我一陣無言：「就是……唉呀我們別客氣了，幫我簽個名就好了，你送我的，我肯定惠存。」

藥梅：「好。」

等我們在她的小工作室裡吃飽喝足，都有點微醺了，藥梅也不再穿著那雙高跟鞋，乾脆脫掉光著腳盤腿坐在我面前。

然後，她酒後吐真言起來：「高飛這個王八蛋，他說一定會離婚娶我，結果我懷孕了，發現他又勾搭新來的實習生，狗改不了吃屎！」

高飛要不是喜歡這一味，當初也不會和藥梅搞在一起。

我問：「那孩子你就給他了？不要了？」

藥梅負氣地說：「不要了，沒辦法要。我就是傻，居然相信他。我信佛，不能墮胎，就生下來吧，高飛他老婆也不能生，他一直想要孩子。說實話，高飛那個人，除了感情混亂，當主管當兒子當爸爸，都滿好的。」

我聽到藥梅的話，也跟著嘆氣。

藥梅說：「嘆什麼氣呢！不適合就扔了，趕快再去找更適合的。」

我問她：「那你現在怎麼樣？找到更合適的了嗎？」

藥梅說：「找到了，不然我怎麼能過成現在這樣啊。是福建的一個老闆，我以前的事他都不知道，一直投資我包裝我，對我非常好，只是離得太遠了，他的公司還在福建，經常見不到面。」

有錢又不經常見面？

我有點遲疑：「那他……」

該不會也已婚吧？

藥梅倒是痛快地說：「今年離婚，正在談判呢！等他離了我可能就會去福建了，北京也沒什麼意思了。」

我下意識問：「萬一又離不了呢？」

藥梅揮揮手：「無所謂了，就算再難受一次我也不怕了，反正如果再辜負我，我就把他也從我的歷史紀錄裡抹掉。」

然後，藥梅舉起杯，還是當初傻傻的土土的笑臉，看著我。

我一下子說不上是心疼還是羨慕，只好也舉起了酒杯，看著她。

藥梅猛地喝了一口酒，擦擦嘴。

藥梅說：「還不過癮啊，你等等。」

她拿起手機，頓時又是那副優雅的語氣：「Lisa啊，陳總想吃辣椒鳳爪和鴨脖子，再來點毛豆吧，你去樓下超市買一些上來。」

我：「……」

至於盧家凱和綠茶柳夏夢的問題，我們後來還真的討論過一次，結果又是一次不歡而散。

談話那天，我們就坐在我家裡，看電視，吃著鴨脖子。

盧家凱問我要不要喝啤酒。

我果斷拒絕：「不喝，喝酒臉會腫肚子會胖，我最近在養生呢。」

盧家凱取笑我：「知道自己年紀大了吧？那幫你在啤酒裡加點枸杞吧！」

我說：「滾！」

盧家凱又說：「等一下夢夢回來了我們再煮飯啊，你先墊點胃。」

我說：「唉……娶了媳婦忘了我啊！诶，你和這個詩情畫意的夢夢怎麼認識的？」

盧家凱笑嘻嘻的：「我幫客戶去寵物店接狗，就遇見了，她說有些注意事項要叮嚀我，就跟我要了微信，回去傳了好長一段注意事項給我，我一看，覺得這女孩真細心。」

「然後呢？你就追人家了？」

盧家凱說：「沒有，我就把這件事忘了。然後有一天晚上我洗完澡躺在床上，準備睡覺，就聽見我微信響了好幾聲，我一看手機，是她，連續撤回了三則訊息。」

我又問：「然後呢？」

盧家凱說：「我思考這是什麼意思？過了幾分鐘看她沒動靜，我就問她剛才傳了什麼？她馬上和我道歉，說傳錯了，就聊了一會，她說大晚上的打擾我休息了，向我道歉，說要請我吃頓飯。」

呵呵，這手段，高招，我怎麼就學不會？

但同為女人，我深知柳夏夢的套路：「人家都這麼說了，你哪裡好意思，所以你第二天就請人家吃了頓飯，沒過幾天她又說要還你一頓飯，於是你們又見面了，然後再約看電影，你來我往的，就在一起了。」

盧家凱問我：「你怎麼知道？」

我立刻脫口而出：「綠茶基本 sop 啊！但是這個深夜連撤三則訊息的新招式，我給她五顆星好評。」

真的，值得按讚！

盧家凱開始說我：「你看你，就是對夢夢有成見。」

我說：「當然了，只有女人看得見誰是綠茶！男人都瞎了！」

然後我在心裡說，你怎麼不問我為什麼對她有成見呢？問題在我身上嗎？

盧家凱開始護短：「綠茶怎麼了，為了靠近我想點辦法，這不是滿讓人感動的嗎？證明人家喜歡我在乎我啊！」

直男，翹起尾巴了。

我說：「嗯，今晚我也翻翻單身優秀男人的微信，來個群體傳送，三更半夜，連撤三則！」

盧家凱突然說：「對我女朋友，你稍微客氣一點客觀一點，行不行？」

我動作一頓，這才意識到我終於踩到盧家凱的底線了。

他的底線就是柳夏夢。

我沉默了。

第十八章

成功女人的標準配備是身邊一群小狼狗

我們公司剛合作了一個飲料公司的專案，當時有好幾家來競標，其中有一個小男生，名叫朱朝陽。

但我們最後沒有選擇他們家。

結案後幾天，我正在自己的辦公室裡忙碌，下屬許昕亮抱著一個大盒子進來了。

「陳總，剛才快遞送了一盒蘋果來，說是給你的。」

我問：「蘋果？哪來的蘋果？」

許昕亮說：「寄件者叫朱朝陽。」

我愣了一下：「朱朝陽？哦，我想起來了。」

朱朝陽，那是個笑容燦爛的大男孩，牙齒潔白整齊，第一次見面自我介紹，嗓門就很洪亮，朝氣十足。

「陳總您好，我是朝陽區的朱朝陽！」

想到這裡，我說：「就是之前找我們合作的那家飲料公司的業務代表，那個飲料太膩了，不好喝，當時有一線品牌找我們，我們就沒和朱朝陽合作。」

許昕亮也說：「哦，我也想起來了，他們家都是新產品，我覺得味道還可以，不膩啊。」

我忍不住笑了：「果然還是年輕人，喜歡吃甜的，我年紀大了喝不了太甜的，愛喝清淡的愛喝茶了。」

許昕亮接話：「少吃甜的對身體好，陳總，蘋果幫您放在這裡。」

我說：「留一個給我就好了，其他的大家分一分吧。」

許昕亮很快取出一個漂亮的紅蘋果，放在我的辦公桌上，然後把盒子抱走了。

我拿起那顆漂亮的蘋果，紅通通的、香脆脆的。

然後，我拿起手機，翻出朱朝陽的微信。

我說：「小朱，謝謝你的禮物。」

朱朝陽很快就回復了。

「是我老家自家果園種的蘋果，沒有農藥，請您嚐嚐！」

我說：「好的。」

朱朝陽趁熱打鐵：「陳總，我們公司有幾款新口味的產品投入市場，您看您什麼時候有時間，我去找您？您幫我們提些意見？我們老闆一心想做影劇的置入呢，希望有機會能得到您的垂青！」

我不禁笑了：「我的垂青？」

朱朝陽忙改口：「不，是想得到您的寵愛！」

我突然覺得朱朝陽真是太可愛了。

我說：「好啊，你來談談合作？把新一季的產品資料也帶來吧？」

朱朝陽簡直眉飛色舞：「嗯嗯，好的，姐姐我愛你！」

明知道這話是玩笑，我還是聽得很開心。

沒過一天，我和朱朝陽就約在一家咖啡廳。

他大包小包帶了一堆，還穿得很潮很時尚，看起來一點都不像是跑業務的，倒像是做演出做文藝的。

許昕亮見到朱朝陽，忙站起身接應他的大包小包。

我這才發現，他還背著一個健身的大包。

我不由自主地就用和小朋友說話的語氣說：「怎麼背那麼大的包包啊？」

朱朝陽說：「我等一下跟你們聊完，就直接去健身房啦！」

我應了一聲：「哦，喜歡健身呀？」

朱朝陽說：「是，一天不去就全身難受！」

我立刻對許昕亮說：「你看看人家，你也去健身啊。」

許昕亮說：「我？我下了班就想躺著，什麼都不幹。」

朱朝陽問許昕亮：「你住哪啊？不然和我一起健身吧，健身會上癮，等你去幾次，不用別人催，你就自己想去了。」

許昕亮回答說：「是嗎？我住土橋。」

朱朝陽說：「那遠了點，我住欣欣家園。」

我看他們你一言我一語的，愣了一下：「诶？我住你正對面的社區，就隔一條馬路。」

朱朝陽驚訝極了：「是嗎？那你跟我健身吧，我帶你！」

我說：「我家裡有跑步機。」

朱朝陽說：「那不一樣，健身是一種氛圍，你每天看著自己的變化，看著周圍那些人的變化，心裡感受不一樣。」

我想了想自己二十幾歲的時候，也曾去健身房折騰過，倒是沒感覺到。

許昕亮這時說：「我先去點喝的。」

我將話題帶入正題：「新品資料我看看？」

朱朝陽把新品資料拿出來，我翻閱著，就聽朱朝陽說：「我剛才一路跑得太熱了，你介意我脫衣服嗎？」

我隨口應道：「脫吧，天氣越來越熱了，你怎麼還穿長袖？」

朱朝陽邊說「早上太早出門了，有點涼」，邊脫掉連帽衫，雙臂抬起的剎那，帽衫裹著T恤往上捲，六塊腹肌赫然露了出來。

我下意識看了一眼，只覺得眼前突然一亮。

幾天後的一個晚上，我正在家裡敷面膜，朱朝陽打電話來了。

他說：「姐！我在你家樓下呢，今天天氣太好了，適合夜跑，你跑不跑？」

我想想他那張燦爛的笑臉，那六塊腹肌，立刻說：「跑！」

但我沒忘記在出門前簡單化了裸妝，換好我的運動服。

這對我來說，是一次美麗的、浪漫的、有趣的夜跑，朱朝陽一邊帶著我跑步，一邊教我步伐，教我呼吸。

我很廢，跑到一半就不行了，他就拉著我慢慢跑。

等跑完了，朱朝陽還幫我做腳頂著腳的伸展練習。

我知道我臉上的笑容沒褪去過，我突然覺得自己又回到了二十幾歲，也不知道自己有多久沒有這樣發自內心地笑過了。

等跑步結束，朱朝陽跟我一起往社區那邊走。

他的嘴巴就像是塗了蜜：「姐你是不是平常有練瑜伽什麼的呀，身材真好，素顏氣色都這麼好。」

我笑問他：「你嘴真甜，你們老闆一定很重用你吧？」
朱朝陽說：「我們是男老闆，喜歡女員工，你懂的，所以我才要更努力啊。」
我點點頭，突然問：「你和許昕亮一樣大吧？」
朱朝陽問我：「他哪年的呀？」
我說：「亮亮一九八九年的，金牛座。」
朱朝陽說：「我九二年的，射手座的。姐你多大？」
我在心裡感嘆朱朝陽的年輕，回了他一句：「哪有人問女人年齡的呀！」
朱朝陽笑嘻嘻地：「旁邊也沒人嘛！哈哈哈，我覺得你是八八或者八七的。」
我說：「姐八五年的，老女人了，比你大七歲啊！」
七歲，我上小學的時候，朱朝陽剛滿周歲……
朱朝陽說：「我說八八、八七都是保守說的，因為年紀太小的話事業一定沒有你做得這麼好，八五的？我才不信呢！騙我！」
我覺得他滿好笑的：「騙你幹嘛？給你看我身份證。」
朱朝陽攤手就要身份證：「好，我看看。」
我沒想到他這麼認真：「我出來跑步哪有帶身份證啊！在家裡呢！」
朱朝陽便趁機說：「那去你家看。」
說真的，我真的好久好久都沒見到這麼熱情又這麼直接的男人了。

我笑了，說：「走吧，去我家，請你喝杯茶，我買了一套新茶具。」

朱朝陽卻煞有其事地反問我：「大晚上的你敢約男人去你家啊！你膽子也太大了吧姐！」

我啐他說：「你又不是男人！你對我來說，是個男孩，是弟弟。」

朱朝陽不服氣地看著我，賭著氣。

然後，他說：「我一身臭汗，回家沖個澡再去找你吧。」

我說：「好啊，等一下把我家門牌號碼傳給你。」

朱朝陽走了兩步，又折回來：「算了，我還得回家再過來，麻煩！我在你家沖個澡可以嗎？」

我說：「可以啊，我家正好有新毛巾。」

我帶著朱朝陽回了家，他一進門就去了浴室。

等他出來的工夫，我已經拿出日式茶具，開始煎茶。

朱朝陽洗得很快，他出來的時候下半身裹著一條大浴巾，上半身赤裸著，身上還有點滴水。

我忍不住多看了兩眼，漂亮的肉體沒有人會不喜歡。

朱朝陽問我：「姐，你家吹風機在哪裡啊，我吹個頭髮。」

「在第一個抽屜裡，我幫你拿吧。」我邊說邊起身，要去幫他拿。但我沒想到，就在我和朱朝陽擦身而過，要進浴室的一剎那，朱朝陽一下子關掉了燈。

我問：「怎麼把燈關了？」

朱朝陽低聲喊我：「姐。」

我明知故問：「噯？你幹嘛呀，放開啊。」

朱朝陽就兩個字：「偏不。」

接著，就是我被撓得發癢的笑聲，和他急促的呼吸聲。

那天晚上，我和朱朝陽發生了關係，用了三個保險套。

第二天早上醒來，我躺在他粗壯結實的臂彎裡，看著他那張帥氣年輕的臉，感覺自己一下子活過來了。

朱朝陽很可愛，他使盡了渾身解數展示著自己的一切，這個小我那麼多歲的男人發自內心的真摯和俾睨天下的霸氣，實在讓我心動。

年輕男子的自信、虛榮、幼稚、勢利，和他的狂妄、真誠、善良結合在一起，是那麼吸引人，那麼讓人快樂，哪怕只是曇花一現，我也捨不得放棄。

等朱朝陽醒了，他對上我的目光，手臂收攏，將我緊緊地抱進懷裡。

我笑著催他：「你快回家吧，準備一下上班去。」
朱朝陽露出一副孩子般的笑容。
「跟做夢一樣。」
我也笑了：「好了夢醒了，快起來吧。」
朱朝陽說：「好，下班了我去接你，我們去吃什麼呢？」
我說：「我下班可能要加班。」
朱朝陽點頭：「沒關係，那我等你吃宵夜。」
我眨了眨眼：「吃宵夜會發胖。」
朱朝陽接著說：「沒關係，我帶你健身。」
我頓時啞口無言，只好任由他擁在懷裡。
昨晚跑了步，晚上又來了幾場運動，我這把老骨頭啊……

這天晚上，我和朱朝陽去了簋街。
我們叫了一大鍋的麻辣小龍蝦，還開了汽水。
我邊喝汽水邊看著正在用筆電工作的朱朝陽，不知道為什麼，他坐在熙熙攘攘的路邊攤認真工作的樣子，竟然讓我想起了我的第二任男朋友張超。
我心裡有點感慨。

這時，朱朝陽關上電腦。

「好啦，搞定！」

我問他：「你平常都隨身帶電腦啊？」

朱朝陽說：「當然啦，萬一有工作怎麼辦，要隨時待命啊！」

他連說話都很像張超。

我笑了：「這麼努力啊？」

朱朝陽理所應當然道：「我要努力工作，賺很多錢來養活你啊！」

我挑了下眉：「我可不好養啊。」

朱朝陽說：「別人能養得起你，我就可以。」

我覺得好笑：「人和人不一樣啊！」

朱朝陽依然很自信：「那就努力做人上人啊！」

吃小龍蝦的結果就是，我第二天拉了一天的肚子。

當我扶著門從洗手間回到辦公室的時候，我那三個手下張影兒、許昕亮和王伊萌，全都看傻了。

他們面面相覷，王伊萌先問我：「姐，你拉肚子有點嚴重啊，不然你先休息一會，我們下去幫你買藥吧。」

我感覺自己都開始冒冷汗了：「好，幫我買個藥吧。」

然後，我就頹廢地癱在椅子上。

我想，我真的是不年輕了。

朱朝陽就什麼事都沒有……

得知我開始姐弟戀後，我的男閨蜜盧家凱又第一個站出來發表意見，提出反對。

他一臉震驚地瞪著我，這樣說道：「什麼？小你七歲！九二年的！他還是個孩子啊！」

我瞪了他一眼，問：「你們家夢夢小你幾歲？」

盧家凱說：「六歲。」

我皮笑肉不笑地反問：「你能，我為什麼不能？」

盧家凱說：「你是女的啊！姐弟戀不可靠！」

我白了他一眼：「你管我。」

盧家凱又開始數落我：「你這就是虛榮心作祟，覺得有個小男生喜歡你，你還沒老，你優秀你美你驕傲！他為什麼找你啊？是不是要和你合作？」

我說：「我們是合作談妥之後才交往的。」

盧家凱喊道：「那就是想靠你！」

我說：「他自己省吃儉用養我，不花我一毛錢，這是他自己定的規矩。」

盧家凱又喊：「戀母情結！」

我也喊了回去：「你媽比你大七歲啊?!」

我的嗓門的確有點大，盧家凱很震驚。

他的聲音瞬間變小了：「我這樣還不是因為擔心你嗎？怕你被人傷害嗎？這件事你可別跟你媽說，她聽到絕對跟你拚了！這種事說出去不好聽！」

我覺得他簡直不可理喻：「怎樣才好聽？嫁個資產上億的老頭子就好聽？」

盧家凱又拐著彎說：「你看看，你現在的智商都退回七年之前了。」

我說：「我願意！」

盧家凱氣得要命，拿我沒轍：「隨便你，反正別帶過來給我認識，我受不了。」

誰要你受了？有病。

＊＊＊

雖然盧家凱的話我聽不進去，但話說回來，我和朱朝陽的相處的確有點代溝，我雖然看起來年輕，但畢竟不是二十幾歲的小女孩了。

朱朝陽喜歡運動，經常帶我去跑步、游泳，那些我都跟不上。

他還喜歡吃辣的，專門挑紅油多的食物。

他帶我吃火鍋那天，我看著那些辣椒油浮在湯上，遲遲不敢動筷子。

朱朝陽還問我怎麼不吃。

我說，我長了個痘痘。
朱朝陽卻說：「沒事，喝杯涼茶就消了！」
我是女人，哪能常常喝涼茶？
我說：「每天都吃辣的，我身體吃不消。」
朱朝陽又說：「那我們明天不吃火鍋了，不然去吃水煮魚？」
我有點詫異：「那不是還是辣的嗎？」
朱朝陽有點委屈：「我以為你四川人愛吃辣嘛！」
我看著他撒嬌的樣子，突然又有點不忍心責怪了。

我和朱朝陽的差距，還表現在另一方面。
比如說，在這場戀愛裡，我更像是個事業有成的男人，而他是個愛撒嬌的小女孩。
朱朝陽有事沒事就傳訊息給我，一則接一則。
我沒時間看，他就會繼續傳。
直到我拿起來看了一眼，是一連串的「人呢人呢人呢」。
我感到很無奈，只好回覆他：「開會中。」
當然，除了工作上的忙碌差異，還有我們回家後，晚上睡前精力的差異。
朱朝陽精神抖擻，好像渾身的精力發洩不完。

他每天還會跟我說當日的見聞：「……我們老闆當時就傻眼了，趕快去洗手間，那個新來的實習生啊，可是倒大楣了，讓老闆丟了那麼大的臉。」

我聽著聽著，就睏了，根本無心聽他說話。

朱朝陽看了一眼哈欠連天的我，搖了搖我的肩膀。

「現在才幾點，你就睏成這樣啦？」

他很詫異，我更詫異。

我說：「都十二點了，你怎麼還不睏啊？」

朱朝陽說：「你怎麼能這麼睏啊？那你先睡吧，我打一場遊戲就睡。」

我沒跟他客氣，轉頭就躺下了。

然後，我感覺到他在我額頭落下輕輕一吻。

朱朝陽說：「寶寶，我朋友們想認識你，明天約一起吃晚餐，你有空嗎？」

我問是什麼朋友。

朱朝陽說：「我處得來的基本上還是大學同學。」

我說：「好啊，我去。」

沒想到朱朝陽話鋒一轉，又問：「今天送你回家的那個老男人是誰？」

我說：「葛總啊，合作好幾年了，老客戶。」

朱朝陽氣呼呼地：「哼，我看他是對你有意思。」

我睏極了，漫不經心地應道：「對我有意思的人可多了，我太睏了我要睡了。」

朱朝陽說：「我手機沒電了，我能玩你手機嗎？」

我說：「用吧，密碼我生日，你調成靜音哦。」

只是我沒想到，朱朝陽卻用我的手機做了一些讓我瞠目結舌的事。

這件事，還得從我去見他那些朋友說起。

那天，我故意把自己打扮得年輕一點，走進KTV的包廂，朱朝陽正坐在人群中，見到我立刻起身。

他的朋友正如他所說，十幾個男男女女，都很年輕，都很時尚，都很潮，有的還有紋身，還有鼻釘，各個在沙發上，怎麼坐的都有。

大概是我在工作中見多了彬彬有禮的客戶，乍見這樣的場景，有點愣住。

朱朝陽拉著我的手，拿起麥克風說：「介紹一下，我女朋友，陳可。」

大家一起大喊了聲「大嫂好」。

我笑笑，盡量表現得輕鬆可愛，跟著朱朝陽坐在沙發上。

大家人手一瓶啤酒。

眾人一起喊：「喝一杯！」

然後，他們就舉著啤酒瓶開始灌。

滿屋子都是青春的氣息，和我是那麼格格不入，我看著他們，感覺已經很久沒有這樣直接對著瓶子灌啤酒了。

我喝了兩口，就嗆到了。

我要放下杯子，一個小女孩卻說：「大嫂這樣不行啊，我們都乾了。」

我只好喝光，胃就不舒服了。

他們又開始點歌，跳上跳下地恣意散發精力，剛才那個小女孩又湊過來，遞給我水果拼盤裡的東西。

小女孩突然問：「大嫂，你們想買什麼車啊？」

我愣了：「啊？車？我沒有要買車啊。」

小女孩說：「陽陽要我們幫他集資呢，說要買輛車啊！」

我這才知道，原來朱朝陽集資買車，打的是我的旗號。

我很生氣，唱完歌就走了。

大街上，我走在前面，朱朝陽跟在我後面解釋：「我想有輛車，每天開車送你啊！」

我說：「沒有必要啊！我叫車公司可以報帳啊！」

朱朝陽說：「我想要我開車，你坐在我的副駕駛座，讓你們公司的人都看見。」

我突然覺得他很可笑：「我第一次聽說借錢買車做面子的。」

朱朝陽說：「不是做面子，我就是想要以後接送你上下班。」

我反問他：「你知道你這樣在你朋友心裡是什麼行為嗎？借錢泡妞！」

朱朝陽反駁：「不可能，他們都答應借給我啊！我人緣沒有那麼差，我可以慢慢賺錢還啊！但是我現在就是想要一輛車，想每天載你上下班！」

我覺得我們的溝通有問題，簡直雞同鴨講。

「你腦子裡在想什麼啊？這是什麼邏輯啊！」

朱朝陽也理直氣壯：「需要什麼邏輯啊，我們在一起，本身就沒有邏輯啊！我就是想表現得好一點，不讓你受委屈，不然你的同事朋友會瞧不起我。我要是有一輛車，他們起碼覺得我不是窮小子，我不是來欺騙你感情的！」

我這才明白問題的所在。

我說：「沒有人瞧不起你，沒有人說你欺騙我感情！」

朱朝陽急了：「有！我那天用你手機，我看到他們的留言了！」

我簡直快抓狂了，他不是說他玩遊戲嗎，為什麼看我微信？

我長長地吸了口氣，說：「我們都冷靜冷靜，好嗎？」

朱朝陽問我：「你是不是想和我分手？姐弟戀怎麼了？只要有愛，什麼戀都沒問題啊！」

他逼得太緊了。

我搖搖頭：「我現在腦子很亂，姐弟戀的確沒有問題，否則我不會和你在一起，可是比起愛情，可能適不適合更重要。」

朱朝陽喊道：「我們適合啊！哪裡不適合呢？」

我看著他，慢慢說道：「火鍋好吃，可是我已經過了每天都吃火鍋的年紀了，是我不爭氣，即使再努力，還是會拉肚子。」

朱朝陽驚了：「啊？你是什麼意思？我聽不懂。」

我依然看著他：「這就是問題所在，說實話，我可能是離婚之後太想重新開始一段感情了，我有點沒想清楚，我想好好地想一想，可以嗎？」

朱朝陽立刻說：「可以，但你不要和我分手，可以嗎？」

然後，他哭了。

我看在眼裡，卻一點也不覺得感動，我只覺得有些害怕面對這樣的男朋友。

七年的差距，何止是體力、精力、財力，還有心智。

我不再接朱朝陽的電話，我需要冷靜。

我的工作一如往常忙碌，只有投入其中，我才覺得自己什麼都可以掌控。

第二天，我就恢復了最佳的工作狀態。

我正在和張影兒交代工作：「你看下這個月的工作計畫，幫我把已經約好確定的約會，寫到我的備忘錄裡吧，沒有確定的，你逐一聯絡一下。然後把這份合約給法務過一遍，有幾點我手寫了一下，你需要和法務解釋一下，你看這裡。」
朱朝陽又打電話來了。
我沒理會，按掉聲音。
我繼續說：「你看第一點，關於訂金，我們之前都是百分之十，但這次因為我們簽合約的時候，第一條的事項客戶已經完成了，所以第一筆款和第二筆款，合併為第一筆。」
朱朝陽又打來一通。
張影兒見狀，說：「姐你先接電話吧，我等一下再過來？」
等她出去，我接起電話。
朱朝陽問我：「為什麼不接電話？我想和你談談。」
我說：「我這幾天有點忙，我們過幾天見面聊吧，好不好？」
朱朝陽又開始耍賴：「不行，我快難過死了，我今天要見你。」
我的聲音很淡：「你這種狀態解決不了問題的，今天我真的很忙，我們過幾天再約。」
然後，我就掛斷了電話。

我開始躲避朱朝陽，晚上下班回到社區裡，見到他坐在公司門口抽煙，一臉憔悴，我都沒有上前跟他正面相遇，轉而改走地下車庫。
朱朝陽又追到我家門口，他使勁地按著門鈴。

我打開影像對講機，上面是朱朝陽心急如焚的樣子。

我沒理，又坐回客廳的沙發裡。

也不知道那門鈴響了多久，大概在我已經戴上耳機開始工作之後，我的手機收到一封簡訊。

是社區的小崔。

「陳姐，有個叫朱朝陽的說是你男朋友，說你們吵架了，他想到你家道歉，請我們幫忙開大樓的門，能讓他進去嗎？」

我回道：「我不在家。」

社區小崔回覆我：「好的姐，我明白了。」

就這樣，數日之後，朱朝陽不再來了。

他明白了，我們分手已成定局。

兩個人在一起，要互相喜歡，但分手，一個人說了就算數。

……………………

但朱朝陽留給我的爛攤子，卻持續了好幾天。

那天，張影兒怯怯地來到我的辦公室，小聲說：「陳總，我跟你說一件事。」

我有點奇怪：「進來吧，怎麼了？偷偷摸摸的。」

張影兒依舊小聲問我：「你是不是把葛總、黃總、曹總的微信都刪了啊。」

我驚了：「刪他們微信？為什麼啊？」
張影兒說：「啊？要不你看看手機？今天一大早就有好幾個人來問我怎麼回事。」
我立刻打開手機，翻找了一遍。
「是啊，這些人怎麼沒了呢？」
張影兒這時說：「姐，你要不要跟人家一個個解釋一下啊，他們好像都以為你是故意刪的，都不太高興……」
我也有點困惑：「奇怪，怎麼都不見了呢。」
此時，我的分機響了。
是盧家凱，他很憤怒：「是我！盧家凱！」
我問：「你怎麼打電話到我公司來了？」
盧家凱質問我：「你怎麼把我微信刪了，手機號碼是黑名單了吧？怎麼打都在通話中，我哪裡得罪你了？」
我持續震驚中：「啊？我看看？」
結果，盧家凱先找到了答案：「你那小男朋友幹的吧，他可真行！幼稚！」
我頓時覺得煩躁起來。
吸了口氣，我對張影兒說：「影兒，你跟這幾位都打個招呼，就說我小侄子玩我手機的時候，把通訊錄都刪掉了，你先和大家一個個解釋一下，稍後我再把大家重新加回來。」

張影兒卻少根筋：「好。姐你什麼時候有小侄子了？誰家的野孩子啊？」

我：「……」

我不知道別人經歷的姐弟戀可不可靠，如何可靠，反正我這個，是真的不可靠。

第十九章

女人成熟的標誌是不被感情束縛

天有不測風雲，人有旦夕禍福，無論你多富有、多貧窮，在災難和疾病面前，都是一樣的。

最近幾天，我們公司出了一件大事。

總裁先生去爬山，沒想到突然摔了一跤，太陽穴撞到了岩石，沒搶救回來，人就走了。

當我得知這個消息的時候，是剛進辦公室，看到大家都沒在自己的位子上，熙熙攘攘交頭接耳，然後張影兒就把這個第一手消息分享給我。

聽說，還要空降一位新總裁過來。

我有點傻眼。

都說是空降了，新總裁秦勵飛很快就上任了。他很年輕，新官上任三把火，他很有魄力，也很有決斷力，他要重新調整公司的發展方向，當然也不信任上一任總裁留下的人脈。

因此他上任後做的第一件事，就是換掉幾個高階主管。

顧映真看得很開，她接到消息的第一時間，就說了一句話：「我服從安排。」

然後，她就優雅地離開了會議室。

後來，顧映真就跟丈夫移民去國外了，開始享受人生。

而一直想進軍副總裁職位的我，卻被卡在事業的瓶頸裡，猝不及防，卻不得不從。

後來，我去了顧映真的辦公室，她已經離開了。

等我回到自己辦公室，才在辦公桌上看到一支口紅，再一抬頭，原本放在顧映真辦公室的那面古銅色鏡子，出現在我的桌上。

鏡子上是顧映真用口紅寫的八個字：「生命不息，折騰不止。」

這讓我突然思緒萬千。

說起女人的事業，我就感覺到時代變化太快。

以前，我們都是在辦公室裡廝殺，現在的小女孩都是在小螢幕裡玩直播，就比如盧家凱的女朋友柳夏夢。

我去找盧家凱那天，柳夏夢正在直播化妝，盧家凱一臉寵溺地看著她。

等她結束，轉過頭來跟我們說：「我今天收到好多禮物啊！」

我問：「你還玩直播啊？」

柳夏夢說：「沒事播著玩！賺點零用錢囉。」

我有點感慨：「真是百花齊放的時代，做什麼都能賺錢。」

盧家凱立刻沒好氣地看了我一眼。

「你打算怎麼辦呢？換間公司上班？」

我說：「消息飛快，今天接了整一天獵人頭的電話，開的條件都很不錯。」

我知道，我不缺下一個東家。

盧家凱說：「那一定的，你可是在公司裡創造過一個新部門的人，這樣的能力，哪間公司不想要啊。」

柳夏夢接話：「可姐你那麼有能力，幹嘛幫別人做事啊，自己做呀。」

盧家凱問：「自己能做什麼啊？」

柳夏夢道：「我們老闆不也是自己做嗎？北京已經有十二家連鎖店了呢！都要開到上海去啦！好像之前也是哪間大公司的部門主管。」

盧家凱又跟著柳夏夢婦唱夫隨：「是啊，不然你也開個什麼店吧！或者做點別的，不然你也弄直播？」

我看著他們，笑了：「播你個頭！我先休息一下，匆匆忙忙地奔跑十年了，該暫緩一下了，我明天想要回家，陪我媽把眼睛的手術做一做。」

盧家凱說要送我去機場。

我拒絕了。

這次，我特地買了火車票，全程四十一個小時，剛好看看風景。

就像我當年來北京那樣。

時移世易，人事全非。

唯一不變的，大概就是風景了。

火車車窗外的山河，好像就和十年前一樣，別無二致。

我一路上都在回想當年那個穿著白球鞋坐火車到北京折騰的小女孩，一瞬間感覺到，自己是真的不一樣了。

我媽在老家做眼睛手術，她的眼科醫生叫許斯明，今年四十二歲，妻子病逝，如今正獨自撫養六歲的兒子，在我趕回家前的那段時間裡，我媽住院期間，很多事都是許斯明幫忙打理的，是個很有愛心的醫生。

我和許斯明在手術室外見了第一次面，匆匆而過。

後來，在我媽的病房裡，她眼睛上纏著紗布，我剝橘子給她吃的時候，許斯明拿著點心進來了。

我們正式認識。

許斯明一進門就說：「阿姨，今天沒排到起司蛋糕，但是有綠豆糕哦。」

我媽興奮地伸手就要拿點心，顯然和許斯明十分熟悉，一點都不見外。

再看許斯明和媽媽說話的樣子，儼然像個大男孩。

我媽說：「綠豆糕也很難排到的！這一口啊，我心心念念很久了！」

許斯明承諾道：「您喜歡吃，我就多去買幾次。」

我媽說：「那怎麼好意思，我女兒回來啦，讓她去。」

就這樣，我和許斯明打了個招呼：「哦，您好！」

我媽立刻怪起我：「你不在的時候，都是許醫生照顧我的。」

我笑道：「謝謝許醫生，麻煩您了。」

許斯明跟我保證：「你在北京工作忙，這裡有什麼我能照應的，儘管找我。」

就這樣，因為我媽眼睛的關係，我和許斯明也漸漸熟了起來。

幾天後的一個晚上，我拿著大包小包去許家拜訪。

前來開門迎接的除了許斯明，還有他兒子。

許斯明將我迎進門。

他的兒子很懂事地和我打招呼：「阿姨您好。」

我說：「你好，你叫什麼名字啊？」

小男孩說：「我叫許思博，但是我的思和我爸爸的斯，不是同一個字，我是思考的思，博學的博。」

這小男孩像小大人一樣，可愛極了。

我便蹲下來和他聊天：「名字很有寓意呢，你幾年級了？」

許思博卻反問我：「阿姨你覺得我像幾年級呢？」

我說：「我猜，二年級？」

許思博非常得意：「不對，我已經三年級了！」

我笑笑道：「哦，聽說你要期末考試了，醫院的那個柯奶奶特地請我幫你買了一些文具，還有小零食，但是奶奶說，每天不能吃太多，和你約定好了哦。」

許思博接過禮物：「嗯，我不會吃太多！」

然後，他轉頭喊道：「爸爸！」

許斯明從廚房出來，腰間繫著圍裙。

許斯明對我說：「別光送禮物來啊，也嚐嚐我的手藝，大言不慚地說，我廚藝還不錯。」

我一看那個架勢，便說：「是嗎？那我來幫忙吧？」

這時，許斯明湊過來，小聲問我：「你國文好嗎？作文。」

我忍著笑：「我一直都是國文課小老師。」

許斯明眼睛突然亮了：「太好了，幫我孩子輔導一下作文吧，我啊，文科不好，剛才問我問題，我額頭都快出汗了！」

趁著許斯明做飯的時間，我和許思博一起在他的小臥室補習功課。

晚上，我們一起吃了家常菜，不得不說，許斯明的廚藝很棒，滿滿的家的味道。

我一邊吃，一邊稱讚。

許斯明說：「家裡不想開伙的話，就帶阿姨一起來我家吃，要不然我做多了也是剩下來，很可惜。」

我笑問：「我媽常常來你這裡搭伙嗎？」

許斯明看了看我，一副欲言又止的樣子，然後他才問：「去年，你媽媽腦栓住院住了一個月，你是不是都不知道啊？」

我整個人都傻眼了。

「腦栓？一個月！」

許斯明說：「那時候回你訊息的，都是我。你媽媽說怕影響你工作，不讓我告訴你，說父母在老家身體不好，對不起在外面闖蕩的子女。」

我的腦子一下子空了，眼眶也紅了，強烈的罪惡感湧上心頭。

許斯明說：「其實可以考慮帶著媽媽在北京生活，或者多回來陪陪她。」

我點點頭，什麼都說不出來。

等我從許家回來，又去醫院陪我媽。

我媽便趁熱打鐵地跟我聊起他。

那時，我正在看Kindle，我媽問：「許醫生一家是不是很好？」

我隨口接話：「是啊，許醫生人很好，思博也很可愛。」

我媽開始聊他的身家：「思博媽媽很早就去世了，許醫生一個人把孩子拉拔大的，多不容易啊。」

我「嗯」了一聲。

我媽感慨：「多好的男人啊。」

我已經意識到我媽的意思，沒多說。

果然，我媽話鋒一轉，就落在我身上了：「北京你也待夠了，也沒有那麼順心，你回來生活，找個像許醫生這樣的好男人，也能陪陪我，沒有可能嗎？」

我嘆了口氣，藉口要去洗手間。

我媽卻說：「你憋一下吧，我有件正經事想和你商量，你舅舅那間公司說可以請你過去上班。你要是不想工作了，我們自己開個店，做點小買賣也可以吧？」

我嘆道：「媽，我還沒完全想清楚。」

我媽問我：「你要賺多少錢才甘心呢？你現在的生活，幸福嗎？」

說實話，我不知道。

我追求的，不只是錢那麼簡單。

＊＊＊

話說回來，許斯明的確是個不錯的男人，和他相處、說話，我沒有壓力，覺得很舒服。

似乎，生活原本就是這樣。

那天，我和許斯明在醫院的花園裡散步。

許斯明問起我生日的事，問我打算怎麼過。

我說：「過了三十多年生日，也沒過出什麼花樣來，不過了。」

許斯明笑了：「可是許思博很期待你的生日啊，還準備了禮物給你。」

我有點驚訝。

然後，許斯明就從白袍裡拿出一個紙袋，遞給我。

我打開紙袋，拿出來一看，竟是一條印了許思博畫的卡通臉的絲巾。

許斯明說：「這是思博畫的你，我印在絲巾上了。」

這禮物很別緻，我拿在手裡反覆看著，然後打成一縷，輕巧地繫在自己的脖子上。

我問：「怎麼樣？」

許斯明說：「很時尚。希望你喜歡！」

我低下頭，笑了：「謝謝你們讓我覺得這個生日不孤單。」

許斯明突然說：「我們醫院的樹可都是百年大樹，很有靈氣，要不要到樹下許個願。」

我跟著他走到老樹下，抬頭看，有個鳥窩。

「你看，有個鳥窩。」

許斯明說：「本來這裡有一窩鳥，後來都飛走了。」

我說：「是啊，想飛的鳥兒永遠都沒有窩，飛走了，就飛不回來了。」

許斯明道：「那也未必，總有倦鳥歸林。所以這個窩，一直都還在這裡，等著鳥兒回來。」

我看著他，突然感覺到這個成熟男人的睿智。

我和許斯明的關係，進展得很緩慢，彼此之間沒有乾柴烈火的熱情，也沒有挑明說開對未來婚姻的規劃。

更多時候，我們都是在聊家常，誰也不戳破那層窗紙，只享受當下。

直到我臨走前幾天，我在許家和他一起摘菜，他說：「我今天聽到你在訂機票了。」

我點點頭：「回來已經兩個月了，社區催著繳管理費，一堆事情還需要回去處理。」

許斯明看著我，他的眼裡有留戀。

我說：「我會經常回來的。」

許斯明點點頭：「好。」

我看著他，突然問出一個我想問很久的問題：「當年華西醫科大學畢業，你為什麼留在這裡，沒有想過要回福建或去北上廣[15]發展嗎？」

許斯明說：「那時候的一線城市，沒有那麼容易去。當然年輕的時候我也太保守了，沒有把握的事情，通通都不敢做，現在膽子大了，倒真的很想去做點冒險的事情了。」

我笑了：「那你能理解一個人的欲望嗎？就是總是不知足，總是想要更好。」

許斯明緩緩道來：「就是總是自己在心裡較勁，但是又沒辦法不和自己較勁吧？」

我說：「是的，沒辦法，自己壓抑不住自己的想法，也很痛苦。」

許斯明笑了：「怎麼想的就怎麼做，每個人不一樣，人生和病例不一樣，沒有標準答案。」

我看著他：「我好像從來沒有這樣和人探討過這個問題，其實有點難以啟齒，我一直覺得，欲望不是個褒義詞，尤其對於女人。」

許斯明的每一句話都透著智慧：「對於珍惜欲望的人來說，欲望就是個褒義詞，沒有人生來就好戰，我們現在所有的努力，都是為了曾經受過的屈辱和不甘心。」

「聽起來，你很有感觸。」

「我每天都在和自己較勁，我想成為這裡最好的眼科醫生。所以我無法接受手術失

15 北上廣：中國三大一線城市北京、上海、廣州的合稱。

敗，也不能接受自己對病人無能為力，我希望我更有力量。當我做不到的時候，病人就會說『我們去北京的醫院看看吧，那裡的醫生更好。』但即使去了北京，那裡的醫生和我的診斷一樣，病人也不會說許醫生醫術很高強、不比北京的醫生差。」

我低聲問：「所以，你想去北京發展？」

許斯明說：「三年以後，這裡的工作到期，思博小學畢業。」

我立刻笑了，他的話，我懂，我的話，他也懂。

許斯明加重語氣：「三年。」

我用力「嗯」了一聲。

許斯明盯著我，終於問出那句話：「你能……在北京等我嗎？」

我覺得，我的眼淚都要流出來了：「你買這是什麼蔥，怎麼這麼薰眼睛。」

提著行李離開家那天，我跟我媽說，我以後至少三個月回來一次。

結果，我媽又說我：「這麼頻繁幹嘛，你還嫌自己不夠忙嗎？幫我買機票，沒事我就過去看升旗。」

我抱了我媽一下，提著箱子下了樓。

樓下，我看到了許斯明和許思博。

我沒想到他們會來送我。

許思博跑上來抱住我，哭了。

我哄他：「思博不哭，阿姨很快就會再回來的。」

許思博說：「我本來不想來的，我怕我捨不得阿姨，我會哭。」

我緊緊抱著這個孩子，再一抬頭，迎上許斯明的目光。

心裡，暖暖的。

天，晴了。

回到北京，我約盧家凱和柳夏夢一起去逛街。

我先去了一趟玩具店，盧家凱問我買給誰，是不是楊大赫的孩子，還問我上禮拜陪他的孩子去國際學校面試怎麼樣。

我嘆了口氣：「楊大赫那英文根本不行，苗苗也不行，說要讓我冒充家長去面試，我本來還滿有自信的，我的英文水準當初高考也有一百三十多分呢。結果去了以後，我們灰頭土臉地走了。」

盧家凱也有點詫異：「那麼難上啊？」

我說：「楊大赫也想通了，不來北京了，我們把教育這件事想得太簡單了，在北京，不是有錢就可以。」

盧家凱轉頭就問柳夏夢：「你英文行嗎？以後我們孩子能不能上國際小學？」

柳夏夢很得意：「我大學就是英文系呀，有專業八級證書。」

我又震驚了。

柳夏夢總讓我震驚。

然後，我挑了一盒樂高。我請店員包裝好，並附上一張賀卡。

我在賀卡上寫了這樣一句話：「思博，希望你幫阿姨蓋一個漂亮的家。」

第二十章

想飛的鳥兒永遠沒有窩

其實，那天從攀枝花回到北京，我沒有立刻回家。

心境變了，眼裡看到的風景也變了。

我租了一輛高檔的商務車，打開筆記本，在裡面寫下這樣一句話：「擁有更好的狀態之前，一定是一片混沌。失去了一切之後，反而不會慌張了。」

司機問我：「您好，您租了兩個小時的車程，請問您要去哪裡？」

我說：「隨便開，我只是想看看北京。」

我發現，我從來沒有好好看過這裡。

但在那兩個小時裡，我卻看到了自己走在街上的身影和以前經歷過的故事。

北京，一天二十四小時，到處都充滿著忙碌的「北京人」。在路上跑著辛苦賺著零錢的計程車司機、因為耽誤時間而失去工作的送餐員、髮廊裡說不清道不明職業屬性的女郎們、恩恩愛愛的男同志、三里屯穿得像妖魔鬼怪的年輕人們、中關村門口賣涼麵起家的清華學子、急診室深夜繁忙的醫護人員、默默維護北京治安的國家團體、跳廣場舞的朝陽大媽們等等……

認識的、不認識的，有交集的、沒有交集的，每一天，所有人都在為明天而努力。

這個城市，從來沒有停止過。

我很快地賣掉手上那間房子，在國貿租了間小公寓。

房仲還驚訝地說，國貿的公寓特別貴！

我說：「所以我們才要更努力啊！」

那次搬家，我是帶著微笑的。

北京十年，我搬過九次家，這是第十次。

這一次對我來說，不再像以前幾次那樣狼狽不堪、滿臉鬱悶、唉聲嘆氣，也沒有屈辱、難過、悲憤、無奈，它更像是整理過往奔向全新生活的儀式。

直到現在，我才從心裡承認，北京真的是個美好絢爛的城市。但只有在我有能力在這裡生存的時候，我才能看見北京由內而外的一切美好。

不管我有多落魄、多美好、多想哭泣、多想咆哮、多想狂奔、多想飛翔、多想安靜，北京都能包容我。

十年，我沿著最初的夢想，一步一腳印地活成了如今的模樣，到底算得還是失？算好還是不好？我一點都不想下定論，來日方長，慢慢地自然會有答案。

欲望是永恆的創造力，繼續走吧，前面是什麼已經不重要了，重要的是，我可以一直走下去。

至於我在北京認識的那些朋友們，他們也都很好。

我一一去拜訪過。

我先去藥梅的工作室看她，拎著辣椒鳳爪和鴨脖子。

藥梅問我拿了什麼，我笑道：「我想吃辣椒鳳爪和鴨脖子了，你有空陪我吃一頓嗎？」

藥梅別說有多高興了。

後來，我又去找高飛，請他幫忙。

高飛問我：「怎麼想到要約我喝咖啡？」

我出其不意地說：「我見到藥梅了。」

高飛詫異極了。

我笑了：「哈哈，還記得我們的暗號嗎——江湖救急。」

我和盧家凱依然保持著純潔友好的異性閨蜜關係。

柳夏夢出差的時候，我就一大早拿著早餐去敲盧家凱的門。

盧家凱一臉的起床氣：「你來幹嘛啊！」

我說：「幫出差在外的柳夏夢看看屋裡有沒有別的女孩。」

盧家凱回道：「神經病啊！一大早的，來借錢啊！」

我懶得理他：「我來送愛心早餐的好不好！」

盧家凱眼睛亮了：「有蔥爆牛肉包嗎？」

「Of course！」

我離開公司前，還聽到以前的三個手下聚在一起竊竊私語。

張影兒說，她被換到新的部門，她真的做不動，想換工作了。

許昕亮說，他都開始到處投履歷了。

王伊萌說，不要啊，大家都走了她怎麼辦，大家再一起去一個地方吧！別就這麼拆夥了呀！

直到我站出來：「在竊竊私語什麼！不怕被開除啊！」

他們才老實。

至於橘子和笨笨，一如往常。

我們姐妹之間的聚會，聊的還是男人和家庭。

笨笨已經懷孕了。

笨笨跟我們訴苦：「我老公非勸我辭職當家庭主婦不可。」

橘子立刻阻止：「千萬不要！一會發胖，二會和社會脫節變傻變呆，三會被孩子綑綁得失去自我。」

笨笨煩惱極了：「那去哪裡找那種不用坐辦公室、能照顧家庭的兼職工作呢？」

就這樣，搞不清男女關係、但是搞得清人脈關係的高飛，成了我的商務經理；頭腦靈活樂於貢獻一切資源的橘子，成了我的企劃；安分守己一件事都不會搞砸的笨笨，當了我的行政總監；善於與人溝通人緣甚好的盧家凱，承擔起業務推廣；而越來越紅的美女作家藥梅，則成為了我的專欄作者，和我一起創業。張影兒、許昕亮、王伊萌三人也繼續跟著我征戰……

哦，我也有了自己新的工作——自由撰稿人。

我也越來越明白，成長是一件踉蹌的事，未必經得起特寫。我們不必勉強為那些辛苦成長的時光正名，但那些時光裡一定有動人的人和事留下。

幾天後，許斯明來北京看我，我正好買水果回來，在公司門口看到他。

他拎著行李，說：「臨時參加一場專家會診，所以沒跟你打招呼，就直接來了。」

我很開心：「來得真巧，我剛買了好多水果，急著去開會嗎？有空吃晚飯嗎？」

許斯明笑問：「是不是想吃我的水煮牛肉了？」

我忍不住跟他撒嬌：「你如果沒空做，我也不強求唷。」

許斯明煞有其事地：「這個空，可以有。」

許斯明跟著我進了門，他說：「我看了你的公眾號第一篇文章。點閱量好多，醫院裡很多人都很喜歡你寫的文章。」

我笑得有些得意。

許斯明說：「你看你，沒有辦公室也不發薪水給大家，雖然是白手起家，但也不能寒酸。這是我的一點積蓄，你可以先租個辦公室，人心常聚在一起才能迸發出更大的力量。」

他拿出一本存摺。

我的眼眶瞬間就紅了，回頭緩緩地抱住他。

再後來，李曉芸一家來北京玩，順便看看我。

我們一起去了鳥巢[16]，我和李曉芸在一邊坐著，看著遠處的田子帶著一兒一女玩耍。

我說：「結果我也什麼都沒做，現在變成一個自由業者，吃了上一餐沒有下一餐。」

李曉芸說：「真羨慕你這種無法一眼看到底的生活，如果換成我，我應該沒有勇氣過

16 鳥巢：北京國家體育場，因獨特造型俗稱為「鳥巢」。

這樣的生活。」

這話多麼耳熟啊。

我說：「如果換作我過你的生活，我怕我也應付不來。」

李曉芸突然說：「我以前老是愛催你結婚生孩子，我現在不催了。」

我問為什麼。

李曉芸說：「每個人的人生，都應該和別人不一樣。」

我笑她：「說得這麼文藝？你是說你現在可以接受我的折騰了？」

李曉芸說：「就像你也接受了我的安穩一樣。」

我問：「那安穩和折騰，哪個比較好呢？」

李曉芸說：「再過十年，再來比比看。」

我又笑了：「幹嘛要比呢？」

李曉芸說：「女人不就是活到老比到老嗎？你是我的動力啊，但我有信心過得更好。」

這時，李曉芸的大女兒一蹦一跳地撲回到她身邊：「媽媽，媽媽，我以後也要來北京放風箏！」

李曉芸說：「那你要努力學習，才能來北京哦。」

我馬上就想到自己小時候。

那時候，我看著我媽媽在天安門前的紀念照，我說，我以後也要去北京。

而現在的我，說起來還真是一無所有了，沒有存款、沒有工作、沒有房產，當初擠破了頭拚來的一切，都化為烏有了，我的生活好像回到了原點。

但我似乎又什麼都擁有了，而且心情很好，很平順，一點都不焦慮。

北京是個擁有無限可能的城市，而我們，都是這座城市裡擁有無限可能的人。

正如李曉芸說的那句話，這是「無法一眼看到底的生活」，至於未來，現在誰說得準呢？也許我還是會無助、焦慮、傷心、難過，身邊會有意想不到、突如其來，但那又如何？

我是我，越來越好的我。

再糟的事都經歷過了，只要把自己整理好了，和誰在一起，都不會差。

對於那樣的未來，我心裡充滿了期待。

高寶書版集團
gobooks.com.tw

TN 246
北京女子圖鑑
作　　者　劇本原著：張佳／小説改編：余珊珊
責任編輯　陳柔含
封面設計　林政嘉
內頁排版　趙小芳
企　　劃　何嘉雯

發 行 人　朱凱蕾
出　　版　英屬維京群島商高寶國際有限公司台灣分公司
　　　　　Global Group Holdings, Ltd.
地　　址　台北市內湖區洲子街88號3樓
網　　址　gobooks.com.tw
電　　話　(02) 27992788
電　　郵　readers@gobooks.com.tw（讀者服務部）
　　　　　pr@gobooks.com.tw（公關諮詢部）
傳　　真　出版部 (02) 27990909　行銷部 (02) 27993088
郵政劃撥　19394552
戶　　名　英屬維京群島商高寶國際有限公司台灣分公司
發　　行　英屬維京群島商高寶國際有限公司台灣分公司
初　　版　2018年10月

國家圖書館出版品預行編目(CIP)資料

北京女子圖鑑／張佳劇本原著；余珊珊小說改編
-- 初版. -- 臺北市：高寶國際出版：
高寶國際發行, 2018.10
　面；　公分. -- (文學新象；TN 246)

ISBN 978-986-361-584-2(平裝)

857.7　　107013801